T. S. ELIOT

TO CRITICIZE THE CRITIC AND OTHER WRITINGS

批评批评家

[英] 托·斯·艾略特 著
杨自伍 乔修峰 等 译

陆建德 主编

上海译文出版社

说　明

我的丈夫因病无法亲自修订《批评批评家》和《教育的宗旨》两篇论文，因此还是原封不动地将其收录在此。假若他尚且在世，一定会加入更多深思熟虑的见解，表达与他的社会学著述中类似的观点。自从在芝加哥发表关于教育的演讲之后，他打算有机会就把这些演讲扩充成一本书，但未能如愿。

应众多读者要求，他答应将《埃兹拉·庞德的韵律与诗作》和《三思“自由体诗”》等论文一并收入这个集子。

瓦·艾

目　录

批评批评家*

文学批评有什么用处，或者说有哪些用处？这个问题值得一问再问，哪怕找不到令人满意的答案。批评，或可套用弗·赫·布拉德利[1]讲形而上学的说法，就是“为我们靠直觉相信的东西勉强找些理由，但找这些理由本身也就是直觉”。而我要谈的又是自己的文学批评，因此有必要解释一下这么做的理由。我回顾了自己四十多年来的文学批评，希望能够得出一些结论，一些更为普适可行的概括，或者，能激发别人这么去做（这样可能会更有意义）；也希望能激发其他批评家来做这样的反思。我之所以要谈自己的文学批评，因为任何批评家，无论是健在的，还是已故的，我对他们作品的了解，都不如对我自己作品的了解透彻。我对自己的文章和评论的来龙去脉更为了解。我知道自己每篇文章的写作时间、写作背景和写作动机，也知道岁月流逝所带来的态度、趣味、兴趣和信念的种种变化。有些英语批评大师，我虽崇仰之至，却不可能对他们的作品了解得如此详尽。此时此刻，我想到的是塞缪尔·约翰逊和柯勒律治，却也并没有忘却德莱顿或阿诺德。不过，说到这里，我要区分不同类型的文学批评家，以提醒大家，研究某一类批评家中某一位的作品，得出的结论可能并不适合其他批评家。

在与我不同类型的批评家中，首先要说的是职业批评家。

文学评论是他主要也是唯一的声望来源。也不妨称之为超级批评家，因为他通常是某报或某刊的特约批评家，他的每篇文章都是为新书面世而作。代表人物当然是法国批评家圣伯夫。他虽然也写过两本力作——《波尔罗亚尔隐修院史》和《夏多布里昂和他的文学集团》，但他的主要作品，是一卷又一卷的文集[②]，所收的文章都是原先一周接一周地在报纸专栏中发表的。职业批评家有可能是不成功的创造性作家，圣伯夫显然就是。读他的诗（如果还能找到的话），绝对有助于理解他为什么写过去的作家比写同时代的作家写得好。不过，职业批评家不一定非得是不成功的诗人、剧作家或小说家。据我所知，我的美国老友保罗·埃尔默·莫尔[③]就从未涉足创造性写作，但其《谢尔本随笔》却像圣伯夫的《月曜日漫谈》那样蔚为大观。另一位故友德斯蒙德·麦卡锡[④]，也是评书论戏的职业批评家，他的文学活动就是写每周的文章或评论，闲暇时间与人谈天说地，而不是伏案著书。还有埃德蒙·戈斯[⑤]，稍有不同的是，戈斯的不朽声名不是来自他辛勤的评论写作，而是来自一本已成经典的自传——《父与子》。

第二类批评家偏重个人的情趣爱好。这类批评家不是法

---

* 本文为 1961 年 7 月艾略特在利兹大学所作的第 6 次毕业典礼讲座。——原注

① Francis Herbert Bradley（1846—1924），英国哲学家，受黑格尔思想影响较深，著有《伦理学研究》、《现象和实在：形而上学论稿》等。

② 此处指圣伯夫（Sainte-Beuve，1804—1869）15 卷的评论文集《月曜日漫谈》（*Causeries du lundi*，也译作《星期一谈文》）以及 13 卷的《新月曜日》（*Nouveaux lundis*）。

③ Paul Elmer More（1864—1937），美国评论家，文学批评中新人文主义的主要倡导者之一。文集《谢尔本随笔》（*Shelburne Essays*）共 14 卷，其中大部分文章发表于《民族》（*Nation*）等杂志。

④ Desmond MacCarthy（1877—1952），英国评论家，曾任《新政治家》（*New Statesman*）杂志的戏剧评论员、《星期日泰晤士报》高级文学评论员。

⑤ Edmund Gosse（1849—1928），英国评论家，著有《十八世纪文学史》，其自传《父与子》讲述他怎样摆脱父亲束缚、踏入文坛的经过。

官，而是辩护人。他评论作品，是为作者声辩。那些作家有时被人遗忘了，有时被不恰当地贬低了。他使我们关注这些作家，引领我们去发现那些曾被忽略的精彩之笔，在原本以为尽是无聊的地方找到引人入胜之处。乔治·圣茨伯里①就是这样的批评家。他学识渊博，和蔼可亲，专嗜二流作家，眼光独到，善于发现常见于二流作家手笔中的卓异之处。除了圣茨伯里，还有谁肯在写一本关于法国小说的书时，让保罗·德·科克②占的篇幅比福楼拜还多？还有我的故友查尔斯·惠布利③。读一读，比如说，他写托马斯·厄克特④或佩特罗尼乌斯⑤的文字。还有奎勒-库奇⑥，肯定在剑桥对听他讲座的许多人讲过如何在英国文学中寻找新的快乐源泉。

第三类是学院批评家和理论批评家。之所以把这两者放到一起，是因为他们可能会有重叠。我对这类批评家的界定也许太宽泛了，从纯学者型到哲学家型都包含在内。纯学者型的批评家如威·佩·克尔⑦，他可以出人意料地将某一时代的作家与另一时代的作家，或某一语言的作家与另一语言的作家相提并论；哲学家型的批评家如艾·阿·理查兹⑧及其信徒威廉·燕卜

---

① George Saintsbury（1845—1933），英国文学史家、评论家，著有《伊丽莎白时代文学史》。

② Paul de Kock（1793—1871），法国作家，作品极多。

③ Charles Whibley （1859—1930），英国文学评论家，著有《文学肖像》、《文学研究》等。

④ Thomas Urquhart （1611—1660），英国翻译家，译笔生动，译有《弗朗索瓦·拉伯雷先生的作品》等。

⑤ Petronius（？—66），古罗马作家，著有喜剧式传奇小说《萨蒂利孔》（*Satyricon*）。

⑥ Quiller-Couch（1863—1944），英国诗人、小说家，编有《1250 年—1900 年牛津英国诗选》，著有《莎士比亚的技巧》等。

⑦ William Paton Ker （1855—1923），苏格兰文学评论家，曾任牛津大学万灵学院研究员，著有《丁尼生》。

⑧ Ivor Armstrong Richards（1893—1979），英国评论家、诗人，对新批评派的出现有很大影响，著有《文学批评原理》等。

荪[①]。理查兹先生和燕卜荪先生又都是诗人，但我不觉得他们的文学评论是他们写诗的副产品。还有一些当代批评家，如莱·查·奈茨[②]或威尔逊·奈特[③]，除了把他们看作集教学与创造性评论于一身的人，还能把他们归到哪儿呢？还有一位重要的批评家，弗·雷·利维斯[④]博士，如果不说他既是道德家又是批评家，又能怎么说呢？批评家如果兼做学术工作，很可能会对某一时期或某位作家有专门研究，但若称之为"某某专家"批评家，又像是在剥夺他随意涉足其他文学领域的权利。

最后要说的这类批评家，可以说，他的评论只是他创作活动的副产品。尤其是身为诗人的批评家，我们不妨说，他是写过一些文学评论的诗人。要归入这一类批评家，有一个条件。那就是，他的名气主要来自他的诗歌，但他的评论之所以有价值，不是因为有助于理解他本人的诗歌，而是有其自身的价值。如塞缪尔·约翰逊，柯勒律治，写序言的德莱顿和拉辛和某种程度上的马修·阿诺德。我正是忝在他们之列。我希望，诸位现在已经明白了，我今天要讲自己的批评作品，并不是因为我懒惰。当然，也绝不是出于虚荣，因为我在准备这个演讲的时候，我自己的很多文章我也是好久没有读了，因此，读的时候也是心里没底，并不是很有信心。

可以欣慰地说，我的担心是多余的。读完之后，我并没有感到羞愧不已。当然，有些说法我已经不再认同；有些观点，

---

① Sir William Empson (1906—1984)，英国诗人、评论家。他的《晦涩的七种类型》(*Seven Types of Ambiguity*)是二十世纪前半期最有影响的评论著作之一。

② Lionel Charles Knights (1906—1997)，英国文学评论家，剑桥大学教授，著有《约翰逊时代的戏剧与社会》。

③ G. Wilson Knight (1897—1985)，英国文学评论家，曾任职于利兹大学。

④ Frank Raymond Leavis (1895—1978)，英国文学评论家，创办了评论季刊《细读》(*Scrutiny*)。强调文学的道德价值，关心社会的健康。

也不像早先那般理直气壮了，或者说，如果还要那样说的话，就得加上一些重要的前提；还有些话，我现在都不知道是什么意思了。这也许是因为，在某些方面，我知道得更多了些；而有些方面，我的知识已经蒸发了。比如，重读我论帕斯卡尔的文章时，我惊讶于自己当时掌握的资料竟如此之多。也有些问题，我已经没了兴趣，因此，要是有人问我，是不是还那样认为，我只能说“不知道”或者“无所谓”。还有些是当时判断上的错误。更为遗憾的是，还有些是语气上的不妥，偶尔会有些傲慢，有些激愤，有些武断和专横。其实，这就是一个性本温顺的人，一旦躲在打字机后面，安全无虞了，就会带出来的那种狂妄自大。尽管有了这么多不同，但我并不想和当年写这些东西时的我一刀两断，我和当时的我还是同一个人。

不过，我这么说是有一个前提的。经常有人引用我的话，可能是我三四十年前说的，却当作是我昨天才说的。这让我很恼火。有位评论我作品的人，很有才华，也很欣赏我的作品，但他说起我先前的评论作品来，就好像我一开始从事文学评论，就勾勒出了一个宏大的批评框架，此后的日子不过是往上增砖添瓦罢了。每当我出版一部文集，或在别处重印原先的文章，我都特别注意标出最初发表的时间，以提醒读者，这并不是作者现在写的，如今作者本人也已不同往昔。但这位作家在引用我的话时，却很少说“这是艾略特先生一九三三年的看法（或感受）”（或其他时间写的）。作家们都会经常见到，有并不十分严谨的论者断章取义，在自己的话里安上原本没有的意思。但把多年以前的言论当成昨天才说的来引用，这种现象更为常见，因为绝大多数情况下完全是没有恶意的。我举一个例子。我曾经用一句话来概括我的信仰，但早就觉得不合适了，却仍如影随形地伴着我。这句话出自文集《兰斯洛特·安德鲁斯》的序言，大意是说，我是文学上的古典主义者，政治上的保皇派，宗教上的英国国教高教会派。我本应预见到，如此适于摘引的句子会跟随我一辈子，就像雪莱说的，他的思想尾随着他：

> 他的那些思想，就如狂怒的猎犬，
> 沿着那坎坷崎岖的路，追赶着它们的父亲，它们的猎物。[①]

那句话缘自我的一段个人经历。欧文·白璧德是我早年的老师，也是我的导师，我曾受他教诲颇多。他在巴黎讲学后，返回哈佛，途经伦敦时，偕其夫人一道与我用餐。我当时也已经多年没见他了，觉得有必要告诉他，我刚接受了洗礼，已成为英国国教信徒。当时（我想应该是一九二七年），我的读者不多，都还不知道这一点。我知道，不管哪个学生，做出这种叛逆之举，白璧德知道了肯定会很震惊。虽然，令他更为震惊的事也有过。我说的是他的好友，也是他的战友保罗·埃尔默·莫尔，已经叛离人文主义，投入了基督教的怀抱。可是，听了我的话，白璧德只是说了句："我觉得你应该公开说出来。"听了这话，我可能有些生气，恰好当时我正在准备出版一部文集，那句适于摘引的话便出现在序言中，自此便进入了轨道，一直环绕着我的小世界。其实，我的宗教信仰并没有变，也仍

---

① 引自雪莱（Percy Bysshe Shelley，1792—1822）为悼念济慈（John Keats，1795—1821）而作的长诗《阿多尼斯》（*Adonaïs*）第 31 节。

旧力主有君主政体的各国保持其君主政体；至于古典主义和浪漫主义，我觉得这些说法对我来说已经不像先前那么重要了。不过，即使我对自己信仰的表述并未因时过境迁而需要修改，我也不愿再用一模一样的说法了。

从我的文章被参考、引用和收入文集的情况来看，早期的文章给人的印象更深。我想有两个原因。一是年轻人的武断。年轻的时候，我们看问题棱角分明；随着年岁渐长，我们喜欢说话留有余地，即便明确的观点，也要多加限定，喜欢插入更多的括号。我们能预见自己的观点可能会受到怎样的反驳，我们对论敌更为宽容，有时甚至是同情。而年轻的时候，我们说起自己的观点来底气十足，坚信自己掌握了全部真理；我们要么激情澎湃，要么义愤填膺。读者都喜欢十分自信的作者，就连老练的读者也不例外。我早期的一些评论能一直受欢迎，还有一个原因。这个原因不太好理解，对年轻一代的读者来说更是如此。因为我早期的评论，不管是谈论诗歌的一般主张，还是对影响过我的作家的评论，都是在暗中为我和我的朋友们所写的那种诗辩护。这就使我的文章有了一种气势，带着辩护者的迫切和激情。我后期的文章就没有了这种气势，个人情感因素少了，但愿是更公正了一些。我早期文章的矛头所向，不只是乔治王朝[①]的诗歌，还有乔治王朝的批评。当时的写作背景，今日的读者要么已经忘却，要么就根本没有经历过。

我讲过约翰逊的《诗人传》，后来收在我的一本文章与演说集[②]中。我在那篇讲稿中指出，评判过往时代的任何批评家的

① 1714 至 1830 年英王乔治一世至乔治四世时代。
② 《论诗和诗人》（*On Poetry and Poets*，Faber & Faber，1957）。——原注

判断，都要回到他所处的时代背景，竭力站在他的视角上看问题。这对想象力要求很高，能做到一分就很不错了。从那个时代到我们今天，中间经过了很多代人，不可避免地会有趣味的变化，或者我们对那个时代之前的文学有了更深的认识和理解，这些都会影响我们的创作和批评，都不容忽略。不过，只要努力了，记着还有这么些困难，工夫就算没有白费。重读我早期的评论，我惊讶于自己受当时文学环境的影响竟如此之大，惊讶于自己居然能那么成熟，惊讶于我受到的那些影响，惊讶于每篇文章的缘起。连我自己都记不清所有这些情形，回忆不出当时确切的写作背景，将来评论我的作品的批评家就更不用说了。即便他知道这些情形，又能理解多少呢？就算他也能理解，但比起这些作品初次面世时的读者，还能有那种感同身受的兴致吗？文学批评至多也就是引起后人的好奇之心，除非它自身仍对后人有所启迪，有超越自身历史背景的固有价值。但即便这样的评论字字句句都具有这种永恒的价值，我们也应尽力站在它的作者和它最初的读者的角度上去读，这样才能更确切地把握它的价值。照这个方法去读约翰逊和柯勒律治的评论，无疑会受益匪浅。

我把自己的评论作品大致分为三个时期。最初是《自我主义者》[①]阶段。这份优秀的双周刊由哈丽雅特·韦弗[②]女士编辑出版。理查德·奥尔丁顿[③]曾任助理编辑，但他在第一次世界大战期间应征入伍，埃兹拉·庞德便向韦弗女士推荐由我来接

① 《自我主义者》（*The Egoist*）1914年创刊，延续到1919年年底，先是双周刊，后改为月刊。

② Harriet Weaver（1876—1961），英国政治活动家和杂志编辑。

③ Richard Aldington（1892—1962），英国作家、评论家，著有《英雄之死》。

任。我在《自我主义者》上发表过一篇文章，叫《传统与个人才能》。至今，为美国大学生编写文选教科书的人仍很青睐这篇文章。当时，有两个人对我影响很大。一位是欧文·白璧德，一位是埃兹拉·庞德。乍一看，这两种影响似乎很难相容，其实没有那么严重。庞德的影响，可见于我谈论雷米·德·古尔蒙[①]的文章；也可见于我写亨利·詹姆斯的文章，庞德对詹姆斯很是崇拜，不过，我对詹姆斯的热情倒是有些消退；还可见于我杂七杂八地提到的作者，如加文·道格拉斯[②]，我对他的作品几乎一无所知。白璧德对我的影响（后来还有托·厄·休姆[③]的影响，以及夏尔·莫拉斯[④]的文章中更偏重文学的那些），在我反复论述古典主义与浪漫主义之争时，体现得尤为明显。第二个时期是在一九一八年以后，《自我主义者》停刊，我开始为两位编辑撰写文章和书评。一位是米德尔顿·默里[⑤]，他编辑《雅典娜神庙》[⑥]，这份刊物没能办多久；另一位是《泰晤士报文学增刊》的编辑布鲁斯·里奇蒙[⑦]。我很幸运，因为他们让我评论的书通常都很适合我。我给这两份刊物写的文章，绝大多数都没再重印，但最好的那些都已经收录到我的文集中了，也算在我最好的文章之列吧。出于种种原因，第三

---

① Rémy de Gourmont（1858—1915），法国作家、哲学家，著有《文学漫步》、《哲学漫步》等。

② Gavin Douglas（1474—1522），苏格兰诗人，维吉尔史诗《埃涅阿斯纪》的第一个英译者。

③ Thomas Ernest Hulme（1883—1917），英国文学批评家、诗人，意象派创始人之一。

④ Charles Maurras（1868—1952），法国作家及政论家。

⑤ John Middleton Murry（1889—1957），英国评论家，小说家凯瑟琳·曼斯菲尔德（Katherine Mansfield，1888—1923）的丈夫。

⑥ *Athenaeum*，创刊于 1828 年，刊登文学和艺术评论，1921 年与《民族》合并，1931 年再度并入《新政治家》。

⑦ Bruce Richmond（1871—1964），《泰晤士报文学增刊》（创刊于 1902 年）早期的编辑。

个时期的作品不再是文章和书评，而是公开的讲座和演说。

我想在一般性的文章（如《传统与个人才能》）和讨论具体作家的文章之间划一条线。这种区分很重要。我觉得，恰恰是后一类文章最有望惠及将来的读者。这或许也适用于我这一类的其他批评家。不过，后一类文章也要做个区分。几年前，纽约的出版商出了我的一本平装本文选，是论伊丽莎白时代和詹姆斯时期戏剧的。文章是我自己选的，我还写了个序，解释之所以选它们的原因。我发现，仍能让我觉得兴味盎然的文章，是论莎士比亚同时代作家的，而不是论莎士比亚本人的。正是从这些次要作家身上，我学到了东西，写出了自己的诗歌；是他们，而不是莎士比亚，激发了我的想象力，锤炼了我的节奏感，滋养了我的情感。我读他们的时候，也正是他们最适合我的性情和发展的时候，我读得心潮澎湃，忘乎所以，许久才能有点想法，才能提笔评论他们。在我诗兴不断涌起的那些日子里，他们就成了我的导师。正如影响我的现代诗人不是波德莱尔，而是朱尔·拉弗格①，影响我的戏剧诗人也不是莎士比亚，而是马洛、韦伯斯特、图尔纳、米德尔顿和福特②。莎士比亚这样的泰斗，基本上无法影响别人，只能被别人模仿。影响与模仿的区别在于，影响会促成丰饶多产，而模仿——尤其是无意识的模仿——只会导致贫瘠不毛。（我有一段时间也曾尝试模仿但丁，但我那时候已经五十五岁，很清楚自己在干什么。）而且，模仿另一种语言的作家通常会有所收获，因为我

---

① Jules Laforgue（1860—1887），法国印象派诗人，著有《怨歌集》。

② Christopher Marlowe（1564—1593）、John Webster（约 1580—1625）、Cyril Tourneur（约 1575—1626）、Thomas Middleton（约 1580—1627）、John Ford（约 1586—1639）均为英国剧作家。

们不可能模仿成功。

以上说的这类批评文章最有可能传诸后世，因为它们最有可能给未来的读者带来乐趣，或者加深他们对所论作家的理解。关于这类文章，就说这些吧。现在，再来说说那些一般性的文章，还有那些颇具影响的术语，如“感性的脱节”“客观对应物”。这又让我想到了给《标准》[1]写的一篇文章，谈的就是“批评的功能”。时隔这么久，我自己也拿不准刚才提到的那两个术语还能在多大程度上站得住脚。有认真的学者或学生写信来，要我解释一下这两个术语，我通常都不知道该说什么好。“客观对应物”出自《哈姆雷特》一文，若说我有故意挑衅的味道，这也许并非完全无辜，因为我当时正和无畏的论士约·麦·罗伯逊[2]并肩作战，支持他对都铎王朝和斯图亚特王朝戏剧的评论。不管这些术语将来会怎么样，我即便现在没法有力地为它们辩护，但至少觉得它们当时还是起到了作用的。它们曾被接受，又被抛弃，也许很快就会遭到淘汰，但也完成了它们的使命——激发了别人的批评思考。我在开场时就暗示过，文学批评是有学养的大脑所做的直觉活动。我敢说，如果此后一个世纪，我的那些术语还能引起人们思考，那也只是被当作历史，所吸引的也只有那些对我这代人的思想感兴趣的学者。

不过，我想说的是，可以把这些术语理解成一些概念符号，表达情感偏好。从这个角度来看，我强调传统，是因为我厌恶十九世纪和二十世纪初的英语诗歌，是因为我喜欢十六世

① *The Criterion*，艾略特于1922至1939年主编的文学评论季刊。
② John Mackinnon Robertson（1856—1933），英国评论家，著有《道德简史》。

纪后期和十七世纪早期的戏剧诗和抒情诗。《哈姆雷特》一文中的"客观对应物"体现了我对莎士比亚更为成熟的戏剧的偏见，尤其是《雅典的泰门》、《安东尼和克莉奥佩特拉》和《科利奥兰纳斯》；也代表了我对他后期戏剧的偏见，威尔逊·奈特先生对这些戏剧的评论很有见地。"感性的脱节"也许可以代表我对多恩和玄学派诗人的挚爱，以及对弥尔顿的厌弃。

事实上，这些概括性的术语，都缘自我的感受，缘自我对某位诗人或某类诗歌的偏好。这也许并不适用于其他类型的批评家，甚至都不适用于我这类型的其他批评家，即兼写评论文章的诗人。但对美学领域内的任何一位作家，我都想问一句："这位理论家真心喜欢的文学、绘画、雕塑、建筑或音乐是什么？"我们当然可以接受某种理论，然后使自己相信我们喜欢符合这种理论的艺术作品。哲学家型的艺术批评家会犯这种错误。但我肯定，我自己的理论概括都是从我的趣味中衍生出来的，如果说还有几分道理，那也是因为它们源自我对深深影响过我的那些作家的直接体验。当然，我的"客观对应物"和"感性的脱节"既然是抽象的概括，就会受到抽象层面的攻击，我也理应从抽象层面为之辩护，而我现在只是点出了它们的缘起而已。我也知道，我这样解释它们，不过是对概括性的东西又做了个概括。但有一点我是肯定的，那就是，我最好的文章写的都是对我诗歌创作产生过影响的作家。我说"作家"而不说"诗人"，因为这些人里还有弗·赫·布拉德利，他的作品——也许应该说是他作品中体现出来的人格——深深地影响了我；还有兰斯洛特·安德鲁斯[①]主教，我的《三圣人的旅

① Lancelot Andrewes（1555—1626），英国主教、翻译家，参加过钦定本圣经的翻译。

程》有几行就是从他论基督诞生的布道文中抄来的，《大教堂凶杀案》中的布道文也隐约有他散文的影子。实际上，凡是对我的风格有所影响的作家，不管是写诗的还是写散文的，都包括在内。我希望，我写这些作家的文章，即便对后人也能有所裨益，尽管他们可能会厌弃或嘲笑我的理论。年轻的时候，我花了三年研究哲学。这些研究还有什么仍然留在我身上？那就是三位哲学家的风格：布拉德利的英文，斯宾诺莎的拉丁文，柏拉图的希腊文。

正是这些评论具体诗人的文章使我开始思考这个问题：批评家在多大程度上能够改变大众对某位诗人、对过去某个时期的文学的兴趣？比如我自己，在唤起对早期剧作家或玄学派诗人的兴趣、促进对他们的欣赏方面，有没有产生过丝毫影响？我得说，几乎没有。我指的是作为批评家。当然，我们得区分开趣味和风尚。风尚图的就是变化，要的就是新鲜，不过是过眼云烟；而趣味却有更深的源头。在一种语言中，就像我们的语言，好多代人都写过伟大的诗歌，但对于这些经典，每代人的偏好又各有不同。既往的作家中，总有一些更接近现代人的趣味；过去的时代中，总有一些与我们这个时代更为相似。年轻的读者或趣味低俗的批评家可能会觉得，凡是他那代人追捧的作家，就比老一代人喜欢的作家要好；而清醒的批评家也许会发现，这些受年轻一代追捧的作家不见得有多好，只是与这代人更为相投而已。批评家的一个功能，就是帮助当代读者认识到他们与哪位诗人、哪种诗、哪个时代的诗更为相投。

不过，批评家没法创造一种趣味。有时候，人们说是我使多恩等玄学派诗人以及伊丽莎白时代和詹姆斯时期的次要剧作家风行起来。但实际上，这些诗人并不是我发掘出来的。柯勒律治就很欣赏多恩，其后又有勃朗宁，也对多恩仰慕不已；至于早期的剧作家们，兰姆早就有过评论，斯温伯恩[①]那热情洋溢的赞美之辞也绝非毫无批评价值。即便在我们这个时代，约翰·多恩也没有被冷落。戈斯的两卷本《传记与书信》一八九九年就问世了。我记得，还是在哈佛大学读一年级的时候，布里格斯[②]教授就在推介多恩的诗歌，他对多恩很是心仪；格里尔森[③]编的两卷本《多恩诗选》于一九一二年出版；也正是因为要评论格里尔森的《玄学派诗歌》，我平生第一次写起了多恩。如果说我写玄学派诗人还写得不错，那完全是因为我的灵感就是他们给的。如果说，就唤起更多人对他们产生兴趣而言，我还有那么丁点儿作用，那也只是因为，之前赞美他们的诗人都没有像我这样受他们影响如此之深。随着我的诗歌逐渐受到欢迎，那些深深影响过我、我也评论过的诗人也就逐渐为人所喜爱了。他们的诗和我的诗都与那个时代很相投。我有时候也在想，那个时代是不是还没有结束。

当然，十九世纪后期的一些法国诗人也对我产生过同样深刻的影响。我从未讳言这一点，却也一直没有写过他们。我写过波德莱尔，但没有写过朱尔·拉弗格，尽管后者是所有语言中对我影响最大的诗人；我也没有写过特里斯坦·科比埃尔[④]，尽管他也影响过我。我想，之所以会这样，只是因为没有人要我去写他们。因为我早期的那些文章，都是为了挣钱才写的，我那时候需要钱；而写作的机缘通常是关于某个作家的新书面

---

① Algernon Charles Swinburne（1837—1909），英国诗人、批评家，著有《研究文集》。
② Le Baron Russell Briggs（1855—1934），美国教育家。
③ Herbert Grierson（1866—1960），苏格兰文学批评家。
④ Tristan Corbière（1845—1875），法国诗人，《勉强的爱情》（*Les amours jaunes*）是他唯一的诗集。

世了，或某个作家的作品出了新版本了，或者碰上周年纪念了。

关于批评家能在多大程度上影响他的时代的趣味，我只是讲了自己的例子，得出的答案是，如果不算我的诗歌，我不认为我的批评产生过任何影响，或者说本该产生任何影响。接下来我要讲另外一个问题：批评家自己的趣味和观点在其一生中又会改变多少，怎么改变？这些变化能在多大程度上说明批评家更为成熟，什么时候又能说明批评家正在退步，什么时候我们只是把它们看作变化而已——既没有变好，也没有变坏？还是拿我来说吧。我发现，对于在我成长阶段影响过我的诗人，我的看法没有变，给他们的赞词我也不想削减半分。他们曾经让我感到发现了新天地，同时也发现了自我，那种无比兴奋和豁然开朗、超然无羁的感觉，现在自然已经没有了，但那样的经历本来就只能有一次。现在，如果只是单纯找点快乐，我会去找其他诗人。我读得更多的是马拉美而不是拉弗格，是乔治·赫伯特[①]而不是约翰·多恩，是莎士比亚而不是他同时代的人或他的后继者。这不代表谁更伟大，只是最适合我中年和老年心境的东西，与我年轻时所需要的养料不同罢了。可莎士比亚太伟大了，就是倾注一生，也难说能够达到欣赏他的境界。但也有一位诗人，在我二十二岁那年深深地影响了我。尽管我当时对他的语言只是粗通皮毛，却不惜绞尽脑汁地揣摩他的诗句。随着年岁渐长，这位诗人一直为我解忧，不断让我惊奇，尽管对于他的语言我依然没有什么长进。读古典作品，我一直是个拙劣的学生。我说的这位诗人就是但丁。但丁遣词用字，

① George Herbert（1593—1633），英国玄学派诗人，以词句洗练、妥帖见称。

箭无虚发，直中靶心，那种惊人的简练和直接，在我青年时代形成了一种有益的矫正力量，因为那时的我对伊丽莎白时代、詹姆斯时期和查理时期作家们的那种华丽铺张也相当迷恋。

我接下来要讲的，也许可以推及所有的文学批评。我最好的评论，写的是我佩服得五体投地的作家；其次是我非常敬佩但又有所保留的作家，而我有所保留的地方，其他批评家未必能够苟同。我写伊丽莎白时代次要剧作家的文章，我并不求能得到别人的赞许；但对于我写丁尼生和拜伦等人的文章，我却总想知道其他诗歌批评家是怎么看的。评论微不足道的小作家，不可能引起持久的兴趣，因为人们会对所评的作家失去兴趣；而批评一位大作家，或一位作品已经经受住时间考验的作家，又很可能会受文学之外的因素影响。弥尔顿的个性，以及他的某些政治和宗教观点，显然令塞缪尔·约翰逊厌恶，自然也令我反感。（但我第一篇评弥尔顿的文章只是就诗谈诗，同时考虑有哪些会对我所处的时代有所裨益。第二篇评弥尔顿的文章，德斯蒙德·麦卡锡等人认为是要收回前一篇的观点，其实不然，反倒是一种深化，是考虑到不再可能会模仿他，因而也就可以更好地研究他。弥尔顿的这个例子只是捎带说一下。）我不后悔我写弥尔顿的文章，但如果一位作家的思想就像托马斯·哈代的思想那样，同我的思想格格不入，我想，是不是最好就不要去写他？

也许，我评论当代或差不多属于当代的作家时，不如评论过去的作家更有自信。但对于与我年岁相仿的诗人，或比我年轻但我觉得彼此相投的诗人，我对他们作品的评价并没有改变。不过，倒也有位同辈的作家，我怀疑我对他的看法总是在憎恶、恼怒、厌腻和崇拜之间徘徊。这位作家就是戴·赫·劳伦斯。

我对劳伦斯的看法，似乎是赞美与斥责交织在一起。我那些更为强烈的斥责之语都被利维斯博士细心地保留了下来，如同琥珀中的蝇虫，又如蜜蜡中的黄蜂。他摘引的两段文字分别发表于一九二七年和一九三三年，但就在一九三一年，我还高调地冲着参加兰贝斯会议[①]的主教们指指点点，谴责他们“本有机会不去谴责两位非常严肃而且有益教化的作家，却白白放过了这个机会”。这两位作家就是詹姆斯·乔伊斯先生和戴·赫·劳伦斯先生。我无法解释自己这么明显的自相矛盾。去年，《查特莱夫人的情人》案开审，我表示愿为被告出庭作证。不过，大概有很多人对被告的辩护律师说，不要让我站到证人席上，因为在那种审讯中，我可能很难让陪审团听明白我的观点，而一个老谋深算的检察官却会让我自投罗网。我当时觉得，现在仍然觉得，起诉这么一本书——一本十分严肃、极富道德意图的书，是犯下了大错，应当受到谴责。不管陪审团怎么裁决，其后果都是不幸之至。而且，这也会使该书流行起来，但这样的流行却可能是该书作者不愿看到的。尽管如此，我还是厌恶劳伦斯，厌恶他那种自我中心，厌恶他那略显残忍的口吻，厌恶他和托马斯·哈代一样缺少幽默感。

我讲自己对劳伦斯作品的态度，是有特殊用意的。这可以提醒我们，在讨论文学批评的话题时，我们摆脱不了个人偏见，而且，在“文学特征”这个标准之外，还有其他标准，也是摆脱不掉的。在“查特莱夫人”案中，我们可以清楚地看

---

① Lambeth Conference，基督教圣公会各主教每十年一次在伦敦举行的讨论教会决策的会议，因在坎特伯雷大主教在伦敦的官邸兰贝斯宫举行而得名。

到，一些为被告辩护的证人在为该书辩护时，都是在强调作者的道德意图，而不是强调那是一部重要的文学作品。

不过，今天谈自己的作品，我选的基本上都可以界定为“文学批评”。在重读了我写的所有“文学批评”之后，我想总结一下我得出的结论。我发现，我最好的作品都拘囿在非常狭隘的范围内。我最好的文章写的是深深影响了我诗歌创作的作家，自然以诗人居多。随着时光流逝，依然能让我感到信心十足的文章，写的都是那些让我心存感激、可以由衷赞美的作家。至于那些经常被人引用的术语之所以有魅力，是因为我对与我最相投的诗歌有着直接深切的体验，而这些术语正是试图用抽象的概念来概括这种体验。

我这样只从自身经历来做概括，甚至是要概括我这一类的批评家，未免有些危险，也可能有些自以为是。我这类批评家主要还是从事创造性写作，但也会反思自己这一行，也会反思同行的作品。我承认，更令我感兴趣的是其他诗人的诗话，而不是本身并非诗人的批评家们写的诗话。我前面也说到，不可能把文学批评单独圈起来，把从其他角度进行的批评排除在外，一点道德、宗教、社会评判都不掺杂。要把它们排除在外，孤立地单论文学特征，是一种幻想。有这种幻想的人可能会认为，一本书只要符合文学标准，就可以出版了，哪怕该书可能会受到道德谴责。最接近于纯文学批评的，是艺术家对自己艺术的评论。这样的批评家有约翰逊、华兹华斯和柯勒律治（保罗·瓦莱里是个特例）。在其他类型的批评中，史学家、哲学家、道德家、社会学家、语法学家可能会参与较多，但如果非要把文学批评限定在纯粹的文学范畴，我想，艺术家对自己艺术的评论会更有分量，更具权威性，尽管艺术家的知识面可能没有那么宽。只有在谈论对我产生过影响的作家——主要是诗人和为数不多的散文作家时，我才觉得自己有权威（我说这个词毫无傲慢之意）；对没有影响过我的诗人，我的评论还需多加斟酌；对于我不喜欢的作家，我的评论至少是很有争议的。最后，我想再次提醒大家，我谈的是我的文学批评，只是单就文学而言；如果要谈我的宗教、社会、政治或道德观念，以及我写过的直接涉及这些观念的散文（这部分文章数量很多），又会是另一番梳理了。但我希望，今日所言，可以解释为什么随着批评家年岁渐长，其批评文字少了洋溢的激情，多了更为广泛的兴趣，但愿，也多了智慧与谦卑。

乔修峰　译

从爱伦·坡到瓦莱里*

我这里不是要给爱伦·坡一个公正的评价；也不是要确定他在诗人中的地位，或是指明他最重要的独创性。对于要做出判断的评论家来说，爱伦·坡确实是一块绊脚石。如果对他的作品详加考察，我们会发现似乎其中只有失之草率的写作，缺乏广泛涉猎或深厚学养支撑的幼稚想法和对各类创作体裁杂乱无章的尝试，大多迫于经济上的贫困，无法对细节精益求精。这种说法可能有失公允。但是，如果不是分析地看待他的作品，而是放眼观其全貌，我们就会看到大量的独一无二的形式和令人钦佩的规模，这些东西会让人不时回眸翻看。爱伦·坡的影响同样令人困惑。他的诗歌和诗歌理论在法国影响巨大，而在英美好像几乎微不足道。我们能证明哪位诗人的风格像是成形于对爱伦·坡作品的研读吗？唯一一个马上出现在我们脑海中的名字就是——爱德华·李尔[①]。可是谁也不能确信自己的作品没有受到过爱伦·坡的影响。我可以明确地列出一些诗人，他们的作品影响过我；我还可以列出其他一些诗人，他们的作品，我确信对我没有影响；可能还有一些，他们的影响我尚未觉察，但是经提醒便会恍然大悟。然而就爱伦·坡而言，我永远无法确信。他的诗作非常少，那为数不多的诗中只有五六首获得巨大成功，但就是那为数不多的诗作丝毫不逊色于我们看到的任何一首诗，同样在广大的读者中享有盛名，同样被大家所熟记。此外，他的一些短篇小说对作家产生过重要的影响，而且是在其他创作体裁方面，产生了意料之外的影响。

我这里不是要对其不可思议之处做出解释，这顶多算是对爱伦·坡的影响的研究；从他的影响方面来说也算得上是一个阐述，是对爱伦·坡的重要性的原因的阐述，尽管这可能有失偏颇。我通过三位法国诗人，波德莱尔、马拉美，尤其是保罗·瓦莱里的眼睛，尽量接近地对爱伦·坡作一会儿观察。上面这一排序很重要，因为这三位法国诗人分别代表了诗歌中某种传统的早期、中期和晚期。马拉美曾经告诉我的一个朋友，他来巴黎是因为他想要结识波德莱尔，还说他有一次在码头的一个书报亭见到波德莱尔，可是当时却没有勇气上前打招呼。关于瓦莱里，从他还不过是个大男孩时写给马拉美的第一封信中，我们知道他一直追随这位前辈诗人，我们还知道他对马拉美的热衷一直持续到后者过世。这是三代文学巨匠，他们代表了几乎整整一个世纪的法国诗歌。当然，这是相互迥异的三位诗人，当然，波德莱尔在文学上的追随者数量众多，声名显赫，而且还别有门派旁出。但是我认为通过这三位诗人，我们可以追溯某种特殊的诗歌本质理论的发展和演变；这种理论更多来自爱伦·坡的理论学说，甚至胜过来自他的实践创作。爱伦·坡的影响力给我们留下的印象更为深刻，因为事实上马拉美，接下来是瓦莱里，不仅通过波德莱尔受到了爱伦·坡的影响（他们每个人都亲身受到那种影响），而且他们还对爱伦·坡本人的理论学说和创作实践中的价值给出了有力的证

* 这是 1948 年 11 月 19 日（星期五）在华盛顿美国国会图书馆的演讲。——原注

① Edward Lear（1812—1888），英国风景画家、打油诗诗人，著有《胡诌集》（*Nonsense*），在儿童文学方面享有一席之地。

明。现在，我们所有的人都乐于相信，我们比任何外国人更了解我们自己的诗人；但是我想我们应该准备接受一种可能，那就是这些法国人从爱伦·坡身上看到了一些被英语读者忽视的东西。

接下来，我要探讨的不单单是爱伦·坡，而是他对这三位法国诗人的影响，这三位诗人代表了前后三代人；我的目的还在于对诗歌所持的独特观点，也就是这三位诗人所持的观点作进一步了解，这种观点可能是那个时代所取得的最有趣、最富有特色、当然也最具独创性的诗歌美学的成就。正如我倾向于相信的那样，如果这种对于诗歌的观点代表着一个随着瓦莱里的过世而终结的时代，那么这种观点就更值得考察。因为不论我们这一代和我们的下一代发现是什么取代了这一观点，我们对这一观点的研究都会有助于他们的理解。

在研究这几位法国诗人眼中的爱伦·坡之前，我想还得就我自己的印象，谈谈他在英美读者和批评家眼中的地位；因为，如果我错了，你们可能就会用我想法上的错误来批评我说的关于他在法国的影响。爱伦·坡曾被看作浪漫主义运动中次要的或是二流水平的追随者，在我看来这种说法不无道理。小说上，他是所谓“哥特式”小说家的继承人，而诗歌上，他是拜伦和雪莱的追随者。可是，这种说法是把他放在英国传统中，而那里无疑并不是他的归属。英国读者又把爱伦·坡作品中游离于英国传统之外的东西说成美国的东西，可是我认为这种说法也不完全正确，尤其是在我们考察了他同代以及前一代的其他美国作家之后更是如此。他的作品中有某种乡土的地方风情，而这种意义上的乡土气息，惠特曼则是一点儿也没有。这是一个既不属于自己的家乡又无处可去的人的乡土特点。爱伦·坡有点儿像个流落异国的欧洲人，他为巴黎所吸引，为意大利和西班牙所吸引，为那些他认为有着浪漫的忧郁和辉煌的地方所吸引。虽然他活动范围南北方向不超过里士满和波士顿，东西方向也不超过这几个中心城市，但是他却像一个居无定所的流浪者。这样名声显赫的作家很少有从自己的根基中获取得这么少的，很少有这样脱离自己的周围事物的。

我相信一位有修养的普通英国或美国读者对爱伦·坡的看法是这样的：爱伦·坡是一位写了为数不多的几首短诗的作家，而这几首短诗在他还是个孩子时就令他着迷了一段时间，并且不知怎么竟镌刻在他的记忆之中。我想如果不是在一本诗集中翻阅到它们，他是不会重读这些诗歌的，这些诗歌给他的乐趣，倒像一种可以让他片刻重温的愉快回忆。在他看来，这些诗歌属于一个特定时期，那时他对诗歌的兴趣刚刚觉醒。某些意象，更多的是某些韵律留在了他记忆之中。这位读者还会记得爱伦·坡的某些故事——不是很多——并认为虽然《金甲虫》在那个时代极为盛行，但此后侦探小说发展已经日新月异。他有时或许会将爱伦·坡与惠特曼进行比较，经常重读惠特曼，而不是爱伦·坡。

至于散文小说，人们认为爱伦·坡的故事对某些类型的通俗小说有着重要的影响。就侦探小说而言，几乎一切都可以追溯到两位作家：爱伦·坡和威尔基·柯林斯。虽然两者的影响力有时并行不悖，但是也由此产生了两种不同类型的侦探形象。干练高效的职业警察出自柯林斯，精明古怪的业余侦探则来自爱伦·坡。柯南·道尔得益于爱伦·坡之处甚多，不仅仅是得益于《摩格街谋杀案》中的侦探杜宾。歇洛克·福尔摩斯说他那把斯特拉迪瓦里小提琴是在托特纳姆宫廷路上的一家旧货店里花几个先令买来的，他是在哄骗华生。他是在厄舍府[①]的废墟中找到那把小提琴的。福尔摩斯和罗德里克·厄舍的音乐练习之间有着极为相似之处：那些混乱无序的即兴演奏虽然有一次将华生送入了梦乡，但是肯定会让任何受过音乐训练的人痛苦不堪。我认为赖德·哈格德[②]那些奇异美妙的探险小说极有可能是从爱伦·坡那里获得灵感的——并且哈格德本人也有够多的模仿者。我认为在赫·乔·威尔斯[③]早期的科学探险发明小说中，他得益于爱伦·坡某些故事的启发的地方可能也有很多——比如说《戈登·皮姆》、《大漩涡底余生记》，或者《巴尔德马先生病案的真相》。我把证据的收集留给那些有兴趣致力于此问题的人。但是恐怕现在极少有读者会翻开《她》、《星际战争》或者《时间机器》，更少有人会为它们的前驱而兴奋不已。

上述几位法国诗人和有着同等权威的英美批评家在看待爱伦·坡的方法上有着普遍的差异，我先是认识到前者看到的是爱伦·坡的“全貌”，是将他的作品作为一个整体来看待。而英美批评家，我认为更倾向于对作家作品的不同部分各自做出评价。我们把爱伦·坡看作一个涉猎诗歌及各类小说的人，未能静下心来把任何一种文学体裁运用到极致。法国读者对表达形式的多样性留下了深刻的印象，因为他们发现了，或是自以为发现了一种本质上的统一。尽管必要时他们承认由于贫困、意志薄弱和遭际变迁，爱伦·坡的许多作品缺乏连贯或是应时

---

① 爱伦·坡小说《厄舍府的坍塌》（*The Fall of the House of Usher*）中恐怖的古宅。后文出现的罗德里克·厄舍是该小说中古宅的主人。

② Rider Haggard（1856—1925），英国小说家，主要作品有非洲探险小说《她》等。

③ H. G. Wells（1866—1946），英国作家，主要作品有科幻小说《时间机器》、《星际战争》等。

而作，但他们仍把他当作一位极重要的严肃作家，必须从整体上来把握他的作品。这在一定程度上体现了两种批评思想的差异；但是必须说明，我们的观点是来源于对爱伦·坡实际创作中的缺陷和不足的了解。有必要举例说明这些错误，因为这些错误给英语读者留下了深刻印象。

爱伦·坡对诗歌中的重叠[1]要素有着一种特别罕见的鉴赏力，对这种从本义上可以称作“诗的魔法”的要素极有感觉。他的作诗法不同于最伟大的格律大师的作诗法，不是那种学习或积习而成的作诗法，不是那种一味追求较丰富的韵律，以迎合一生中不时重温他的逐渐成熟的读者的鉴赏力。爱伦·坡的作诗法的效果直接且无延展，对于感情敏锐的学童和睿智文雅之士来说几乎别无二致。在这种不变的直接性中，这种诗体可能更具有几分优秀韵文的特点，而不是诗歌——但是在此，我并不想讨论这个与主题无关引人争议的问题，因为我确信这是“诗歌”而非“韵文”。这种诗体有一种重叠的效果，由于完全未加掩饰，能够激起内心深处几近原始的情感。但是，在爱伦·坡为恰当的*声音*挑选词语时，他并没有注意到该词也应该有恰当的*意义*。我将就爱伦·坡和丁尼生对同一个词的用法做一个比较——丁尼生可能是继弥尔顿之后所有英国诗人中，对音节上的声音有着最为准确和最为挑剔的欣赏力的诗人。在爱伦·坡的《尤娜路姆》一诗中——我认为这是他最成功，也是最典型的诗作之一——我们发现以下诗句：

It was night，in the lonesome October

① 原文为 incantatory，兼有“魔法的，重叠的”等含义。

Of my most immemorial year.

这是我最难追忆的一年，
一个荒凉的十月的夜里。①

根据《牛津大词典》的解释， immemorial 的意思是：“无法追忆的；古老的；远古的。”这些解释好像都不适合爱伦·坡对该词的用法。那一年并非无法追忆——说话者非常清楚地记得那年的一件事；结尾处他甚至记得恰好一年前、同一个地方的一场葬礼。丁尼生的诗句，同样有名且令人赞叹，其诗中的声音与作者所希望唤起的声音产生很好的呼应，这首诗可能已经出现在我们的脑海中了：

The moan of doves in immemorial elms.

古老的榆树林中鸽子的呢喃。

这里 immemorial 除了有着最恰当的音效，还精准地描绘出树木古老得让人都不知道到底有多老。

诗歌，种类各不相同，可以说有让读者关注声音的诗歌，也有让读者关注意义的诗歌。对于前一种诗歌，其意义的理解几乎未曾让人意识到；对于后一种诗歌——在这两种极端上——恰恰是声音的运用让人不曾察觉。但是不论哪一种，声音和意义都得相互配合；即使在最纯粹的叠句诗歌中，词语的

① 引自《尤娜路姆》（*Ulalume*），余光中译。

词典意义也不能够被心安理得地忽视掉。

词意上的轻率对爱伦·坡而言是很常见的。我认为，《乌鸦》远非爱伦·坡最好的诗；尽管它最为著名（部分原因是作者在《创作哲学》中对该诗进行了分析）。

In there stepped a stately Raven of the saintly days of yore

一只神圣往昔的乌鸦庄重地走进我房间，[①]

由于乌鸦没有什么特别神圣之处，就算这不祥的鸟不是完全地不神圣，也没有理由认为它来自一个神圣的时代，即使假定有这样一个时代存在过。我们刚刚听到乌鸦被描述为“庄重的”，但是不久又被告知他是“丑陋的”，这种特性没有得到详细的解释，很难与“庄重”的说法一致。诗中的一些词，插进来好像要么只是为了填充诗行，使之符合规定的音步，要么是为了押韵。乌鸦被称作“不是懦夫”是完全没必要的，只是为了满足与“乌鸦”押韵的迫切需要[②]——这是对押韵的急切需要作出的让步，这种做法，我相信马莱伯[③]一定不能容忍。甚至很少会有这般如同小学生似的辩解：说灯光“凝视”沙发坐垫[④]是奇异的幻想，即使有那么一点合乎逻辑，也会显得牵强。

《乌鸦》中诸如此类的不足——你们还可以举出其他一

① 引自《乌鸦》（“The Raven”），曹明伦译。
② 原文为“no craven”（不是懦夫）、“raven”（乌鸦）。
③ François de Malherbe（1555—1628），法国诗人、批评家，主张语言纯正准确及韵律严整。
④ “舒舒服服地靠着在灯光凝视下的天鹅绒椅垫”，引自《乌鸦》，曹明伦译。

些——或许有助于解释为什么《创作哲学》，这篇爱伦·坡声称披露了《乌鸦》创作方法的文论，在英美不像在法国那样受人重视。读那篇文论时，我们很难不去想，假如爱伦·坡如此精心地构思他的诗歌，那么他写诗时可能颇费苦心——但是写出来的诗却和创作方法很不相称。因此我们可能会得出这样一个结论：通过分析自己的诗歌，爱伦·坡要么是在制造一个恶作剧，要么就是写一篇自欺欺人的文章，以记录下他所自认为的创作方法。因此，这篇文论就未得到其应有的重视。

爱伦·坡其他的诗歌美学文论也值得研究。没有哪个诗人在论述自己的"诗艺"时，除了为自己的实践，即他个人类型的诗歌创作，进行解释、辩解、辩护或是做准备之外，还能期望再多做些什么。他也许认为他是在为所有诗歌订立法则，但是他那些值得一说的必说之事，与他自己的或是他想使用的创作方法有着直接的关系；尽管这种方法对于嫡传后学很可能同样有效，并且帮助甚大。我们只有用他写的诗歌来核对他所说的，才能有把握在他的诗歌论著中找出对任何诗歌都适用的原则。关于长诗创作的不可能性，爱伦·坡有一段精彩的论述——因为一首长诗，他认为，充其量只是一系列串联起来的短诗。有一点我们必须牢记，那就是爱伦·坡自己未能写过一首长诗。他只能构思出某种具有单一的简单效果的诗歌，对他而言，整首诗必须保持一种情绪。然而，只有在一首相当长的诗中，多种情绪才能得到表达。因为多种情绪需要多种不同的主旨或主题，它们要么自身相互联系，要么在诗人的心中相互联系。这些部分组成一个整体，且大于各部分之和，我们从阅读这样一个整体的各部分所获得的愉悦，会通过对整体的理解而得到增强。由此，在长诗中，一些部分可能会被故意设计得比其他部分缺少“诗性”。这些诗段，假如单独选取出来可能会黯然无光，但相对照而言，可能会引出其他部分的重要意义，并将它们连接成一个比任何部分都更具意义的整体。艺术激情尽可能广泛的变化可以使长诗增色。但是爱伦·坡却想让最初的艺术激情贯穿全诗，这实在令人怀疑他是否欣赏过但丁《炼狱篇》中更富哲理的篇章。结果爱伦·坡说过的话成了昔时同样未能写出长诗的其他诗人的莫大慰藉，并且我们必须承认创作长诗不仅仅是诗人的个人实力和持久力的问题，还可能与他所处的时代环境有关。爱伦·坡在这个话题上的论述很有启发性，有助于我们理解那些认为长诗创作是不可能的诗人的观点。

事实上，爱伦·坡认为诗歌必须是单一情绪的表达—若要在此证明《钟》，这首有意尝试多种情绪的习作，其实像爱伦·坡所有的诗歌一样只有一种情绪，就会变得太过离题—最好把这个事实理解为一个更根本的弱点的表现。在此，我只是试探性地提出我的说法，但这是一个我提出来想看看会有什么结果的观点。我的说法也许还能解释为什么有很多读者在他们成长中的某个特定阶段，在他们刚刚度过童年的人生阶段中，会对爱伦·坡的作品感兴趣。爱伦·坡才华出众，这无可否认，但是在我看来，这只是一个天赋极高、尚未进入青春期的少年的才华。他强烈好奇心所表现出来的形式只是那些懵懂孩童的心中乐事：自然、力学和超自然的奇迹，密文和暗号，谜语和迷宫，机械操作棋手以及迸发出的各种奇思妙想。他好奇心的多样性和强烈感令人快乐，叫人惊叹；可他趣味上的怪异离奇和杂乱无章最后却令人疲倦。他所缺乏的正是那种赋予成人庄重感的始终如一的人生观。某种态度可以是成熟并且始终如一的，也可以是让人极度怀疑的，但爱伦·坡不是怀疑论者。他似乎完全听任瞬间的想法，结果他所有的想法看起来不像是要让人相信的，而像是拿来消遣的。他缺少的不是智能，而是心智的成熟，这种成熟只有随着人整体上的成熟、各种情感的发展和协调才能获得。对于任何心理学或病理学上的可能性的解释我都不感兴趣。我已经达到了我的目的，那就是发现爱伦·坡的作品正是那种我可以期望从一个具有异乎寻常的才智和感情的人那里得到的，发现此人的情感发展在某一方面仍停留在年少时期。他最生动的想象力的实现都只是一个梦的实现。值得注意的是，他诗中和故事中的少女总是已故的，或是还未得入怀便已消逝了的。即使在《闹鬼的宫殿》这首主题似乎是要表现他自己酗酒嗜好的诗中，灾难也不具有道德意义，而是被当作一个孤立现象来冷淡对待，当他说起自己的堕落状况时，诗行背后不像弗朗索瓦·维永①的那样有种恐怖的力量。

关于爱伦·坡，我已说了这么多，现在得继续探究在他的作品中，让这三位伟大的法国诗人赞赏钦佩的到底是什么，而这点我们尚未发现。首先，我们得考虑到一个事实，就是三位诗人都并非熟谙英语。波德莱尔肯定读过不少英美诗歌，毫无疑问他借鉴过格雷，很明显他也仿效过爱默生。他根本就不熟悉英国，要让人相信他英语说得相当之好也根本不可能。至于马拉美，他教授英语，但强有力的证据表明他只是一知半解。

① François Villon（1431—1463 以后），法国诗人，主要作品有《小遗言集》（*Le Lais*）、《大遗言集》（*Le Testaments*）等。

他曾致力于撰写某一英语使用手册。但是仔细查看这篇奇特的论著和他凭着印象列举出的古怪日常谚语，马拉美英语学识渊博的说法便会不攻自破。至于瓦莱里，即使是在英国，我也从未听他说过一句英语。我也不知道他以我们的母语读过什么：瓦莱里的第二语言是意大利语，在他的某些诗歌中可以看出这一语言的影响。

当读者用一种他不太通晓的语言去阅读作品时，他很有可能发现作品中没有的东西；如果这个读者本身是个天才，这种外国诗歌的阅读或许会在偶然的妙想中，诱发出他心灵深处某种重要的东西，他也将此归功于他所读的文字。事实也是，在把爱伦·坡的小说译成法语时，波德莱尔做了明显的改进。他把随意粗劣的英语变成了令人赞叹的法语。将爱伦·坡的许多诗歌译成法语散文的马拉美也做了类似改进。但另一方面，诗的韵律，也是爱伦·坡独创性中最显著的地方，却丧失了。但因此要证明法国人高估爱伦·坡是由于他们的英语太蹩脚，就完全不对了。我们不可过多揣度，他们并未受到语言劣势所扰，而我们却对此太过在意。这不是他们高度评价爱伦·坡思想的原因，也不是他们重视他哲学和评论方面文章的原因。要了解这一点，我们得把眼光放开些。

在这一点上，我们必须避免一个错误认识，那就是以为波德莱尔、马拉美和瓦莱里对爱伦·坡的看法是完全一致的。他们是伟大的诗人，各自又大不相同。而且，我已经说过，他们代表着不同的三代人。这里，只有瓦莱里才是我主要关注的。因此，关于波德莱尔，我只想说从他写的爱伦·坡故事和文论的译序来看，他最关注的是此人的个性。他描述的准确性我并不关心，关键是在爱伦·坡身上，在他的生活中，在他的茕茕独立和世俗意义的失败中，波德莱尔发现了 le poète maudit[①] 的原型，即诗人是社会的弃儿——正是这种类型以不同的方式在魏尔伦和兰波身上变成了现实，正是在这种类型中波德莱尔视自己为一个杰出的典范。这种十九世纪的范型，le poète maudit，社会和中产阶级道德观的反抗者（当然是源自欧洲大陆拜伦式神话的反抗者）是与特定的社会环境相符的。但波德莱尔在撰写一篇主要概述爱伦·坡这个人及其生平的序言时，无意中说了一句话，引出了瓦莱里的美学观：

> 他认为（波德莱尔说道），他是个真真正正的诗人，诗歌目的及其准则一样有着相同的性质，诗歌除了其本身应当什么都不考虑。

“诗不在说理——它本身就是理。”这一信条近来已得到了认同。

马拉美的兴趣则是在诗歌技巧上，尽管他认识到爱伦·坡的诗歌技巧是一种法语无法借鉴的作诗法。但说到瓦莱里，吸引他注意的既不是爱伦·坡这个人，也不是他的诗歌，而是他的诗歌理论。很早以前，当瓦莱里还年纪轻轻时，他曾给马拉美写过一封信，向这位前辈诗人介绍自己，信中说：“我珍视爱伦·坡的理论，它那么深邃，潜藏着那么多广博的学识；我信仰韵律全能，尤其是暗示性短语的韵律。”但是，我的观点并不是主要根据这个年轻后生的信条，而是根据瓦莱里后来的理论和实践。正如瓦莱里的诗歌和他诗艺方面的文章，是他思想

① 法文，被诅咒的诗人。

上同等重要且相辅相成的两个方面，同样地，对于瓦莱里来说，爱伦·坡的诗歌和理论是不可分割的。

这又让我思考起 la poésie pure[1] 这个术语的意思：这个法文短语内涵丰富，引人讨论与争议，并不能完全译为“纯粹的诗歌”。

可以说所有的诗歌都来源于人类与自身、他人、神明和周围世界之间的关系中产生的情感经历。因此，诗歌也与思想和行动有关，它们源于情感，又孕育着情感。但是，不论人类所处的表达和欣赏阶段是多么的原始，诗歌的功能绝不是要简单地唤起听者心中相同的情感。诸位应该记得德莱顿著名颂诗[2]中对亚历山大的盛宴的描述。据说吟游诗人提谟修斯[3]乐技高超，变化多端，唤起了这位亚洲征服者心中的强烈情感。若说他真是因此而变得激动万分，莫如说那时的亚历山大大帝正因酒精中毒遭受着自动症的折磨，根本就不可能欣赏音乐或诗歌艺术。在最早的诗歌中，或是在最初的诗歌乐趣中，听者关注的是诗歌主题。他能感受到诗歌技巧的效果，但还未完全意识到这种技巧。随着语言意识的发展，到了另一个阶段，听者，那时或许已变成了读者，意识到了故事本身及其叙述方法的双重重要性，也就是说，他开始意识到了文体风格。接着我们便颇有兴致地区分起不同诗人处理相同主题的方法的异同，这不仅仅是优劣的鉴别，还是各种同样令人赞叹的风格间差异的欣

① 法文，纯诗。
② 德莱顿为庆祝圣塞西利亚日而写的短诗《亚历山大的宴会》（*Alexander's Feast*），又名《音乐的力量》（*Power of Music*），诗中把音乐颂扬为美妙无比的艺术。
③ Timotheus，古希腊第比斯音乐家。

赏。在发展的第三阶段，主题退居幕后，它不再是诗歌的目的，只是实现诗歌的必要手段。在这一阶段上，读者或是听者对主题变得漠不关心，几乎如同初期听者对风格漠不关心一样。这种毫无意识和漠不关心，无论是开始对风格的，还是后来对主题的，都会完全使我们脱离诗歌。只注重主题而完全忽视其他，对听者来说意味着诗歌还未出现；只注重风格而完全忽视其他，则意味着诗歌已经消逝。

这种自我意识的增强过程——或者，我们可以说是，语言意识的增强过程——有着我们称之为“纯诗”的理论目标。我相信这将是个永远都不可能实现的目标，因为我认为诗仅仅是诗，只要它在下面意义中保存一些“不纯”，就是说，只要其主题本身受到重视。布雷蒙神父①，如果我理解不错的话，坚信尽管“纯诗”要素是诗歌之所以成为诗歌的必要因素，但是诗歌不可能完全由“纯诗”组成。然而瓦莱里的出现使我们对诗歌主题的看法发生了转变。我们必须谨小慎微，避免说出主题变得“不那么重要”。它反倒是有着另一种重要性，作为手段它是重要的，但其终极目的是诗歌。主题为诗歌而存在，而不是诗歌为主题而存在。一首诗可以运用几个主题，并以特定的方式将它们连接起来，要询问“这首诗的主题是什么”是毫无意义的。几个主题组合后所产生的，不是另一个主题，而是诗。

这里我想指出美学学者提出的诗歌理论和诗人所持的同一诗歌理论的相异之处。一个是对诗人无意识写作方法的描述，一个是诗人本人有意识地根据理论写作，这完全是两码事。在感动人心的写作中，诗歌理论变得有所不同，不再只是诗人写

① Henri Brémond（1865—1933），法国历史学家、评论家。

作方法的解释说明。而瓦莱里确实是个写作时深思熟虑、字斟句酌的诗人，也许，在创作的高峰时期，他并没有完全遵从理论的指导，但是他理论上的阐述无疑影响了他写作的诗歌类型。他是所有诗人当中自我意识最强的。

除了极度的自我意识，还需给瓦莱里加上另一个特点：他的极度怀疑。也许大家会认为，这样一个不相信任何事物能成为诗歌主题的人，大概会在“为艺术而艺术”的信条中寻求庇护。但瓦莱里实在是太过怀疑，就连艺术也不相信。值得注意的是，他多次把自己写的东西称为 ébauche——草稿。他不再信赖诗歌目标，只对创作过程感兴趣。很多时候，他不断地写诗，好像仅仅是因为他对写作中自己的内省式观察感兴趣。你只需读读他的几篇文论——有时确实比他的诗歌更激动人心，因为你能察觉到他在写这些文章时会更兴奋些——就可看到他的观察记录。在《杂文集 · 卷五》（他文选集中的最后一卷）中有这么一句发人深省的话，“至于我自己，我承认，相比作品本身而言，我更关注（艺术）作品的形成和构建”，并且，该书下文说道：“在我看来，最本真的哲理更多的不是在深思的对象中，而是在思考行为及其处理的本身。”

现在，通过瓦莱里，两个可以追溯到爱伦 · 坡的观点已经发展到了顶峰。第一个观点由波德莱尔从爱伦 · 坡那里得出，我也已引述过：“诗歌除了其本身应当什么都不考虑。”第二个观点是创作诗歌时应当尽可能地深思熟虑、字斟句酌，诗人应当在创作中观察自己——而这点，在如瓦莱里般多疑的脑子里，得出了一个与另一观点极为矛盾的结论，那就是创作行为本身比其结果也就是诗歌要有意思得多。

首先，要说的是爱伦 · 坡诗歌的“纯粹”。从“语言纯粹”这个意义上来说，爱伦·坡的诗歌远远谈不上纯粹，我已经对爱伦·坡遣词造句时的粗心大意和肆无忌惮做过评论了。但是在“纯诗”这个意义上，那样的纯粹对爱伦·坡来说就轻而易举了。主题无关紧要，技巧举足轻重。他不需要通过净化过程来达到纯粹，因为他的素材已经够空洞稀薄了。其次，爱伦·坡有那么一个缺点，在说到他对理论显得并不相信而是拿来消遣时我曾提到过。这里，爱伦·坡和瓦莱里的思想，两个极端再次相遇，一个是不够成熟的思想在玩思想游戏，因为它还未发展到令人信服的程度，一个是过度成熟的思想在玩思想游戏，因为它太过多疑而无法让人相信。通过这一对比，我想，正好可以解释瓦莱里对《我发现了》的崇敬之情——那个宇宙幻想并未给我们很多人留下深刻的印象，因为我们知道在哲学、神学或是自然科学上爱伦·坡知识有限，但是瓦莱里，继波德莱尔之后，却把它作为“散文诗”推崇备至。最后，爱伦·坡对《乌鸦》的创作分析产生了意想不到的结果。《创作哲学》是不是恶作剧，是不是自欺欺人，是不是爱伦·坡写这首诗时谋篇布局的大致准确记录，这都不重要，重要的是它为瓦莱里提供了一种方法和一项工作——观察他自己的写作。当然，一个比爱伦·坡更伟大的诗人已经研究过作诗过程。在《文学传记》中，柯勒律治主要关注的当然是华兹华斯的诗歌。但他并没有联系自己的诗歌写作来进行哲学探索，可他确实是先提出了这个让瓦莱里着迷不已问题：“写诗的时候，我在做什么？”爱伦·坡的《创作哲学》恰好“聚焦”这个问题，并对这个最后终结于瓦莱里的关于作诗过程的问题产生了重大影响。因为瓦莱里通过内省性批评活动，已经将诗学的深层研究推到了一个极点，在这点上前者开始破坏后者。路易·博勒先生在对瓦莱里的出色研究中，中肯地评述道：“这种精神自恋与这位诗人并不陌生，尽管他没有解释他作品的全部：‘为什么不能把艺术作品的创作当作艺术作品呢？’”

现在，我想我也已经暗示过了，我相信这种萌芽于爱伦·坡而成熟于瓦莱里的“诗艺”，已经尽其可能得到了发展。我想这种美学对后来的诗人不会再有任何帮助。拿什么来取代它的位置，我并不知道。但仅仅是否认前者的美学是不可能取而代之的。坚持主题的极大重要性，坚持认为诗人作诗应该自然而然、不经思索，应该依靠灵感，忽视技巧，这样的想法无论如何都只是从高度文明到野蛮的退化。必须有这样一种美学，不管怎么样，它应既能包容也能超越爱伦·坡和瓦莱里的思想。我并不十分担心这个问题，因为我认为诗人的理论必须来源于他的实践，而不是实践来源于理论。但我承认，首先，在从爱伦·坡到瓦莱里承袭下来的诗学传统中，涌现了一些让我极为赞赏和喜欢的现代诗歌。其次，我认为这种传统本身就代表那百年中、在任何地方都最引人关注的诗歌意识的发展。最后，就某些诗歌发展前途的探索而言，我对这种探索行为本身就很重视，因为我们相信应该去探究所有的发展前途。而且，我发现，在尝试通过波德莱尔、马拉美，尤其是通过瓦莱里的眼光来观察爱伦·坡后，我更彻底地确信他的重要性和他的作品作为整体的重要性。至于未来，一种合理的假设认为，这种自我意识的进步，这种在瓦莱里身上发现的对语言的过度警觉和过分关注，会因重荷的不断增加而使人类大脑和神经变得不堪忍受，最终必将土崩瓦解。同样地，它也可能会被保留下来，科学发现发明无穷尽地深精细究，政治社会机器无止境地细化发展，也许会将我们带到那样一个阶段，那时，人们对人性有着一种不可抗拒的厌恶，乐意接受最原始简单的磨难，却不愿再背负现代文明的重担。对此我并无定论：我留给你们思考。

朱振武　译

美国的文学和美国的语言*

几乎是整整四十八年以前，我在人生中第一次站在公共讲台上面对着这么多的听众。那是这所大学的一个附校史密斯预科学校一九〇五届学生的毕业典礼；当时我的角色是朗诵毕业生的纪念诗歌。后来我的一个老师告诉我，我的诗在这类作品中还算得上是相当不错的，可是我的朗诵却十分糟糕。从那以后，我在说话表达上大概有了一些进步，因为现在的人更多批评的是我演说的内容，而不再提及我讲话的方式和声音。然而，我相信今天我会再次体验到类似那个遥远的夜晚曾经的心跳和紧张。在准备演说稿的时候，我发现自己的思绪被那些早年的回忆不停地打断；这让我觉得或许我应该只去谈论这些记忆中的时光，否则就应该让它们彻底归于沉默。第一个选择，对于今天这样庄严的场合，似乎显得太在意私人和自传性的经验；而第二种办法，却要强迫我去压抑那些我不愿压抑的情感。因此，在我正式讨论今天的题目之前，我想先谈谈回到圣路易斯城，回到建校整整百年的华盛顿大学来做演讲，对于我所意味的一切。我相信这个稍长一点的开场白，还不至于显得过于不得体。

今年是华盛顿大学建校一百周年，而这个时刻让我有一个理由，或是一种渴望，来说一说我自己的成长经历。这所我祖父生前一直热心支持和无私服务的大学早期的历史，与我的家族和我个人的经历有着密切的关系。我从未见过我的祖父，他在我出生的前一年就去世了；可是他的影子却始终伴随着我长大成人，以至于孩提时的我总觉得他仍然是我们的家长，而仅仅是因为他不在家，才由我的祖母暂时代行权责。家里的一切行为标准都是祖父订下来的；我们所奉行的道德判断，我们对于责任与放纵的区分都是依照着祖父的原则，这些原则仿佛是摩西从西奈山上带下来的神圣律法，而一切违背它们的行为都是有罪的。其实，祖父定下的律法中要求我们努力践行的东西要多于严格的清规戒律，而其中一条就是要为公众服务的法则。我和家庭中的其他成员一样，大概因为从小受了这个法则的熏陶，在刚刚告别可以任性的青年时光之后，就感受到被一个既不舒服也不方便的责任束缚着，那就是必须要参加各种涉及公共服务的委员会的工作。这条为公众服务的法则特别关乎三个方面：教会、城市和大学。教会对于我们而言，就是当时位于洛克斯特街，在我父亲和祖母房子西面几个街区的弥赛亚唯一神教派教堂；城市就是圣路易斯，那时它的最外沿与森林公园相连，那里是奥利夫街电车的终点站，而对于孩提时的我还意味着广袤的西部原野的起点；大学当然就是指华盛顿大学，那时它还位于华盛顿大街一个毫不起眼的建筑里面。这一切构成了宗教、社群和教育事业的象征物；我觉得在成长的过程中，接受教导以学会尊重这些典章制度，并且明白个体和自私的目的都应该服从于这些制度所代表的公共利益，对于任何一个孩子的教育都是一个很好的开端。

与我的父亲、叔叔、兄弟和几个表兄弟不同，我没有进入

---

* 本文为 1953 年 6 月 9 日在密苏里州圣路易斯华盛顿大学所作的演讲。——原注

华盛顿大学读本科，而是去了另一所与我的家族也有关系的大学。但是我学校教育的早期部分，在我看来同时也是最重要的部分，却来自华盛顿大学的附校史密斯预科学校。关于史密斯预科学校的记忆总的来说是充满快乐的；因此多年前，当得知这所学校已经不复存在时，我觉得一条把我和过去联结起来的记忆链条就这样令人痛苦地拧断了。它曾是一所出色的学校，那里教授着现在已经越来越稀有，但是我以为却是最为根本的内容：拉丁语和希腊语、希腊和罗马历史、英国和美国史、基础数学、法语和德语。学校的科目中甚至还有英文！我很欣慰地回忆起那时英文写作仍然被称为修辞学。如果你们认为学校的课程显得那么不可思议的原始，那么我要告诉你们史密斯预科学校还设有物理和化学实验室，头脑和手脚都很敏捷的学生可以成功地进行各种理化的实验。不过我入学考试时物理没有及格，所以如果我现在已经记不起物理老师的名字，你们大概也不会觉得奇怪。然而，我还记得很多十分优秀的老师的姓名，我希望借此机会再次表达我由衷的感激：拉丁文教师杰克逊先生，教希腊文的罗宾逊先生，数学老师罗伊先生（虽然我不是他的得意弟子），教授法语的约维-考夫曼女士和教授德语的钱德勒小姐。还有哈奇先生，他是我的英文老师；在一次课堂练习上，他曾经热情地表扬我的第一篇诗作，但同时又不无怀疑地问我是否是别人从旁捉刀。杰佛里先生在我的记忆中教授的是现代史，而古代史都是由我们的拉丁文和希腊文教师讲授。好吧，如果我今天还算得上是一个受过教育的人，首先要感谢的就是史密斯预科学校；如果不是在那里接受了这么好的教育，我也不可能在其他地方学到任何知识。如果我的教育中还有一些瑕疵，那都要归结于我自己懒惰与任性的毛病。在我结束这个话题之前，让我再说明一下，史密斯预科学校之所以在我的记忆中是如此出色的一所学校，还因为那些与我一起学习的男孩子；我觉得虽然人数一直不多，史密斯预科学校还是汇聚了当地各式各样背景的学生。

自我接受邀请来这里讲演以后，心中就充满了回忆，无法在此一一叙说；而我今天提到这些过去的经历，已经足以体现我此时的心情和思绪。能够出生在圣路易斯城，我很知足快乐；事实上对于我，能够生于此地十分幸运，远比降生于波士顿、纽约或伦敦要好得多。

今天我选择的题目看上去牵涉到两个方面，而为何要同时讨论“美国的文学”和“美国的语言”？这是因为首先它们有着相互的联系，其次我们也必须将两者区分开来。而在讨论美国的文学之前，我们有必要先弄清楚“美国的语言”这个范畴的涵义。我久有喜欢掉书袋和一贯对于概念准确性问题吹毛求疵的名声，而且对这样的名声我自己又颇为珍惜；因此，我还要加上一句，那就是我的演说不会触及“什么是文学”这一问题。无论人们对于什么样的印刷品符合文学的标准如何地众说纷纭，这类审美品位和判断上的分歧并不会影响我所要讨论的问题。

最近，我的注意力转到了英国英语和美国英语之间差异的问题，还要归功于我收到的一本新编的美国英语辞典。在同样开本的辞典中，它看上去算得上是相当不错的一本，而且可能对那些住在英国的人来说，也会同样有用；此外，对于那些有兴趣于辞典编纂和定义字词的人也大有用处。在此，我还要推荐给大家这本辞典的编者之一，大卫·伯·古拉尼克先生所写的一本颇有见地的小册子。但是，我还是被这本辞典的副书名搞糊涂了：它被称为一本“美国语言”的辞典。也许，我在毫无意识的情况下已经变成了一个双语使用者，因为无论是英国的语言还是美国的语言在我听起来和读起来都像是我自己的母语。当然，这本辞典收入的绝大部分词语都同时属于英国和美国，而它们的意思也一样；而且我看每个词条的定义好像也是用英国英语写的。当然，拼写上英美自有不同之处，而这本辞典使用的是美国的拼写方式，但是这对于英国人也不是什么问题。诺厄·韦伯斯特（一位有名的辞典编纂家，他娶了我的姑祖母）编写的不同版本的辞典都在英国被人们使用着。就拼写来说，我从不信奉什么严格简明的规则，尤其是由那些提倡简化拼写的人，比如已故的萧伯纳先生，所提出的规则。我相信一个语词包含的不仅是发音，也涉及书写时呈现的形象。我反感简化拼写是因为如此将毁掉一个语词根源和历史上的痕迹。当然，也有例外的情况，比如英国人完全可以去掉“labour”一词中多余的“u”，因为那显然是一个词源上的错误。至于“中心”这个词应该拼写为“centre”还是“center”在我看来，也是一个无关痛痒的问题。对于美国英语是否应该将“目录”拼写为“catalog”，我们也可以批评一番；但是，我仍然对于那些会改变发音的拼写简化抱有疑心，比如将“programme”一词简拼为“program”就会把这个词的重音移至第一个音节上。我相信支持系统简化拼写的人们（就像最近在英国下院提出这样法案的那些人）忽略了这样的事实：按照发音来固定拼写的过程同时也会固定语词的发音，而不管是发音还是拼写，无论在美国还是英国，都必然会因为语言使用中的约定俗成和方便的需要经历时代的变化。

除了拼写和发音的不同之外，我能发现的这本辞典与英国标准的辞典之间唯一重要的差异，就是这本辞典收入了一些尚未进入英国出版的英语辞典的词汇。比如，我很高兴地发现了如“grifter”和“shill”这样的词[①]；它们是我最早在一本十分精彩的、关于美国语汇中独具特色部分的书《大骗子》中遇到的。对于像“grifter”和“shill”这样的词，我愿意大胆做一个预言：或者它们会从美国的语言中消失，被其他意思相同但更新颖的词替代；或者像古拉尼克博士所说，如果它们在我们的语言中安家落户，它们就会渐渐地进入英国人的语汇中，最终进入权威的《牛津大词典》的某个补编之中。首先，它们将会出现在英国社会中相当多人使用的语言之中，因为他们的语言在不断汲取来自电影的词汇；之后，这些词汇会从市井小报那里进入《泰晤士报》；然后，从《泰晤士报》中那些颇为轻浮的第四版专栏进入严肃的第一版专栏评论文章之中；此时，它们荣登英国权威辞典的地位就可以确定了。然而，许多新词都不过是昙花一现，就像古拉尼克博士在我提到的那篇文章中就不乏伤感地承认，当一个辞典编纂者决定收入某个新词时，这个词可能即将从日常语言中消失；这好比是犯了一个投资错误，购买了一个即将被迫清盘公司的股票。有些词也可能在消失了一段时间之后，从它们隐藏之处突然又变得流行起来。我孩提时，还居住在这座城市，曾因为用了一个庸俗的短语“O. K.”而被家人责备。之后的一段时间内，这个短语似乎已经彻底淡出；可是在某个时刻，它又被激活了；二十余年前，它仿佛巨浪一般席卷了英国，彻底奠定了它在英语中的地位。至于这个短语是不是一个能够被认可的体面说法，我这里

① 美语中指“骗子”和“托儿”。

有一个最权威的证明：就在卡德维尔教授给我的一份电报中，它也赫然在目。

除了这些拼写、发音和词汇上的不同，英语和美语之间还有一些习惯用语上的差别；不过这些差别大多双方都能明白。有一些短语的确比较危险，它们在两者语境内的意思完全相反，从而会造成难堪的误解和尴尬。然而，所有这些差异都不足以让我们认为英语和美语乃是两种完全不同的语言，因为它们不过相当于英国英语与爱尔兰英语之间的不同；与英语和低地苏格兰人语言的差别相比，它们简直可以忽略不计。可是我们必须探讨这样一个问题，即英语和美语的发展是否真的会让人预见到它们会最终分裂为两种全然不同的语言，以至于两个国家都要在它们学校的课程中再多设置一门外语?

关于这一点，也许我们可以从过去历史上语言的演变中得到一些结论。最为显而易见的例子当然是拉丁文的衰落和演变为几种不同的罗曼语言，还有就是梵文经巴利语演变为现代印度语系中的孟加拉语、马拉地语和古吉拉特语。我无意在此扮演一个语言学家，但即使是一个对语言学一无所知的人也能够看出，意大利语与拉丁语的关系相比巴利语和梵文之间的关系具有明显的类似。因此一眼看上去，就存在着这样的可能性，即美国的语言与写作会渐渐地发展成为异于今天的英国英语的语言，就像意大利语和孟加拉语异于拉丁语和梵文那样。

这样一个问题当然对于当下的文学没有什么关系，但对于一个今天的作家，这样的前景却不会使他觉得欣喜，反而会使他感到不寒而栗。即使我们不会赋予我们的作品以“不朽”这样的称呼，我们都暗暗地相信自己的作品在未来相当长的时间内会被人阅读。如果我们的诗歌、戏剧和小说最多只能变成充斥了饱学之士繁琐注解的故纸堆，我们不可能感到安慰；因为那时，这些饱学之士会不停地辩论段落的含义，而对这些美丽的诗行如何念诵更是一无所知。我们都明白我们绝大多数人都难以逃脱身与名俱灭的命运，但是对于我们中那些身灭于名前的人来说，知道自己的大作将来只有两三个研究生在诸如“中古英美文学 42B”这样的课程中研读，实在不是一件值得高兴的事情。这就好比当占卜者告诉一个生活在高卢南部的晚期拉丁诗人，他为之如此耗费心神的语言在未来几个世纪之后，就会被更新的语言所代替时，他也一样不会高兴。

如果从拉丁文的衰变中我们能够得到什么结论，那就是我们还需面对另一种可能的情况：也许在相当长的一段时间内，用我们的语言写出的任何作品都会是干枯、学究式和纯模仿性的东西。而对于任何一个文学传统的延续，一个必要的条件就是语言的不断变化。如果一种语言还处于变化之中，它就还有着生命力；如果它不再变化，那么后来的作家就无法摆脱只能模仿那些无法超越的经典作品的厄运。但是如果发生了像拉丁文被法语、意大利语、西班牙语和葡萄牙语取代那样的变化，这些新的语言必然要从老的语言的源头中生长出来，或者说，从没有文化的人们日常使用的语言中发展出来；这意味着在相当长的时期内，这些新的语言是十分粗陋的，所能够表达的只是非常有限的一些简单情感和思想。老的文化必须彻底衰亡之后，新的文化才能够发展。而那些新生但又粗鲁的语言演进为伟大而文明的语言的过程，在很大程度上不就往往取决于几个天才作家的幸运出现吗？就像但丁或莎士比亚。

因此，美语和英语之间的关系，是否真与拉丁语和梵文的历史有类比性？无论是好是坏，英语本身演变为大西洋两边两种全然不同的语言是否真有可能？我以为今天的情况已经大有不同。如果这种可能真的会变为现实，那么导致其发生的社会、政治和经济形势的变化将与我们今天的大为不同，而且这些变化规模之巨大，我们今天根本无法想象。因此，我怀疑抱有此种观点的语言学者，如门肯先生（他那本关于美语的里程碑式著作的水平不过相当于语言学家的一次野餐）之流，暗地里错误地将语言的问题混入政治的范畴。这些预言家似乎是在发布一种关于语言的《独立宣言》，一个将美语从英国英语中解放出来的国会法案。但是，这些爱国之士很可能忽略了事情的另一面。

去年十月间曾发生过一个事件，虽然不如林白上校驾驶“圣路易斯精神”号飞机横跨大西洋降落在巴黎近郊的布尔歇那般惊天动地，却也在此类事件中颇不寻常。历史上第一次，一只显然是来自美国的知更鸟，学名是 Turdus migratorius①（鸟的名字取得很是合适），凭自己的力量飞越了大西洋。根据报道，它的壮举中也有“一股持续而强烈的西向气流的协助”。这只奋进的鸟儿还同样颇有智慧，因为它选择的降落地点是靠近德文郡海岸的兰迪岛，那里恰好是一个鸟类的天堂。当然，今天就连鸟儿的旅行也不能不接受来自官方的审查，所以我们这只鸟儿，先是被捉住，忍受了一通照相之后才被释放。我希望释放它的时候，也没有忘记给它发放一份政府的食品配给。有趣的是我们可以去想象一下这次鸟儿“朝圣”的未来结果。可能将来“他”（或是“她”，因为其性别没有说明）会引来一

① 拉丁文，旅鸫。

位异性的同伴，那么我们可以期盼英国很快就会布满美国的知更鸟；或者我们这只孤胆英雄能够在异国尽其所能，与英国那些并非 migratorius[1] 但 musicus[2] 的歌鸫鸟结合。如果是后一种可能的话，那么英国人就应该期望会有一种新的歌鸫鸟出现；春天的时候，雄鸟的胸部会有一个淡淡的红点；因为这是迁徙的知更鸟和悦耳的歌鸫鸟结合的后代，我们不妨称它为行吟鸟或是风琴鸟。

如果一只美国的知更鸟都能进行如此的壮举，那么美国的语言为什么不能做到呢？当然，我们也有强烈的西向“气流”协助。除非美国人自己试图去树立一道语言的铁幕（我以为先不用说像《时代》、《生活》和《纽约客》以及其他杂志的老板们，首先好莱坞就不会答应），你是无法将美国的语言隔离于英国之外的。不管美国语言的迁徙有多快，后面总会跟随着庞大的英国公众追逐的脚步，因为他们在热切寻找着新的词语和说法。有时追逐者的步伐落在后面很远处，但是它们一刻也不会停止，所以我实在看不出你们如何能够将美国的语言保守在自己的藩篱之内。英国当然也是一个急于出口的国家，尽管关税的壁垒处处皆是，但是目前语言的流动方向是从西往东。二次大战加强了这样的流动，从兰兹角到约翰奥格罗茨[3]的人们都接受了美国电影的养分。他们对这些电影中美国语言的理解程度，据我所知，要远远高于美国观众对于英国电影中语言的理解程度。也许这种由西而东的流动在未来很长的一段时间内都

---

① 拉丁文，迁徙的。

② 拉丁文，音乐的、悦耳的。

③ 兰兹角（Land's End）是英国最西端的半岛；而约翰奥格罗茨（John O'Groats）是该国最北边的地方。通常以“从兰兹角到约翰 · 奥格罗茨”表示从英国一端到另一端。

会持续下去，但无论方向如何，英美两国之间语言的相互流动总是会延续。因此，相对于将这两种语言日益分离的力量而言，总是存在着另一些力量促使它们相互融合。

我觉得在讨论我所指的美国文学之前，把这个涉及语言的问题搞清楚是一件值得的准备工作。现在我们可以开始审视这个我以为在历史上从未出现过的现象：使用一种共同的语言写作的两种不同的文学传统。

然而，当我说到“美国文学”时，这个说法对于我有着清楚明确的涵意，但我不认为其涵意可以被完全地定义，而且下面我将解释，我是从何角度来断定试图定义“美国文学”其实是一件没有好处的事情。像许多其他的词语一样，“美国文学”的涵意也经历了变迁和发展。今天美国文学对于我们所意味的东西与一百年前自然大不相同。今天它所包含的内容要比一百年前更为丰富。我不是说相比十九世纪，二十世纪的美国文学更加配得上这个称呼。我要说明的是美国文学这个名称对于上个世纪的作家所意味的内涵与现在有所不同；还有就是对于十九世纪的美国文学，只有我们今天回过头去审视时，才能够看到它的“美国性”。在这个国家的早期，当我们提到“美国文学”时，我们无非是在做一个纯粹地理意义上的区分，比如乔纳森·爱德华兹[①]一定无法理解“美国文学”今天所包含的意义。因为当时还没有后起作家的杰作，早期的美国文学只不过是在美国出生或生活的人用英语写成的文学。华盛顿·欧文相比于费尼莫·库珀，就少了许多的美国性。而我怀疑对一个当时的英国读者，库珀的《皮裹腿故事集》，读起来不像是在描

① Jonathan Edwards（1703—1758），美国十八世纪最著名的清教神学家。

写一个崭新的不同的社会，而更像是记述英国的探险者在一个新的未开发的国度里的经历。我觉得今天英国的男孩子们仍然对那些关于英国殖民地和属地早期探险生活的精彩故事抱有同样浓厚的兴趣。（库珀的不幸和瓦尔特·司各特的一样，都在于他的作品总是被儿童阅读，而他们长大后大多不会再读这些作品。我们一直要等到戴·赫·劳伦斯在晚年重新发现库珀，并且写下到目前为止关于库珀最为精彩的一篇批评文章。）当时的英国读者一定不能够体会到《皮裹腿故事集》的主人公纳蒂·班波代表的是一种新人的形象；只有今天我们回头去看的时候，这样的不同之处才会显现出来。

然而，十九世纪新英格兰的文学最明显的特征不仅仅是其代表作家的个人特点；它体现了一种特殊的文明景观，一个有着自身特性、源自英国的地域性社会的秩序和风气。与其说这种文学再现了美国，还不如说它再现了新英格兰；朗费罗，惠蒂埃[①]，布莱恩特，爱默生，梭罗，还有纯粹新英格兰人的最后代表罗伯特·弗罗斯特，更能够引起的是那些同样来自新英格兰的人们的共鸣。或者说，除了普遍性的文学特征之外，对于那些散居各处的新英格兰人，这些作品还总是带有一种特别的、充满怀旧色彩的魅力。对于他们中我认为最伟大的作家纳撒尼尔·霍桑，我觉得他的作品中有一层内涵，只有那些骨子里浸润着加尔文派教义，而良心上还受到早期殖民时期绞死巫婆（不仅仅是搜捕巫婆）的宗教迫害行为所折磨的读者，才能够实实在在地体会到。因此，我所选择的那些足以代表美国文

① John Greenleaf Whittier（1807—1892），美国作家和废奴主义者。后半生在英美两国享有家喻户晓的声誉。

学的里程碑式的作家和作品并不来自新英格兰。我知道我的选择可能会显得随意，但是当你试图做一些范围比较大的概括论述时，可能都不能避免如此。我选择的三个作家是爱伦·坡，惠特曼和马克·吐温。

我首先要说明，我并没有暗示他们比其他那些我已经或者也应该提到的作家更加伟大。我也不打算证明他们三个要比其他作家更加具有“美国性”，或是说今天的美国文学就来源于这三位作家；抑或是说对于这三位作家的研究可以让我们寻找到文学作品中“美国性”的基本形式。不管他们三人身上具有什么样的美国性的特点，我觉得去给这些特点下一个明确的定义其实是不智的举动；而且在努力寻找出他们具有的共性之时，我们往往容易忽略每个作家独具的本质特征。

我还必须强调的是，选择这三位作家的时候，我并不关注他们具有的文学影响力。在这一点上，将爱伦·坡和惠特曼做一个比较很可以说明问题。在所有美国诗人中，爱伦·坡和惠特曼在海外毫无疑问拥有最高的声望，无论是在英语国家，还是在只能依赖翻译来阅读他们的非英语国家。爱伦·坡的身后事中最著名的一件，就是通过三位法国诗人的介绍而使他在法国享有极高的文学声誉，可是同时他在英美的影响力却微乎其微。除了爱德华·李尔之外，我想不出任何英美著名的诗人受到过爱伦·坡的影响。为什么一方面爱伦·坡会被认为是具有美国特质的作家，而另一方面我们又根本看不出他的存在能够让他之后的美国诗人的写作方式发生任何变化?

另一方面，沃尔特·惠特曼被认为对现代诗歌产生了巨大的影响，我怀疑这一点是否有些被夸大。就此而言，他让我想到杰拉德·曼利·霍普金斯[①]；霍普金斯在名气上虽不如惠特曼，但也是一个出色的诗歌风格的创新者。惠特曼和霍普金斯都找到了一套合适的诗歌语言和韵律形式来表达他们所要表达的东西，可是他们的成就却又很难被其他诗人所采纳吸收。像惠特曼和霍普金斯这样的诗人常常能够吸引模仿者的原因是，这两个诗人在他们不那么好的作品中不过是在模仿他们自己；而这种倾向在拥有自己独特诗歌语言的诗人中经常可以看到。然而，我们发现往往是那些诗人自我模仿的诗歌作品，而不是他们最好的诗歌，才显得最具吸引力和最易被模仿。诗歌艺术中，一个真正的学徒注重的是他仰慕的大师所要表达的东西，然后才是他表达的方式；而一个模仿者，或者说一个借用者，只是去注意这个大师的表达方式。如果他能够模仿得足够好，他便可以成功地掩盖自己无话可说的事实。

与之相对，马克·吐温在文学上的影响力却是相当巨大的。这种情况的原因在于马克·吐温，至少在《哈克贝利·费恩历险记》这部书里，显示出他可以比肩于那些任何文学传统中都不多见的作家；他们发现了一种新的写作方式，而这样的方式对于其他作家和对于他们自己都具有合理性。在这一点上，我可以把他和德莱顿以及斯威夫特相提并论，他们都属于那些罕有的作家，他们更新了自己民族的话语，“纯净了自己部族的语言”。在这个层面上，我会将马克·吐温置于霍桑之上，虽然相比而言，马克·吐温并没有更好的语言风格，明显也不是一个对于人类灵魂更为深刻的探索者。从表面上看，马

① Gerard Manley Hopkins（1844—1889），英国诗人，维多利亚时代最富有独特风格的作家之一。

克·吐温也具有强烈的地域性；但是，霍桑笔下的塞勒姆城始终只是一个具有自身独特传统的小城，它只能待在那里，搬移不到任何其他地方。马克·吐温笔下的密西西比河却不仅仅是为了那些航行于其上或生活在河畔的人们而存在；它是一条包含着人类生活普遍性经验的大河，比约瑟夫·康拉德笔下的刚果更加具有普遍意义。对于马克·吐温在世界上所有地方的读者而言，密西西比河是唯一的大河。我以为马克·吐温的作品中有着一种伟大的无意识的深刻性；正是这种深刻性赋予了《哈克贝利·费恩历险记》一种象征性的价值，而恰恰因为这样的象征是无意识的，非作家刻意所为，才显得更加具有感染力。

这里我们提出了两个特点，而对于那些我认为能够成为某个国家文学里程碑的作家来说，这两者都必不可缺：首先是一种鲜明的地域性，其次是与之相结合的一种无意识的普遍性。但是，我们不要以为地域性可以从作品的表面很容易地看出来。比如，爱伦·坡的作品有什么显而易见的地域性呢？除了《金甲虫》和其他几篇散文体作品，爱伦·坡的作品没有什么是基于他所熟悉的地方风貌和人物类型。他在故事中最喜欢采用的背景是一些想象中的浪漫之地：他从未去过的巴黎或威尼斯。这一点的确令人困惑，爱伦·坡此后也因此成为一个谜，批评家的一个难题。也许，爱伦·坡的地域性就在于他没有机会游历世界；当他描述欧洲的时候，那是一个和他没有直接关系的地方。可是，国际化的经验对爱伦·坡的坏处可能大于好处；换言之，国际化的经验可能反而会伤害普遍性，因为一个人的注意力会被分散到对于几个外国首都中那些街道、咖啡馆和当地语言等等事物的肤浅了解中去。普遍性来自作家对个体透彻的经验和感悟进行表现。陀思妥耶夫斯基并没有因为他一直待在俄国就让他的作品失去任何普遍性。也许我们能说的是爱伦·坡的想象力在他的作品中创造了一个全然是梦幻的世界，可是任何梦幻世界都会受到作家生活于其中的真实世界的约束，而爱伦·坡的想象世界后面真实的现实世界则是他所熟悉的巴尔的摩、里士满和费城的社会。

你们可能已经注意到我讨论的三个作家都在国外享有崇高的声望。同时，外国读者可能会对当代作家抱有错误的评价，比如当代的英国读者对于一些法国作家重要性的评价，和当代的法国读者对于一些英国作家重要性的评价，几乎是同样的离奇。但是，随着时光流逝，国外读者对于来自异国的作家持久的喜爱，会说明这些作家的确将作品中的地域性和它具有的普遍意义结合起来了。首先吸引一个外国读者的一定是异国作品的不同之处，一个外国作家被认为有趣，首先是因为他与本国作家如此相异。但是，这些由新奇引发的时髦热衷很快就会过去；如果读者在差异之外不能发现任何共同之处，哪怕是不自觉地发现，这些作品就无法继续存在下去。当第一次读到陀思妥耶夫斯基的小说，或是第一次观看契诃夫的戏剧，我觉得我们首先感到新奇的是俄罗斯人不同寻常的行为举止；可是，后来我们发现这些行为不过是用了一种古怪的方式来表达我们都拥有的情感和思想。虽然作家只有地域性而没有普遍性是非常容易的事，但是我很怀疑一个具有普遍性的作家是否能够没有任何的地域性。有谁比奥德修斯这个人物更具有希腊的特性？有谁比浮士德更具有德国性？有谁比堂吉诃德更能够代表西班牙？又有谁比哈克贝利·费恩更像一个美国人？但是这些人物中的任何一个都成为了关于人本身的神话中的一个原型。

说到这一点，我认为一个文学传统只有在这样的阶段才能够达到自觉，即这个传统中任何一个年轻作家都认识到在他之前、属于他的国家和语言的几代文学前辈，而在这些前辈中又有几位被共同认可为伟大的作家。这样的文学背景对于一个年轻作家的重要性是不可估量的；但这并非一定是由于这样的背景可以为他提供一个模仿的范例。一个年轻作家当然不应该有意地降低自己的才能，去顺从不管是美国的还是其他什么国家的文学传统。一个过去的，特别是在并不久远的过去的作家，在自己的社会里和用自己的语言写作的作家，对于年轻作家的价值往往在于他能够被看作一个明确的需要反叛的对象。年轻的作家会认识到自己所归属的共同的祖先世系，但是他并非一定得喜欢他的亲戚们。为了找到一个可以仿效的例子，或是可供学习的风格，求索于异国和非母语的或者生活于更遥远时代的作家，对于年轻作家来说，可能是一个更加有利的方法。我早期的一些最为强烈的创作动机就来源于类似的认识："这里有一个人，在很远的过去，用陌生的语言写作，可他的话却与我现在想表达的相互呼应；让我来试一试能否像他那样，但是要用我自己的语言，此时此地的语言来表达。"

这些思考应该能让我们警惕在我们的文学中存在着的褊狭的民族自豪感，尤其是要让我们去反对类似这样的对于作家的质疑，比如"这个作家是否真正具有美国性？他的作品是否符合美国的标准，符合我们关于美国文学基本要素的定义"？显然，文学批评家实行这样的审查制度只可能扼杀文学写作的原创力。其实，类似的批评在其他国家我们也能够听到："这根本不像是英国的作品！"或"这根本不属于法国的作品！"或是什么其他语言的文学。当然，也存在着因为一部作品具有鲜明的地域性就给予过高评价的危险；或者当我们评价自己国家的作家时，无意中使用的标准就不如评价外国作家时那样高。在所有国家中，这样的危险始终存在。如果我们狭隘到只接受已获认可的作品主题和风格，那就意味着美国文学的范畴已经一劳永逸地确立了。可是，一个有活力的文学传统总是在不断地变化；而同时代的几个有活力的文学传统，总是通过一个或几个作家在相互影响之中改变着。我们可以相信，未来的美国文学会使我们基于现在和过去的作家作品而得出的关于“什么是美国文学”的一切结论都变得过时。

文学中时时会发生某种革命，出现一种在形式和内容上的突然变化。那时，一代人或更长的时间内被实践着的写作方式，会被少数几个人判定为彻底过时，并且不能够反映当代的思想、情感与表述形式。于是，一种新的写作方式出现了；起初，人们对之或是充满嘲讽，或是嗤之以鼻，他们把它看成对于传统的抛弃，并且是大混乱的开端。可是过了一段时间，我们会发现这种新的方式并非是毁灭性的，而是一种重新的创造。我们并非像那些新文学潮流最顽固的敌人和最愚蠢的支持者所想象的那样彻底拒绝了过去；相反，我们拓展了对于过去的理解，我们从这些新东西的角度出发，以新的形式去观照和理解过去。我们可以把近四十年来在英美诗歌中所发生的变化看成这样的一场革命。

如果我们要提到这场革命，那就必须提及相应的诗人。然而，出于公正的目的，我首先要声明我所选择的作家只是这场文学革命中的典型人物；我提出他们的先后次序并不是一种评价他们价值和重要性的座次和排序，他们和未被我提到的作家相比，也不一定就更加出色。此外，在所有的文学革命中，新与旧都会重叠；有的诗人仍然用一种被称为“更加传统”的形式创作诗歌，但是他们也是第一流的诗人，历史的评判也许会把他们置于许多用新的形式写作的诗人之上。

在二十世纪最初的十年，诗歌的境况颇不寻常。我想象不出有哪一个处于创作巅峰的英美诗人的作品，能够为一个有意要去寻找新的诗歌语言的年轻后辈指引出方向。那个年代是维多利亚文学的尾声。我觉得我们应该同情那些十九世纪九十年代的英语诗人；今天除了一个诗人外，他们都已经逝去。这唯一的例外就是威·勃·叶芝，和他同属“诗人俱乐部”的同伴相比，叶芝更年轻，更有活力，同时性情也更温和。当时，叶芝并没有找到属于他自己的诗歌语言；他是一个大器晚成的诗人。当他在一九一七年前后，终于成为一位伟大的现代诗人时，现代诗歌的发展已经让他显得不像一个开路的先驱，而更像一位年纪偏长、备受尊重的同行者。除了在欧内斯特·道森[①]、约翰·戴维森[②]和亚瑟·西蒙斯[③]的几首诗中所表现出的新的诗歌语调之外，九十年代诗人只留给我们一个有益的观点，那就是法国象征派诗人（他们中绝大多数人也都已经辞别人世）的作品中有些值得英语诗歌学习和汲取的养分。

在此我不打算给英语诗歌中发生的变革下某种定义，我只是想勾勒出这一变革的时间轮廓。英语诗歌在我们这个世纪中经历的转变无法归功于某一个诗人团体，更不用说某一个诗人。就像在科学领域中，一个新的发现往往要归功于几位互相之间对彼此的工作并不知晓，却又恰好向着同一个方向摸索的

① Ernest Dowson（1867—1900），英国颓废派诗人。
② John Davidson（1857—1909），苏格兰诗人、剧作家，擅长抒情叙事歌谣。
③ Arthur Symons（1865—1945），英国诗人、批评家，支持法国象征派诗歌。

科学家；当我们回首往昔，也常常无法断定是哪一位科学家的天才做出了这样的发现。如果用现在文学史通常采取的一个方便的point de repère[①]，现代英语诗歌的起始点是一九一〇年前后伦敦的一个被称为“意象派”的诗歌团体。我当时并不在那里。这是一个英美诗人的团体；而文学史的考证还没有，也许永远也不能够确定意象派诗歌或其名称，是由美国诗人埃兹拉·庞德，还是由英国诗人托·厄·休姆发明的。这个团体的诗人看上去是被一种共同的对法国现代诗歌的爱好结合起来的，还有的就是一种共同的兴趣，他们试图研究其他时代和用别的语言所写成的诗歌，并从中探索诗歌发展的新的可能性。如果说意象派诗歌在美国比在英国得到更快和更广泛的传播，那主要应归功于诗人艾米·洛威尔激情澎湃但同时也有点被误导的行动；洛威尔担当了这个诗歌运动广告宣传的负责人；而意象派运动的重要性其实主要在于它刺激了现代诗歌的后续发展。

我认为可以公正地说，在二十世纪现代诗歌发展的开拓者中，一个引人注目的事实是美国诗人在数量和质量上都要高于英国诗人；至于为何出现这种现象还须留待我们的猜测。我不认为这是因为很多英国人死于第一次世界大战；在我看来，已有诗集出版的英国诗人中死于一战最知名的是艾萨克·罗森堡[②]，而他并不属于现代诗歌运动。也许，年轻的美国诗人更少被维多利亚文学传统所压迫，从而更加愿意接受新的影响和尝试新的文学实验。（就我个人对当代诗歌的观察，我以为总的来

① 法文，标志性的事件。
② Isaac Rosenberg（1890—1918），英国诗人、画家，以“战壕诗歌”闻名。

说，美国诗人最危险的倾向是变得孤立古怪和缺乏形式，而英国诗人最危险的则在于墨守成规和退回到维多利亚文学的固有模式。）如果就我自己这一代诗人而言，首先会让我们想到的是埃兹拉·庞德，威·卡·威廉姆斯和华莱士·史蒂文斯，还有一位是值得你们骄傲的，同样出生于圣路易斯的玛丽安·穆尔[①]。如果是再年轻一代的诗人，我也能够马上想到卡明斯，哈特·克莱恩[②]，兰塞姆[③]和泰特[④]。我提到他们的名字只是因为他们的作品属于那些更加激进的实验者；至于那些在创作方式上走中间道路、不显得那么极端的诗人，其中佼佼者的名字也和英国的诗人一样多。这可以说是一个新的文学现象。十九世纪时，美国文学中只有爱伦·坡和惠特曼享有国际声誉；而在过去的四十年里，美国诗歌中有这么一大批作品让英国和欧洲瞩目。

在我看来，这些都已经成为客观事实。但是，在二十世纪三十年代，诗歌发展的潮流似乎又转向了相反的方向。三十年代最具代表性的诗人当属威·休·奥登，虽然我相信与他同时代的其他英国诗人最优秀的作品也会同样流传后世。然而，我不太清楚奥登应该算英国诗人还是美国诗人；不过在别人问我同样的问题时，他的文学经历倒是为我提供了一个绝佳的回答，因为我可以说“奥登的文学轨迹正好与我的完全相反”。今天，英美两国都有着几位出色的年轻诗人，而且英国从威尔士的诗人群体中也汲取了新的重要成员。而我为大家很快地描

---

① Marianne Moore（1887—1972），美国女诗人。

② Hart Crane（1899—1932），美国诗人，著有史诗《桥》（*The Bridge*）。

③ John Crowe Ransom（1888—1974），美国诗人、文艺理论家，著有《新批评》（*The New Criticism*）。

④ Allen Tate（1899—1979），美国诗人、小说家，“新批评派”代表人物。

述这幅文学图景的目的则是要说明，在我的一生中，英美两国的文学相互影响，而这对于大西洋两岸文学的发展是相互裨益的。但是英美两国的诗歌并没有因此融合成一个共同的诗歌形式，即使我们看到今天大西洋两边的诗歌作品相互之间，显示出超过上一代的更加亲密的血缘关系。至于是什么基本要素构成了英美诗歌“传统”之间的差异，我们没有办法得到一个满意的定义。当你的确提出了一个这样的定义，而它又是十分明确和绝对，你就会马上发现某个完全无法被套进此定义，但又明明白白地属于英国或美国的诗人。但是，我们的诗歌传统，就如我之前所说，又会因为每个新出现的天才诗人而改变。英美诗歌传统之间的差异将会长久地存在，可是我们却无法明确地定义它；事实上，我觉得也应该如此，恰恰因为存在着差异，英国的诗歌和美国的诗歌才能够相互裨益，并造就两个诗歌传统无限的自我更新。

毛亮　译

教育的宗旨*

一　“教育”能够界定吗

有位著名的神父[①]，最近在一本小书[②]里发表了一个判断，我力求深思熟虑。书中专门探讨的是我下文所要关注的这类问题。“看来，”他说道，“确实令人遗憾的是，绝大多数教育家并未充分忽视舞笔弄文之辈，情况恰恰相反，他们对后者留下了异乎寻常的深刻印象。”诚然，发出这句严厉的忠告之前，他先讲的一个说法比较令人心安；他在上文如是议论道：“物理学家，宗教人士，博物学家，艺术家，研究人类交往的学人，如果大家能够齐心合力，给予他们（即舞笔弄文之辈）止于彼此之间谈话的特权，而且大家能够共同转向重新思考：哪些内容构成了真正的教育，以便恢复基于适当经验的健全思维，那么在教育界，就会较少出现思想混乱的局面，而更多的则会是相得益彰的合作——这些应该在各界人士当中蔚为风气，他们通过各种方法，通过各种补充的渠道，孜孜探求唯一的真理。”在今天这个场合，我无法肯定，本人应该被视为一位艺术家呢，还是一个舞笔弄文之辈。有益的贡献与无知的干预，二者之间存在的一条界限，可能确实仅有咫尺之遥：如果我毕竟有话要说，那就必须不避盲瞽之说的嫌疑。

教育这个话题，我们大家都感到有话可说。我们大家都接受过教育，只是程度不同而已；我们，其中绝大多数的人，看待我们自身教育的欠缺之处时，都有所微词；大家都喜欢责怪我们的教育家，或教育体制，因为他们都在这个体制之内迫不得已地工作，罪名便是我们在自我教育方面已经失败。我这个舞笔弄文的人，曾经几度涉足过教书行当。我做过校长，在一所语法学校任职一个学期，还有一年在少儿学校；一生中，我有三年时间，是在指导一个成人教育班，每周一次；还有一段时间，我身为哲学课的助教，安排每周的辅导小组，后来岁数很大的时候，我负责一门本科生课程——上帝宽恕我吧——当代英国文学。我在高校发表的各种各样的系列公开演讲并未包括在内，因为此类演讲无需任何人通过测验，所以它们并不属于教育的组成部分。我提到本人这些名义上的资历，无非为了肯定一点：依我之见，就现在的任务而言，它们根本算不上什么资历。

两三年前，我完成了一本书，叫做《关于文化定义的札记》——有些读者断称，这个书名自命不凡，且书生意气，还有些人则断称，这是明摆着的故作谦虚。在这本书里，或许有点无关宏旨，包括了一个章节，探讨教育理论的取舍问题，我相信，当前教育理论中存在着种种谬论。我不敢妄称，这一章

---

* 1950年11月在芝加哥大学发表的演讲集。讲稿文本分别刊载于《均衡》杂志（*Measure*，1950年12月，1951年春季号，夏季号，秋季号）。——原注

① 即伯纳德·艾丁斯·贝尔（Bernard Iddings Bell，1886—1958），美国五十年代和杜威唱反调的人物，反对所谓“幼稚、粗俗文化”，提倡道德和宗教的传统教育，主张道德哲学再度成为教育方面首要考虑的问题。著作包括《牧师之道：牧师的精神规避》、《超越不可知论》、《群众文化：美国生活方式审视》等。

② 伯纳德·艾丁斯·贝尔著，《教育的危机》（*Crisis in Education*），纽约麦格罗·希尔出版公司，1949年出版。——原注

有什么统一性或结构可言，无非是条分缕析，或许主要作用在于平息怒火，因为当时我感愤的是，在兵火连天的英国，竟然还有人坐而论道，而且连篇累牍，尽是些无稽之谈。当年百感交集——或者说肝火太盛——终于得以释怀，我觉得好受多了；同时我认为，本人再也不会身不由己而重提这个话题。不过遗憾的是，这一章竟不入法眼，冒犯了一位大名鼎鼎的教育家①，他先是客客气气恭维几句，然后便将我公之于众，指为满纸矛盾之说的作者；而且，实际上是要求我拿出一点顺理成章的东西，不然就要我赔罪致歉。也罢，今日的尝试，多少可谓一举两得。

我顿时认识到了一个过失：一方面，在此书上述章节的前文部分，我希望那是写得较好的部分，文化这个字眼，在不同的语境里，至少包含三层意思，彼此不同，而又密切相关，我尝试区别对待；而我在运用教育这个字眼的时候，没有费心用相同方式予以分析。不过旋即显而易见，教育一词意思另有所指。首先我们在谈论提供的是什么教育，我们在谈论接受的又是什么教育；其次我们在谈论的教育，是指施教予人的内容，还有我们指的是，他们为了自身考虑而有何作为。我们可能是指机器，或者我们可能是指一个聪明的学生和一位因材施教的老师之间的接触。

说到这里，我不免要走题扯远一些。我已经披露了本人的

---

① 罗伯特·梅·哈钦斯（Robert M. Hutchins，1899—1977），美国教育家，三十年代就任芝加哥大学校长。长期担任《不列颠百科全书》编委会主任，也是 54 卷本《西方名著》丛书主编。他批判了高校过分专业化倾向，倡导“通识教育”，力求课程统筹兼顾，保持西方学术传统。著作包括《美国的高等教育》、《乌托邦大学》、《追求自由的教育》等。——译注
《托·斯·艾略特论教育》（*T. S. Eliot on Education*），见《均衡》，第一期（1950年，冬季号）。——原注

意愿：在教育方面，不怕落个舞笔弄文的名声；在语义学和语义符号学方面，也不怕落个舞笔弄文的名声。比起教育，这个领域更是不可涉猎的禁区；可是现在铺天盖地，处处都是高度专业化的科目，好一派光景，竟如此彻底地割裂为各个禁区，处处可见告示牌在提醒我们，不可入内，违者问罪，或者干脆竖起“内有公牛”的牌子，结果舞笔弄文之辈，经不起刺激，便口无遮拦起来。所以关于这个话题，我不得不说点什么，先要标明经纬——下面所谈的内容，如果受到过多的嘲笑，以后就束之高阁——所以我取的标题是，“关于一箭三雕[①]的定义”，或曰“驳麦塔格”[②]。

约翰·麦塔格·埃利斯·麦塔格，剑桥三一学院的已故哲学家，在世之日享有盛名。我未曾拜读过此公的任何一部著作，不过我相信，他是黑格尔的信徒；他阐说的那套哲学，现在遭到冷落了，除却存在于辩证唯物主义的形式。不过据说，就是这位麦塔格先生，他予以这样一个说明：三叉一词，意为玳瑁。这个解释，他找到两个出处，引为依据，一处见《猫头鹰和猫咪》[③]，一处见《不长脚趾的波波乐》[④]。诸位请记住，猫头鹰和猫咪，在饱食婚宴酒席时，用的便是一把三叉匙；还有波波乐的姑妈约比斯卡，她养着一只绯红胡须的三叉猫。麦塔

---

① 原文“runcibility”系由下文提到的爱德华·李尔所用的“runcible”（三叉）派生而来。

② John MacTaggart Ellis MacTaggart（1866—1925），英国哲学家。二十世纪初叶英国黑格尔派代表人物之一。著作包括《黑格尔辩证法研究》、《宗教的一些教条》、《存在之本质》等。

③ 这首打油诗在英国家喻户晓，诗题原文为“The Owl and the Pussycat”，诗人系爱德华·李尔，为赞助人爱德华·斯坦利（德比伯爵十三世）子女而作。原诗全句为“... they ate with a runcible spoon”，见第3节第6行。

④ 也是一首打油诗，诗题原文“The Pobble Who Has No Toes”，作者同上。原诗全句为“Runcible cat with crimson whiskers”，见第3节第8行。

格认识到，有的时候人们用玳瑁制作汤匙，玳瑁猫也时有出没，于是他便肯定，只有玳瑁是同时适用于猫和汤匙的形容词。英语里是否还有其他形容词，也可以同时用于猫和汤匙，这个问题我不会提出来：我愿意接受麦塔格在这一点上的发现。爱德华·李尔的作品，他还谈不上耳熟能详，而我的异议，也无意基于以上事实；我的意思是，本人也言之有据，因为在另一首诗里，李尔曾形容自己走来走去“戴了顶三叉帽”[①]。麦塔格的任何一位门人若要避实就虚，十分便当，可以附条脚注提示读者，李尔乃一介怪才——这一点难以否认——像李尔那样的人物，很可能头戴玳瑁壳，权当冠冕之用：附带说明一下，一只玳瑁的壳和有些英国大学文学博士的学位帽，在外形上不无相似之处。休矣，我断定麦塔格的方法，开头便陷入了谬误。

虽然语义派生于一个词根，同一语词可能演化为互不相关的两层意思，此类现象可谓屡见不鲜。试比较法语中的动词évincer和英语中的evince，前者意为“排除，剥夺”，后者如今意为“显示，展现，显露”。这两个词语本义为“征服”——也就是说，二者起先都忠实于拉丁语中的本义，然后它们才得以形成。这个法语动词的现代用法，首先属于法律范畴。可是这个英语动词则源远流长，引人入胜。十六世纪初叶，它的意思仍为“战胜，胜于”，同时意为“信服”(convince)——在辩论中取胜（当然，convince保存了胜利的含义），也意为“驳倒”。稍后，此词呈现的意思为“迫使，强求”；而在同时，词

① 原诗全句为“He weareth a runcible hat”，出自“How Pleasant to Know Mr. Lear”，见第5节第4行。

义也可能为“证实”或“证明无辜”。到了十八世纪末，evince的语义似乎突然飞跃，形成的意思为“变得醒目或彰明较著”。这个飞跃可能看似令人费解，其实不然，我们只需查阅《牛津大词典》里照明这层语义的引证，出处为《库克船长探险记》[①]（一七九〇年）：“他们太平洋人的性情完全显露了出来[②]，只要看他们友好接待所有生客的态度。”一七九〇年的语义是“变得醒目或彰明较著”，与一六一〇年的一层意思相去不远：“通过论辩或佐证而证明。”而且“变得醒目或彰明较著”这层语义，轻而易举便过渡到了十九世纪至今的用法，即“显示，展现，显露”。由此可见，一个语词从一层语义到另一层语义的过渡，可能显得简单、自然，而且肯定在evince一词的历史沿革过程中也合乎情理；每次过渡，可能完全不知不觉，结果作者——而且，我们不可忘记，还有消失于记忆中的言者——功不可没，可能意识不到，当时他们有什么标新立异：经过了一段漫长的道路，从拉丁语动词evincere演化到了“征服”，而英语动词exhibit（展现）或manifest（显露）则来源于不同的词根。于是，英语的evince与法语的évincer，二者之间的语义今日便相去霄壤了。

我们学会了解重要词语的来龙去脉，这样便有一个明显的功用，因为如果缺乏这一方面的理解，我们总是会根据现代语义解读英国文学比较古老的文本。举例来说，我们有必要知道，在英国，袜带（suspenders）用于系吊袜子，而在美国，它们的用处是支撑长裤（pants）的背带，在英国长裤则用背带

① 詹姆斯·库克（James Cook，1728—1779），英国海军上校、航海家和探险家，澳大利亚的发现者之一。
② 原文为“Their pacific disposition is thoroughly evinced”。

（braces）系吊，而且不叫长裤（pants），因为这个保留下来的名词是专指美国长裤里面的内裤。不同时期相同地域，同一词语的词义会出现变异，不同地域相同时期，亦然出现变异，除此之外，相同地域和相同时期，同一词语还发生了远为重要的词义变异。在进一步展开之前，我想提示一点，词语的这种摇摆现象，并非什么令人悲叹之事。我们不可力求限定一词确指一义，不可要求一个词义在各个时期，各个地域，对所有的人，都是如此确指。诚然，一种语言肯定包括许多语词，至少相对而言，一个词语总有一层语义固定下来。科学术语姑且不论，有许多名词用于具体物体的命名，它们肯定本质上所指的是相同事物，而贯穿于语言的全部历史：比如下述两个名词，过去在思考某物存在与否的时候，一直为哲学家所用——即桌子和椅子。不过还有许多词语，肯定改变了词义，而正是由于语词在语义方面的变化，这样才保持了语言的活力，确切地说，这样才表明语言有活力。如果词语一成不变，那就意味着，要么我们过的生活和祖先一模一样（一个原始部落的语言中词语意思的变化速度，在其他条件相等的情况下，我料想是非常缓慢的），要么我们的语言已经不再满足得了我们的需要——在这种情况下，近邻比较发达的语言便有可能取而代之。

世世代代，词语意义都在发生变化，与此关联的是意义的变异，它们可能在相同时间内出现，而这里我的关注所在正是这些变异。源于相同词根的两个词语，在两种不同语言里，它们已经获得如此互异的语义，比如 évincer 和 evince，此时它们其实是两个不同的语词。设若英语里的 evince，同时意为“剥夺”和“显露”，那么词义混淆的程度，便会令人不堪。但是有许多词语，我们是在不同语境里取其大同小异的意思；而意义方面的差异虽然微乎其微，却可能十分重要。我们的思维存在着大量的混淆现象，都是产生于以下这种情况：我们没有注意到，在运用相同词语的时候，表达的是多层意思。

现在我暂且回到“三叉”一词。这是一个无含义词语，但是我认为，通过探究无含义词语，我们能够对“有含义词语”有所认识。刘易斯·卡罗尔用过一些“缩合”词语，比如slithy，gimble，wabe①，它们并非纯粹的无含义词语，因为他界说了其中的含义：它们都不是爱德华·李尔所用的“spongetaneous”（伸缩自如）一词的意思。可是三叉一词，据我发现，则可谓纯粹的无含义词语：如此立论的依据是它没有词根。所以这个词语无从界说。可是我应该否定以下说法：这个相同的词语，他有三种用法，而彼此之间并不存在任何关系。这个词语的正确性体现于三种用法的每一种，它能令人感到满意之处，在于可以修饰大相径庭的客体，比如猫、汤匙和帽子，这个事实就是我们的识力予以认可之处：我们也感受到，每种用法都蕴含一层不同意义的微妙差异。词语的这类无意义的阴影，便是本人关注的方面。所以“三叉”不可能意为玳瑁。附带提醒一句，李尔是位诗人；所以，倘若他指的是玳瑁，他可能说的就是玳瑁。

我按图索骥的词语，当然，是教育。在《关于文化定义的札记》里，我考虑欠周，写完一个章节的札记，探讨教育问

---

① slithy，由slimy（黏糊糊的）和lithe（柔软的）合成的词语，意为“滑不唧溜”。gimble，从gimlet（手锥）一词而来，意为“像手锥般钻洞”。wabe，从动词“swab”（抹布）或“soak”（浸泡）衍生而来，意为“日晷旁边的草地”，指“山坡”。以上据卡罗尔自注。出自刘易斯·卡罗尔（Lewis Carroll，1832—1898）《镜中世界》里的小诗《胡言怪兽》（“Jabberwocky”），全句为“'Twas brillig，and the slithy toves /Did gyre and gimble in the wabe”。字面英语为“'It was evening，and the smooth active badgers were scratching and boring holes in the hill side”。

题。我付出了一番努力，刚才已经有所交代，旨在区别我们在运用文化一词时，所指的三层意义：我们谈到个人、群体或者整体而言的社会的时候，文化的意义略有不同。我坚持认为，倘若用三个不同的词语表达，则并不可行，或者乃至开口便称“个人文化，群体文化，或社会文化”，也不可能，因为三者的意义彼此渗透，互为照明；不过我坚持一点，我们必须始终防止出现以下情况：关于其中一个范畴，我们进行表述的时候，这些表述却仅仅适用于另一范畴。有可能我本人已经混淆了所指的范畴，即使在我力求区别看待的那些章节。偶尔误导视听的情况在所难免，因为自我误导的情况也难以避免，而前者往往更有甚之。而且我们必须记住，一个词语的定义，永远无法全面体现它的意义，也就是说，无法通过其他词语而全面体现；还要记住的是，诸如“文化”这样一个词语，它的所有意义之间存在着内含的统一性，故而无法全面限定于一个定义之内：当前用法中，这个词语有若干定义，我们逐一探讨的时候，感受到的正是这种统一性。

然而，我当时的不足之处，在于未能分析“教育”一词的若干意义。我现在并不认为，我曾经提出质疑的任何一位作者的那些表述，已经进行过这样的分析；不过这并不成为我不加分析的托词。和我所批评的那些作者一样，我那时也姑且理所当然以为，“教育”只有一层意义。

我们可以推究这个词语的来龙去脉，从中得到启发，照明“教育”一词意义的复杂性，如同刚才追溯 evince 的由来那样。我回到《牛津大词典》。“教育”一词的沿革过程，较少出现曲折，除了包括驯化动物，还有培育蚕种的技术应用。教育首先应用于对年幼者的施教：词典里提供的第一个实例，追溯到一五四〇年，言及周岁婴儿的施教。然后教育进而是指后生的培训，关乎他们日后在人生中将要从事的岗位：即进入固定的群体。（早期的教育论文，当然关涉的是修习年轻绅士，以便他们出入宫廷生活。）继而教育进一步是指，“为青年提供系统讲授、培养或训练，以备他们从事生活中的工作”；还有“个人所接受的学术讲授的全部过程”——也就是说，教育一词的演化是和中小学校及高等院校平行产生的；不过它往往还包括一个职业的内涵——比如法律和医学。最后，这个字眼变成了“文化，或者综合能力的发挥，性格的形成，与单纯知识或技能的传授形成对照”。而正是在这个阶段，关于不同语境里这个词语的意义，我们开始碰到重重困难。

光阴流逝，一门语言也由盛而衰，词语的意思是什么，对于不同的人而言，词语是否意味着相同的事物，要找到这些问题的答案，于是变得更加困难。我们运用“教育”这个字眼的时候，或许我们的用法，要么面面俱到，结果无所不指，所以一无指称，要么我们脑海深处想到一个特定的意思。举例而言，我们可能会想到“受教育者”。但是登堂入室的那类受教育者，不单单是出身于最好的教育机构的学子；首先，较之绝大多数的人，他更是可造之才，而且自从不做学生之后，他多方努力，进行自我教育。所谓受教育者，我们可能指的是，在某个十分狭隘的专业领域，某人经过十分高深的培训，而且达到十分精通的程度；或者我们可能指的是，一个受过良好“全面教育”的人——然后我们可能进而勾画出全面教育的面貌，尽管什么样的教育才可谓全面，这个问题我们很少达成共识，虽然说谁也没有足够的时间接受“全面”教育，即使他通才兼备。

当我们想到个人的时候，我以为，理所当然，我们总会强调，此人为了自身有些什么作为，而不是别人为他做了些什么。而且受过完美教育的人，如同具有完美文化修养的人一样，并不存在。环境各异，完美的种类也各不相同。从群体方面着眼的话，思考起来比较容易。在先前的年代，群体是指社会群体，那时还保存着往代的绪风；在我们这个时代，群体更为重要的是指技术群体。一旦诸位仅仅关注相同社会等级的小群体，教育的目的或意义这个问题就不太可能产生。所有的中小学生，都有着基本相同的背景，都抱有名义上相同宗教信仰上的忠贞态度，他们以后就会继续在相同群体内从事各种活动，这个事实意味着，大量最广义的“教育”可以视为理所当然，或者遭到忽视。而凡是涉及技术教育的地方，其目的一清二楚，其成败可以衡量；唯一的问题在于，以什么年龄开始这种教育。大学生，毫无疑问将来自大相径庭的背景，最终会各奔东西，他们的专业活动姑且不论，将来过的也是截然不同的生活；但是应该给予他们的授业内容，还有孰先孰后，这个问题则可以调控。依据年代最近的意义来看待教育，即“文化，或者综合能力的发挥，性格的形成”，此时现实的困难便产生了。因为与某个社会或职业群体相关的意义，是通过一切它并不属于的事物而得以识别的；但是，从最广义而言，教育覆盖的方方面面，则涉及社会整体的全部生活。

教育一词演化而来的这层意义，我在此并非提出异议。我认为伴随着在规模、复杂性、组织方面社会的发展，这层意义的出现可谓势在必然，同时也伴随着我们这个时代如此显见的压力，越来越多的生活趋于有意识的方向和集中化。但是我们已经迫不得已，凡此种种都要用教育一词来泛指；处于这样一个时代，我们越是意识到文化问题，就越是对文化产生怀疑；处于这样一个时代，看待性格形成的问题时，大家都各执己见。上述定义，我们用于阐释各级教育机构的各种目的时，这样的危险有增无减，我们期望，这些机构为了社会的有为之举，正是社会应该为了自身而付诸的努力。而“文化，或者综合能力的发挥，性格的形成”这层定义，给我们目前的教育机构提出了一个尤为艰巨的任务需要完成。在各个国家，这些机构的规模如此庞大；它们聚集了莘莘学子，其类型如此截然不同；它们有如此之多的院系；它们同时经过如此高度的组织化，结果反而变得如此不成章法。和祖辈及曾祖辈相比起来，我们可以轻易地好高骛远，而成就甚微。

西·埃·米·乔德博士[①]在建议中列举了三项教育目标，在《关于文化定义的札记》里，我已经扼要地予以批判了，现在我要回过头来进行探讨，因为这些目标在我看来，和本人所看到有人提出的任何三项目标，可谓同样言之成理。三大目标是：

> 帮助少男或少女日后能够自食其力。
>
> 培训他们日后有资格在一个民主国家中恪尽公民义务。
>
> 帮助他们发挥所有的潜力和天赋而可以享受美好的生活。

① Cyril Edwin Mitchinson Joad（1891—1953），英国哲学家和作家。1941 至 1947 年期间参加英国广播公司“智囊团”节目，由此知名于世，成为公众人物。著作凡四十种，主要有《现代政治理论入门》、《现代思想指南》和《哲学指南》等。晚年皈依宗教后著有《上帝与恶》和《信仰的重新发现》等。

凡此种种，客观而论，构成了教育中职业、社会和个人这几方面，这些就是乔德博士看待问题的着眼之处。首先，为了生计的培训，肯定是教育的一项固定内容。不过在解释这个目标时，当然要结合第二及第三个目标。生计问题，理应适合社会的需要和要求；生计也是指在品位和才能方面个人十分合适的那种生活。意在言外，要有一个良好的社会：因为众所周知，在大多数社会里，某些十分重要的活动报酬微薄，甚至令人心灰意冷。第三项目标，即“发挥潜力”，隐含的要求也是，有良好的社会，还有正派的个人。因为有些潜力或许是邪恶的，而个人综合能力的发挥并不单单是为了一己的生活享受：有些能力应该是有益的，其他的能力则应该无损于社会。

我们就来谈谈这个问题，应该有什么样的社会？我不大乐意一言以蔽之，曰“在一个民主国家”，那是乔德博士和其他诸人的说法。首先，这个说法，如今每个国家的每个政客，都会表示赞同；人人同意用相同的词语，形容截然不同的机制，此时这个说法就变得令人怀疑了。其次，民主一词给大家的暗示，总是各自在其中生活的那种特殊类别的民主，下一步就要说，“我的民主国家要比你的民主国家更加民主”；反之，在我看来，每个民主国家都要形成一种民主，它将在某些方面和其他国家的这些方面有所不同，不过可能是同等程度的“民主”。再则，一种名副其实的民主，在我看来，是芸芸众生的民主，而非流于形式体制方面的民主；诸多方面需要依靠公民，还有他们选举出来代表自身的那些公民。形式机制与运作它们的特殊人群的精神品质，二者之间有可能缺乏合拍；由于这层缘故，同时也因为腐败存在于从事政治之辈，或者大众之中存在着漠然，或无知，或偏见，或喜怒无常的情绪，一种民主在有些时候便可能运作得十分糟糕。

民主政体乃是可能最佳的社会宗旨，这个断言，我们大家已有了共识。我所能够发现的最宽泛的民主定义，乃是最大限度的责任与最大限度的个人自由相辅相成的一个社会。不过我们不能到此为止。首要的是，“责任”这个概念似乎意味着“自由”的概念，反之亦然。个人承担着强加于他的任务，从而逃脱不了，但不能据此便认为他就肩负责任了；个人要确实承担责任，就必须享有可以逃避各种责任的自由；凡是“不负责任”的人，一律不能称为准确意义上的“一个自由的人”——换而言之，他听任突发奇想，或各种欲望的支配——这样的人对自身根本不负责任。

我应该十分清楚地表明，教育的宗旨之一，理应使其培训出来的产物，有资格在一个民主国家中恪尽公民的义务，乔德博士的这番断言，我可以领教。我说可以领教的意思是，在相同话语范围之内，与此相悖的任何断言，都将是谬论。举例而言，此类断言可能是“教育的宗旨之一，理应使其培训出来的产物有资格在一个反民主国家中恪尽公民的义务”，或者“教育的职责并非在于塑造好公民”。我想承认，简言之，一个名词的定义，很可能离不开缺乏定义的界定性名词的运用。可见，这种情形似乎在所难免；这是语言和思维的一个恒久的、固定不变的条件。为了能够正确运用有定义的名词，我们无需对界定性名词作进一步定义，这种情况下，一个定义才绰有余度。我们引申了界定性名词的意义，而引申意义并未包含于定义者意图中的意义，这个时候出现的情况是，一个定义词不达意，而且带有危险性——因为凡是定义都始终存在这种局限性，定义由某人界说，又由某人领会。存在着一些精确思想的领域，其中定义者为何许人也，这并不重要；而在这里，我们并非置身于那些快乐的科学天堂。

现在，谈到我们探究的这个断言，我认为有必要假定，我们所指的乃是民主的精髓——我们并非在意义之间舍此取彼。民主必须意味着我刚才已经提示的所有内容：不仅仅是一种政府形式，而且是一种共同的精神品质，情感上回应的一种共同方式，甚至是私人生活中品行方面的一些共同标准。可是读到如此定义的人，往往对“民主”一词的反应无非是些许印象，如代表大会、各级选举、参加投票，诸如此类。如果他进一步要求有比较清晰可闻的内容，他可能继而要界说民主，而他的方式，要么给某些读者的暗示是，他所指的根本不是民主，要么他的方式给人的印象是，读者感到词不达意。爱德华·里恩博士[①]，爱尔兰神学家，写过《何谓教育》一书，内容精彩，值得一读，其中谈到：“大家的共识是，某个特定的可以接受的意义，它可以提供如下的说法：青年必须为了民主而接受教育，前提是我们都明白，民主意味着什么。”他接着告诉我们，他所指的民主是什么意思。“正确理解的民主，”他说，“恰恰正是贵族。”我认为，他应该说的是“正确理解的贵族”，因为他继而提出了他本人所理解的“贵族”的意义。他指的是“体现价值的一类贵族，而非反映偶然因素的贵族”。他说，跻身贵族，不是凭借钱财或是世袭，而是通过人品、道德、才智方面的努力。

现在首先要说明，这并非“贵族”的普通意义，而且有些

---

① Edward Leen（1885—1944），爱尔兰宗教作家。著作颇丰，主要有《通过精神祈祷的进步》、《灵魂中上帝的精神和作用》、《貌似基督》、《一个牧师的心声》等。

尝试旨在牵强附会，改变普通意义，我对此颇为怀疑。但是，其次要说明，在我看来，里恩博士无非是把问题推向更远，而无助于我们迎刃而解；因为如何发现精英人士作为治人者，这个问题仍然有待解决。进而言之，在我看来，这并非理想的民主，因为至少这种民主可能暗示社会截然分化为治人者与被治者；在我看来，他已经把个人的民主观，局限于政治方面。

一个正式的教育定义，以及关于教育旨趣的笼统表述，并非信手拈来，这种认识开始显现了。“培训少男少女日后有资格在一个民主国家中恪尽义务”，这个表述一望而知是次要的旨趣，除非我们决定十分狭隘地限定“教育”的意义。因为显而易见，倘若这是教育中一个不可或缺的部分，那么历代诸多十分伟大的圣贤和学者，便不能谓之受过教育；而且我们必须说明，即便民主之父也是如此。作为一个次要旨趣，大家在接受的时候就必须充分意识到，它存在局限性和危险性。主要的危险在于，一个民主国家里，教育可能有人会解释为*适应环境的教育*。可以肯定，没有人接受教育是为了在一个民主国家恪尽职守，除非他受教育仅仅是为了适应民主的特定惯例，置身其中，他才感到如鱼得水；他必须接受教育，这是为了能够批评他所身处其中的民主国家，为了对现存的民主与应有的民主面貌进行衡量比较，同时为了认识差异所在。一种民主中，哪些举措合宜可行，而另一种民主中，又有哪些举措合宜可行，二者之间，存在着哪些差异。当然，他必须经过教育而学会适应：因为不能适应的话，他便无法在其中恪尽职守，他甚至很难在其中生存下去。但是在自己发现周围存在的形式方面，他不可彻底学会适应；因为那样就意味着，培训出来的一代人，会彻底无力去促成任何变化，或改变面貌，无法有所发现，或进行实验，或者无法适应那些变化，而变化又是层出不穷的，任何人都不是刻意打算推波助澜，促成变化。因此“为了民主的教育”之说，并非如此简单的问题，那是我们初次听到时的感觉。

我们已经看到，“为了谋生的培训”，它是教育的旨趣之一，这个说法意味着在一个特定的社会内的培训：不同的社会里有着全然不同的谋生之道，即便在最好的社会里，也有一些谋生之道远谈不上值得嘉许。而教育的第三项旨趣，“帮助我们发挥所有的潜力和天赋而可以享受美好的生活”，也只有在一个特定社会的范围之内，才具有充分的意义。如果我们所谓的“美好生活”，意味着那个社会认为是美好的那种类型的生活，我们就寄托于一个培训计划，旨在达到彻底适应目的；如果我们所指的“美好生活”并非仅此而已，那么美好的生活便脱离了地点和时间上的种种社会限制，我们就必须有衡量美好的另外某种标准。而我们所有的潜力（即使我们限定为自身追求善的那些能力）的发挥，则局限于我们不得不谋求的生计，还有我们谋生时所处的社会。这样看来，教育必须一方面是适应客观社会的一个过程，另一方面是一个准备阶段，以便踏入我们想要改变面貌的那个社会；而且与此同时，我们意识到教育，还有我们对于我们施教的那些人的责任，不是我们对于客观社会的认识所能领悟的，不论我们所追求的社会应有的面貌，在多大程度上修正了我们的认识。举例而言，为了某一个人，他注定要成为永远漂泊的鲁滨逊·克鲁索，我们会设计什么样的教育呢？肯定，那种教育势必在实用技能上面面俱到，可能不受欢迎的应用科学方面的内容就会十分单薄；不过他接受的教育毫无疑问，就会包括一些心理素质的训练，在这方面，给他提供思想和精神上的智谋对策，这样那位英雄就有备无患，可以经受得住持久的寂寞独处。另一方面，有些子弟，我们知道，他们将不得不生活在一个彻底恶劣的社会里，我们又会为他们设计什么样的教育呢？假如所谓恶劣，不仅仅是所有社会都存在的腐败，而是有组织的走向罪恶呢？我们的教育者，所幸的是，不必为这些局面开发一套课程；可是除非我们的教育定义能够给这两个问题提供一个解答，否则这依然还不是一个完整的定义。

我并非建议大家应该力求提供一个完整的定义；我无非提示大家，可取的态度是认识到，我们提供的任何定义，都存在不足之处。首先，比如"教育"这么个字眼，其意义超过了词典里词义的总和，而那些词义无非是缕述几个世纪以来，作家笔端一个词语的各种用法。但是，在一门语言是有活力的情况下，这些词语始终是在新的语境里为人使用，词语便因此获得新的词义联想，同时失去一些原有词义；每一位伟大的作家运用关键词语的时候，在语义方面都有所贡献，这些地方乃是他个人风格的特色所在。词语的有些用法，与人俱亡，还有一些，则进入普通语言。一个词语意义的丰富过程，不可能永无止境，这个词语的某些用法，会同时渐渐淘汰，为人忘却：一则由于我们的心智无法容纳全部词义，即便我们通过研究文献而有所了解；一则由于永无止境的语义外延，会导致歧义和混淆。研究一门死亡的语言，有利条件是比较容易处理，其中的词语已经走向意义的极限：这些词语存在于文本中，它们的意义无法超越那些作者所赋予的内容，作者都是在那门语言繁荣的时期形诸文字的。我们并不希望自己的语言变成僵死的语言；但是，无论多么徒劳无功，只要我们还要进行思维，我们便会一直努力，而且确实必须努力，为每个词语固定一层永恒的意义。

所谓教育，我们大家所指的是某种培训，关乎心智，同时一般也是关乎身体——这样我们就能包括体育，以及针对某个进一步的旨趣，进行技能的培训。但是何谓教育，我们无法获得清楚的或有益的理念，除非我们对上述培训为了什么有所认识。于是我们就要开始探究，什么才是教育的旨趣，这时我们便不可自拔，陷入冲突的区域。如同我前面所说，我们能够推演各种定义，在一个有限而不稳定的语境里，这些定义都言之成理，就像我们谈到，“培训是为了在一个民主国家里，恪尽我们作为公民的义务”。所幸的是，存在着某些话语范围，其中我们能够形成共识：我们使用的某些词语没有必要加以界说，限度便是我们在使用词语时，一如既往——不论如何用法。不过存在一个界点，逾越之后，我们便渐渐意识到，相同的主张对于同时采用的两人而言，意味着不同的意思——这种情况，经常出现在条约和其他政治谈判中；然后我们不得已而力求界说一个或多个词语，我们先前在运用时一直以为，这些词语之于我们双方，表达的是相同的意思。正如一个教条，可能没有必要加以宣明，直至出现左道旁门，俨然进行挑衅，同样，一个词语可能不必加以界说，除非我们发现，有两人或者更多的人，所用措辞相同，而所指含义相异。

我暂时不想暗示诸位，我们应该放弃界说教育旨趣的尝试（况且旨趣的定义，乃是教育一词本身的定义势必产生的一步）。倘若我们看到一台新型而神秘的机器，我想大家要问的第一个问题是：“那台机器派什么用途？”接着大家要问：“机器如何实现它的用途？”但是一旦我们询问某个事物的旨趣，我们就可能不由自主要询问一切事物的旨趣。如果我们界说教育，就会导向一个问题："何谓人？"如果我们界说教育的旨趣，我们便要正视的问题是："人为了什么？"由此说来，教育旨趣的每一个定义，都暗示某种隐含的，或者说意在言外的哲学思想或神学思想。定义之间，我们有所取舍，我们为之吸引而选择的定义，会比较合乎我们对"人为了什么"这个问题的回答。我们或许并不明白自己的答案是什么，因为答案可能不是充分有意识的，而且可能是完全无意识的；我们的答案并非始终存在于我们的头脑里，而是存在于那些无意识的假设之中，我们在处理生活方方面面的时候，都是基于这些假设。某人界说定义，诸位不论接受，还是摈弃，不论全盘接受，或是部分接受，和诸位相比起来，他可能或多或少意识到他的定义的内涵：在他界说定义的那一刻，在你有所反应的那一刻，逾越语场边缘之后的所有言外之意，或许你们双方都意识不到。

以上我所谈的内容——倘若还算言之有物，也许诸位从中可以看出，我们应该抛开"教育为了什么"这个问题，进而应该正视的问题是"人为了什么"。关于人，我所知有限，不过我可以肯定，我们头脑的思路并非如此，也不可能如此。我们无法在真空状态下探讨终极的问题；我们的心智、识力、生活经历，必须全部发掘出来，才能处理这些问题；而我们的部分经历就是在比较有限的背景下，通过处理这些次要问题而获得的；同时正是这些次要问题，为我们提供了攻克首要问题的道理。进而言之，次要问题比较清楚明显地和日常出现的实际问题息息相关，如果我们要继续生活下去，就得立刻以某种方式应对这些实际问题。教育的旨趣，有人提供了如此之多而又纷然杂呈的描述解释，这个事实我也不悲叹。我们必须继续发明新的解释。每个答案都是一条线索，指向教育对某人意味着什么这个问题；每个答案都是一种激励，促使我们去发现教育之于自我意味着什么。倘若教育对于所有的人意味着完全相同的内容，世界便果真会是一潭死水；因此我们没有理由悲叹这个事实，倘若我们发现教育的意义令人捉摸不透，犹如三叉一词的意思。

二　宗旨之间的关系

综上所述，作为最为方便的起点，我们接受乔德博士开列的三项教育宗旨：职业方面，或者以十分谦卑的说法来讲，为了谋生的培训；社会方面，或者借用乔德博士的说法来讲，培养具备公民素质；个人方面，或者沿用马修 · 阿诺德的说法来讲，追求完美的境界。可是我们不能由此界定，教育仅仅表现为这三种活动的总和。因为，倘若“教育”这个名词应该涵盖上述三方面，而不是割裂开来适用于其中任何一个方面，我们就必须重视三者之间的某种关系，或者不如说，彼此之间的牵连，具体说来就是，我们不妨依然称之为教育的时候，三者的任何一面都不是教育本身的全部内容。我们认识到，谋生之道的选择范围有所限制，首先，由于个人能力有高下之别；其次，个人发现自己所处的社会对于活动的各种类型，或者表示支持，或者不予鼓励，或者换而言之，要看人们准备支付报酬的工作类别。谋生之道的选择，意味着面临社会环境时有所适应，虽然有人乐于从事满足温饱的谋生，这样便可以追求一门职业，和左邻右舍比较起来，在这样的人看来，这门职业似乎更有价值。进一步看，我们注意到，有那么一些谋生之道，本身而言不足为训，而我们也不应该为此而培训众生：比如寄生性质的活动，最好的一面来看，这些活动滋生愚蠢行为，最坏的一面来看，滋生人类的恶行。由此便产生道德标准的问题；结果谋生之道的公式，双重意义上讲，都存在不足之处，我们无形之中便被同时导向前面开列的其他两项宗旨。或者，如果我们从“为了公民素质而培训”这个公式展开探讨，那就隐含着培训为了生计这层意思；或者，比较广义而言（包括有些人，其中为数不多的人依然存在，他们的生活能够依靠不劳而获），培训一些有益的活动。“有益”一说，我们可以引申的范围十分宽泛，乃至包括的一些活动对于绝大多数的人而言似乎毫无用处；不过我认为，大家必须形成共识，根据衡量的各条标准来看，凡是对于社会毫无用处的人，都很难说是教育的一个成功产品。而且我认为，我们还必须形成共识，优秀公民很可能是“发挥所有的潜力和天赋”的那些人；或者至少说，一个社会，倘若不是付诸努力，以便那些具有优秀潜力和天赋的人在潜力和天赋方面尽量得以充分发挥，那么这个社会信奉的公民素质概念十分狭隘而且平庸，也不会成为一个值得教育人民为之努力的社会。最后，潜力和天赋的发挥取决于从事正当的活动，包括个人所能发现的满足生计的最佳职业；同时取决于以下一点：能力和天赋能够获得滋养，而且能够结出果实，在这样一个社会里，个人是否如鱼得水。由此看来，上述的教育宗旨中每一条，都导向一个在正确语境里能够称之为“教育”的过程，尽管我们无法单独通过其中任何一项宗旨来界定教育。而且这三条道路中的每一条，都势必导向道德判断和道德抉择，二者使得我们逾越了界限，而倘若教育这个论题还在可以探讨的范围之内，我们就应该把“教育”局限于三项宗旨的界限。

这份列单的危险在于，单单作为一份列单来看，一旦我们开始力求施教于人，我们便无法在头脑里长久地将三项宗旨等量齐观。之所以如此，不仅因为注意了其中一项，结果我们便往往容易忽视其他两项；而且可能造成的结果是，在付诸实践时，三项宗旨有些时候恰巧不能兼容，我们迫不得已，或此或彼，有所偏废。当我们发现，自己远远走向一个极端，自然的反应便是远远走向另一极端。

当我故地重临，走访一些高校的时候，那是在战争结束之后。有人告诉我，一代新人——既有那些被迫中断或推迟高等教育的，也有那些晚生几年，刚刚离开中学的学生——比起三十年代我熟悉的学生，比起我本人读书时候的本科学生，他们可是严肃多了。我现在谈的是英国、美国，还有欧洲大陆的高校。确实，此言不虚，因为眼见为实嘛。在四方大楼和校园，在大学城的街道，每到一处，我都看见，一张张诚恳的面庞显得神色凝重，那些青年学子似乎总是马不停蹄，从一个讲座奔赴下一个讲座，经过导师个别指导，然后赶回寝室，再从寝室奔向图书馆。察言观色之中，我觉得在每张脸上，都看得出焦虑，乃是关乎未来生计的焦虑。他们在学习上如饥似渴，想在最短的时间内尽可能多学一些，为了获得资格，等待文凭一朝到手，就能出去找到胜任的工作。现在看来，在我那个年代，关于以后我们要做什么，大家的担忧可少得多，至少在开头几个学年。当然，也有少数人和我不一样，他们流露出明显的倾向，在学术方面或者在某个特殊的科学领域，他们都全力以赴，攻读各自的学科，已经开始期望获得更高的学位，期望毕业后从事他们感兴趣的学科的教学。但是我认为，即便这些人，也没有感到思想上有压力，担心在求职方面或许会碰到任何困难，他们或许会发现，起先的去处未必十分理想，但是前途无量。他们期望的倒是自食其力，因为他们精通各自感兴趣的学科；不过其中并没有多少人一味关心学位，作为可以找到一份工作的必要条件，至于工作性质，他们自身也并不了解。

我现在意识到了，和我同时代的许多人，大学毕业时，获取的唯一优势在于，他们出去找工作的时候，和不读大学相比起来，他们年长了三四岁。当然，通过交游，参加课外活动，通过和各色人等的往来，他们来自美国各地，也是自己的同辈，个人便有所获益。不过我此时此刻关注的，不是伴随而来的益处，而是正式的教学。在我那个年代，实行的是自由选修的学制，无所约束，所以我必须将此放在资产负债表上的负债一方。三四年的时间内，通过某些完全无关的科目的考试，学生便能获得教育证书——文学学士文凭。仅有的限制是，如果讲座时间冲突，学生就无法在同一学年选修两门课程。我知道有个学生，他的选课原则是讲座全部安排在周二和周四，周六没有讲座：如此一来，他便可以一周四天在纽约潇洒。我还要补充的是，即便这样的学习课程，他也没有充分用功读完，所以没有资格获得学位，不过他在音乐欣赏方面略知一二，而矿区的住房问题呢，他也有点滴了解。然而，这种教育体制对于懒散学生所产生的效果，我现在并不十分关心，而比较关注的是，它对于像我这样的青年的效果，比如我在冷门学科方面，抱有主次不分的极大好奇心，举例来说，喜好涉猎晚期拉丁和希腊作家，可谓有悖常理，而同时又未能精通真正的经典。我现在要为之辩护的，不是十九世纪后期那些教育家所倡导的教育体制，这些人的想法，在德国得到推波助澜；我感到遗憾的是，那些本科学生中间，一种心境荡然无存。有些学生，基本说来态度认真，而非等闲之辈，他们能够为了自身考虑而追求学问，无非是因为他们乐在其中。过去四十年来，经济、社会，或许还有政治方面都有发展，所以满目沧桑，学风也为之一变，而近十年来，这些演变大为加剧；而且，倘若现在的条件仍和从前一样的话，论者便无法敦促学生放弃那种环境强加于人的态度。我只是希望指出一点：乔德博士形诸公式的三项教育宗旨，虽然相辅相成，同时却也可能互相妨碍。我只要提示诸位，这一点可以变得稍微明了一些，在培训自己以便日后谋生的时候，个人为自身树立的宗旨，还有在工作时，为了发挥和培养自己的心智和识力，个人又为自己树立的宗旨，二者性质不同。前者所追求的宗旨，诸位可以在目的和手段两方面都有意识地保持在头脑里。希望将来在哪个行业求职，诸位可以自行抉择一般的领域，然后读完校方制订的教学课程，或者说大家接受的作为就业适当准备的课程。但是为了培养能力和天赋，超乎功利乃属必要，这方面的培养往往把我们造就成为受教育者，脱离了我们专业性质的职业。因此，诸位就要为了学问而追求学问，为了热爱真理或者智慧，或者至少是出于好奇，掌握的学问可能带来实际的好处，全然在所不计。

当然，这个问题我是轻描淡写了。如果有人要在任何行业出类拔萃，他就必须出于那个行业本身的需要而热爱那种活动；它对于社会的用处，他从中获得的经济和其他的报酬，无非证明这个行业的存在是合理的而已。我们绝大多数的人，至少发现有必要说服自己，我们从事的工作具有一定的重要性。可是，另一方面来看，狭隘地全神贯注于自身特殊工作的人，整体而言都不是一个受教育者；他可能不仅谈不上温文尔雅，而且在待人接物方面，还是个十足的笨伯。我们绝大多数的人不得不舍弃可能超越某个阶段而继续深造的前景，只是由于我们时间不够充裕，如果我们还要设法完成本职工作。另一方面，凡是不能全神贯注于本职工作，而是朝着不同方向追求深造的人，都不过是涉猎者而已。大千世界，天资各异，作用不同，我们只能宽以待人，但是这个事实并未解决教育问题。而且在我看来，在尝试统筹兼顾特殊培训与一般文化的时候，我们倾向采取某些教育方法，这些方法所造就的男女人才，往往在某个狭隘的科学或学术兴趣方面受过高级培训，而在其他方面却一知半解；我们往往安排他们所完成的学习课程，尝试兼顾技术学校与淑女修行学堂的内容。因为，“为了谋生的培训”，还有“发挥所有的潜力和天赋”，如果二者，我们简单作为互不相关的两种学科来对待，属于每个学生必须经历的内容，那么后者的用处无非是一种消遣而已。当我们认识到，我们所以能更加聪明地履行专业化工作，那是因为认识到，这种工作关系到各种各样的人的工作，包括生者与死者，他们所献身的工作与我们自身的工作，属于全然不同的类型，这时我们就走往解决自己问题的方向了——这意味着，我们需要适当的妥协——平衡的困惑在于，有些活动，我们参与其中，还有一些活动，我们只能希望成为懂得欣赏的观者，二者不可偏废。

或许我能够为这番探讨增添一点现实的表象，或者通过点滴比较容易明白的趣谈，至少给大家几许宽慰。我来问问：“一位诗人，应该接受哪一类教育呢？”我认为，凡是父母养儿育女的时候，谁也不曾指望子女日后成为诗人；有些子女等父母抚养成人之后，他们结果沦为罪犯；不过对于有爱心的好父母来说，几乎最不希望看到的，莫过于孩子后来做了诗人，除非他们认为，这是拯救孩子免于沦为罪犯的唯一方式。我想诗人，尚未成年的时候，通常显示出语言和表达方面的兴趣，显露出几分眉目，其爱好在于研究语言，而非科学。但这也未必尽然；我认识一些人，童年时代在父母的心目中，他们似乎有望成为汉弗莱·戴维[①]，或者克拉克·麦克斯韦[②]，而到了十五六岁，兴趣突然转向文学。当然，一个孩子能赋诗，这并不是将成为诗人的苗头。几乎人人都涂抹过几句诗文：聪明的家长则不该给他的习性泼冷水，也不要附会什么特殊意义。但是如果这位年轻诗人属于常见的一类，他就会在语言方面表现出卓尔不群，尤其精通母语；他有可能属于另一种类型，而在拉丁语和希腊语方面才华横溢。当然，这样的诗人日后必须具备的资质是，通晓拉丁和希腊文学，除了母语之外，还要培养自己能流利运用一门现代语言，同时还有几门语言，他能够藉以博览群书。然而，如此资质，吾辈能有几人符合条件：本人肯定不符合。从这一点来看，显而易见，起码文学教育对他最为适合，可是他还要学些什么呢？首先，他通常少不了要谋生，而诗歌，一望而知，是谁也不能指望藉以谋生的职业。对于大多数人而言，职业的要求，这是他们人生的主要关注所在，而对于发挥“潜力和天赋”的要求，二者之间则存在着冲突。可是诗人有一个三重性的问题需要解决：一则必须谋生，二则必须在写作上付诸实践，精益求精，三则必须培养其他的志趣爱

① Sir Humphry Davy（1778—1829），英国化学家。
② James Clerk Maxwell（1831—1879），苏格兰物理学家。

好。最后一项他必须做到，不仅是为了运用潜力，为了成为一位修养有素的人，同时也因为，他必须怀有其他方面的爱好，才能够在写作时言之有物。几乎没有一种知识的形式不存在缺陷（除此之外，当然，在他能够吸收的范围之内，应尽量通晓多门语言的上乘诗歌），因为缺乏其他方面的知识兴趣，他对芸芸众生的体验就会十分有限。条件是凡事水到渠成，他能够信手拈来；别人的所想所为，他都应该充满好奇，这些事情他应该抱有兴趣，而别无所图。他永远潜心于解决的问题，乃是人人必须为自身解决的问题，人类的一切活动，都和他自身的活动息息相关；他探究的题材中，有多少或者说哪些题材，作为诗人而言，将来能够直接为其所用，他不得而知。但是他的研究和兴趣，势必在他的诗歌中潜移默化，如果他善于吸收的话，便多多益善。最终，他面临的问题是维持生计：有的时候，他要作出选择，是从事一份单调的日常工作，不过工作所能提供的精神食粮很少，或者根本没有，还是从事一种活跃而有趣的工作，而这样一来，他的时间和精力便所剩无多了。对于有些人而言，在新闻或附庸风雅的职业的不同形式中，可以找到这样的谋生之道；也可以通过教书和演讲谋生。对于另一些人而言，有哪个行当和他们的文学兴趣不着边际，那就正中下怀；这种行当，根本用不着那种倾注于诗歌的心力，这种行当，可以使他们接触三教九流，而与文学艺术圈子则相隔千里。在这样一个或者任何能够设想到的社会里，一位诗人应该如何谋生，这个问题不可一概而论。不过对他来说，或许从各个观点来看，最糟不过的，便是无所事事而又无忧无虑，唯有作诗。

如此说来，我们已经看到，谋生和培养个人潜力，并非十分容易调和，以上我聊举诗人为证，乃属特例，他想作诗，还想谋生和培养个人潜力。我们现在不妨质问，具备恪尽公民义务的资格的过程，对于教育的其他两项宗旨来说，是否会造成任何可能出现的妨碍。这完全取决于我们赋予的公民素质理念有哪些内容，以及我们采取什么手段帮助大家取得这种公民资格。我认为"好公民"的理念，乃是一个道德概念；果真如此的话，我们应该期望的好公民，无非是指在社会环境里显示善良品质的善良公民。不过我认为，我们依然能够说，某人是好公民，如果我们认为，在某一方面或其他方面，他不是一个好人。一个人可能奉献于国家利益、他的宗教信仰或是他所在的城市；他可能为了公共利益而舍弃快乐、安逸、名气；勤勤恳恳，为了公益而呕心沥血；不过在个人生活上，他却品行堕落，名誉扫地。如此之辈，在什么程度上我们能够称其为好公民呢？这个基本的问题，即良好公民素质与善良品质的关系，公德与私德之关系，尚未引起乔德博士之类教育问题作家的重视，在我看来，可谓咄咄怪事。培养德行，有可能一般认为，属于责任——唯一的责任——教育者留待父母去完成。一个坏人，何等程度上能够成为一个好公民，这个问题本身便是有趣的问题，而且这个问题，苏格拉底倘若今日能起死回生的话，不会不置一词。在乔德博士看来，至少十分清楚，伦理问题乃是理应忽略过去的问题，同时在他看来，公民素质的教育乃是把智力应用于公共事务的教育。

他告诉我们，公民素质教育应该由哪些内容组成，这时他的说法就渐渐明晰了。首先，那些内容似乎在他看来显而易见。一个孩童，应该给他教授历史、宪政史（讲授内容包括，他如何被治理，他的治理者如何选举出来，地方以及全国政府的结构）；生物学和生理学，这样他就可以在大事上自由处置（这是乔德博士的说法），包括男女之事，因为关乎他的人体机能活动；地理学，还有国际事务。对于任何孩童说来，这可是一份令人望而生畏的教学大纲；而且它完全是心智的培训。我不揣冒昧，关乎人体机能活动的大事知识，比如要劝说孩童早晚刷牙，倘若他是个完全明白事理的孩童，就像乔德博士当年肯定是如此；我们绝大多数人都是首先从习惯学起，后来才懂得其中的道理。或许还有许许多多其他的事情，均属孩童可学之列，仅仅是为了让他们成为好公民：比如柔道，为了对付盗贼和拦路强盗；急救，为了抢救遇难者（因为乐善好施之士[①]，从我们所知有限的情况来看，似乎具有好公民的形成条件）。不过关于乔德博士开列的造诣表，我的主要意见，并非批评它们全是书本知识，而是道德的行为和感情方面的培养，其中根本忽略不提。诸位大概认为，好公民就是见多识广的公民；然则我不能信服的是，一个孩童，用乔德博士的话来说，他“脑海深处记住了一张现代世界政治地图”，将有资格区别好的治理与坏的治理。乔德博士不仅忽视了一般所谓“私人”道德，而主张“公共”道德——这样就忽视了下述问题：归根结底我们是否能够区别私德与公德的界限；哪怕他的公德，俨然只是见多识广的问题，为了正确推理而接受培训。

诸位当中，有人大概已经认为，我花费如此之多的精力，大谈乔德博士的教育思想，是因为他写过一本书，叫作《论教育》，通俗而又十分好读。诸位甚至可能怀疑，我如此津津乐道，是因为在这个话题上，他这本书是我读过的仅此一本。如

① 原文为“Good Samaritan”，撒马利亚好人，见《新约·路加福音》10：33。

果这么认为本人孤陋寡闻，诸位大概就有点言过其实了：我选择从乔德谈起，一来因为，一种典型的观点，他说得如此头头是道——不雅不俗的知识分子的观点，他从小是读乔治·萧伯纳和赫·乔·威尔斯成长起来的——因为乔德博士比本人年轻不了多少；二来因为，他看待教育的态度，其实已经隐含于更有资格的教育家们有时所发表的各种说法。有位权威开列的教育宗旨中——在这些问题上，他的名字如雷贯耳，远远超过乔德博士——我读到了“每个人都有人之为人的作用”一说。此说本人并无分歧：每把安全剃刀都有作为安全剃刀的作用。然后我又读到，“每个人都有属于身处社会的作为公民或国民的作用”。关于作为一个人的人之作用，我稍后再尝试探讨。此时此刻，我可以说，本人看不出身为公民的作用与作为一个人的作用，怎么能够割裂开来。我认为后者更为重要，不过我必须稍后摆出自己的道理。但是我要回到本人前面提出的问题，真正的好公民是否不必也是一个好人；在某些场合，我们有资格说，某某人是位“好公民”，我们具有这种资格如是说，而对于他是一个“好人”这样的断言，同时我们并不表态。谈到培训一个青年，或者如同乔德博士所言，培训一个孩童是为了使其成为好公民，我依然认为，重要的是，首先培养他成为一个好人。

有些我们不妨提出的问题是伴随而来的。民主是最好的社会形式：这一点我们大家都有共识。我们存在分歧的主要一点在于，我前面已经谈过，何谓民主国家。我们绝大多数人的共识是，民主表现为议会政体，也就是说，存在两个政党，一党当政，一党在野，不论当政或是在野，两党都不可历时过久。和另一政党比较起来，当我们所支持的政党当政的时候，我们国家的政府当然是民主得多。我领教的说法是，“一个民主国家中公民的作用，在于为了全体人民的美好生活而轮流执政”。当然，两党，不论我们谓之共和党与民主党，还是保守党与工党，在执政期间，都要为了全体人民的美好生活而当政：虽然一朝下台之后，两党都不可能承认，国家的现行治理是为了全体人民的美好生活。可以肯定，在一个民主国家，人人都应该懂得如何治理和被人治理。成为完全的治理者，成为完全被人治理的状态，则可谓丧失人性。而且，客观而论，再卑微的工人也需要确保自己的后代遵纪守法，而权倾天下的暴君，倘若不是受到宪法权力的支配，也可能俯首听命于夫人、情妇或者朋友。一个民主国家的精髓，在于根本不存在绝对统治，因为绝对统治意味着有人掌控事务，而其中某些事务，他完全力所不及。在一个民主国家里，科学家和学者以及艺术家，他们应该治理各自的领域：一部交响曲，居然被指为立场偏差，或者一首描写不幸爱情故事的忧郁诗篇，居然背上失败主义和思想颓废的罪名，或者一种生物学理论，被指含有颠覆作用，这个时候，民主政体就无从谈起。

在我看来，我们不妨提出的问题是，在多大程度上，良好公民素质能够成为教育课程的一项宗旨。在很大程度上可以肯定，这种素质必然是一种培训的产物，而这种培训，大家并非有意识地旨在如此面面俱到，同时又如此狭隘地界定为公民素质。相信权力能够运用有责任心的自由，迫不得已而采用的时候，能够行使权力，这些习惯俱为早年无意识中所养成。如果父母都是热心公益的人士，兴趣爱好，并非自私地局限于一己和家庭，子女就会通过父母的榜样而懂得（父母的潜移默化作用，较之训诫规矩，产生的影响更大），他们对待左邻右舍，也负一份责任，这就意味着承担责任和学会自持。而且在心力许可的条件下，他们要懂得这份责任不仅意味着习以为常的反应，而且要思考和做出深思熟虑的选择。在学校里，他们将要学会适应更大一些的共同群体；而进入大学，就要在各种社团和志愿活动中，进一步形成自己的公众意识。

如今有人说，“在一个民主国家，好人和好公民可谓同一”，我并无分歧意见，不过我宁肯讲得比较笼统一些，简单说成“好人和好公民可谓同一”。因为前面的命题，似乎隐含着另一层意思，大意是：“处于不属于民主政体的国情之中，无法同时成为好人和好公民。”此时，在一个邪恶的政府制度下，好人有些时候可能认识到，他的良好公民素质体现于反对政府。从治理者的观点来看，他就不是一个好公民；另一方面来说，从治理者的观点来看，他也不会是一个好人。如果良好公民素质意味着善良，那么良好公民素质中就有普天之下某种大同小异的品质。当然，我们可以说，遭受罗马人迫害而殉难的基督徒便是坏公民；而且从迫害者的观点来看，他们毫无疑问是坏公民。然而，或许我们不妨说，在一个民主国家，好人有莫大的机会表现公民素质中自身的善良品质；而坏人也有莫大的机会表现自身的邪恶品质——或者不如说，在一个民主国家，更多的好人，还有更多的坏人，都有这种机会。这样便给我们提供了某种民主的定义，就是提供这些机会的那类社会；不过还要注意的是，借助于“公民素质”这个名词我们形成了关于民主的定义，而同时我们也隐含了着眼于民主的良好公民素质这一定义。

恐怕从“好人”之说，转向“好公民”之说，这时我们便不知不觉，从“好”的一层微妙意思，转向了另一层意思。在这个命题本身，我们无从检验词义差异的程度，而要通过我们所得出的进一步推断，才能发现如何检验：我们要经过很长一段推理，这种差异才可能显现出来。触类以推，“因为在一个民主国家，所有的人都是治理者，所有的人都必须接受治理者所要接受的教育”，这句话也可作如是观。我们现在明白了这句话的意思，大家都没有分歧；但是我认为，“治理者”一词包含着两层不同的微妙词义。有位卓越的英国文职人员，两三年前发表过一次广播讲话，为本地公民解释什么是“联合国教科文组织”，他说“联合国教科文组织”是一个“世界俱乐部”。现在，诸位可以明白，他意在表达什么意思；不过我不由自主要提出下述看法，一个俱乐部从定义来看，是指有些人不是其中会员的一个组织：倘若天下人人都是会员，这个俱乐部便不复存在。这里的疑难还不算十分极端。但是即便我们的共识是人人皆为治理者，我们也不可忽视，治理的性质和程度上存在着差异。如果我们想到的是某个特殊类型的治理者，我们便能看出，其中有些人需要的教育有别于另一些人：最高法院的法官为一类治理者，交响乐团的指挥则另属一类；他们都经过非常专业化的培训，还具有与生俱来的过人天资，这样他们才有资格履行治理的职能。

困难，还有危险的根源，在于我们有关教育宗旨的笼统表述，应用于比较具体的问题。关于这些宗旨，大家看法一致。注重公民素质的教育，从这个笼统表述出发，我们把其中的意思缩减为政治活动，再把教育的意思缩减为课堂和书本里可以教授的内容，我们便可以过渡一下，将公民素质方面的课程纳入我们的教学范围。我并非说，这完全是一桩坏事，虽然聪明地讲授历史的话，从中便能够传递很多意思。这甚至可能是必要的；但是当这种必要存在时，我们应该力求了然于胸的是，必要的道理何在。素质教育可能是必要的，作为缓和现状的一种权宜之计，逾越了教育体制的范围或管辖。从范围来讲，素质教育可谓一种尝试，旨在施教社会良知，灌输美德，可谓力求补充一种培养，它本该由家庭和社会环境来提供，而且这种培养之所以需要，原因在于家庭和社会环境尚未达到应有的水平。从范围来讲，教育是传授必要的或者可取的知识和见闻，它可能意味着我们社会的管理已经变得如此错综复杂，问题又是如此盘根错节，结果开始对普通公民提出的要求，超乎其所能负荷的程度。举例来说，从前的外交政策在任何一个国家里，无非是为数不多的人关注的事宜；而且每一回仅仅涉及和另外一个国家的关系——根本不是涉及多国外交——问题会严重到每个受过教育的公民都理所当然必须知晓。如今天下发生的一切我们大家则要始终关注。美西战争，从当时来看，无非是美国和西班牙之间的事情，和他人无关；当今之世，凡有战事，即便表面上规模不大，则和普天之下所有的人休戚相关。这个次要问题我无意深谈下去，只是为了点明要害而已。所谓“注重公民素质的教育”一说，我们可能是指一些基本能力的培训，在处理个人私事的时候，以及看待公共政策而要形成个人见解的时候，这些能力均属必要：能力之一在于推理，估量证据，确定个人需要了解多少情况，这样才能胸有成竹；能力之二在于明辨是非，洞达基本的道德差别，而且能够应用这些能力。还有，凡此种种，能够授而知之，就此而论，通过学习历史，也能够博闻强记。不过我们所指的，还可能是涉及当代生活中所有的多重社会问题的各种学习课程：政治理论，公共财政，经济学，市政管理，或者现在社会学所覆盖的整个领域，于是若干极其重要的问题便再次出现了。学习这些课程应该从什么年龄开始？每个阶段应该在这些课程上花费多少时间？我不相信，超乎一定程度，诸位还能够给某些人讲授这些内容，因为就个人而论，他们以后不会关心这些东西；因为假如任何学科凡是与我们作为个人无关，而仅仅与我们作为其成员有关，我们绝大多数人在这些学科，便不可能钻研得十分精深。我的意思并非说，谁也不该深度关注此类问题，那样便会显得荒谬。但是还有些人深度关注此类问题，而且他们名正言顺全神贯注于这些问题，因为他们日后要以此为生，更为重要的是，要能够表达个人见解，作出积极的贡献。换而言之，有些学科我们能够有所收获而给予最大的重视，正是因为在这些学科我们希望能够超群出类。始终能够投票给当之无愧的候选人，这份心愿无法变成个人毕生的志向。

注重公民素质的教育，由此说来，似乎首先是指社会良知的发扬光大；而我已经提示诸位，“社会”良知只能是发扬“良知”的结果：我们一旦谈论起“社会良知”，而淡忘了良知，我们便陷入道德危险——正如“社会正义”，必须建立于“正义”之上。我们思想上的割裂态度，可能导致罪过以及谬误，而这种态度的产生，无非是由于我们念念不忘“社会”这么个形容词。在社会正义的名义下，面对非正义，我们便能够要么为之开脱，要么为之辩护，要么视若无睹；在社会良知的名义下，我们也能心安理得如此对待良知。同样“民主”这个字眼，也可以取而代之，如此演绎一番。“社会民主”初听上去，这个说法谁也不会提出异议；可是外延则能够为人恣意利用，结果把它变成指向某种意思，我想，对于我们绝大多数人而言，这种意思除了“民主的”之外，能够泛指一切。

通过这番竹篮打水的努力，我希望有个道理已经呈现出来：我们罗列的三项教育宗旨——职业方面、社会方面以及所有的潜力和天赋的发挥——其中每项宗旨都和其他两项彼此交织，而且我们在追求每一项时，如此这般，结果和其他两项彼此抵触。这种情况，一则是由于这三项无可争辩的命题，我们付诸于应用；一则由于在我们进行推论的每一步骤中，一个词语的定义，我们可能应用的内容比较狭义，而又令人质疑，而在原初的命题中，其定义没有必要加以界定。以上我谈得最少的是“潜力和天赋的发挥”这个命题，我们可能从中抽绎出来不正确的推断，或者说，我们此处想到的，如果不仅仅是嗜好和消遣，而是阿诺德所说的“追求完美境界”。我曾经认识这么一个人，他衣食无忧，为自己制订了一个面面俱到的人文教育计划。我不能确定，他在一所美国大学申请了哪些课程，不过其中没有包括拉丁语和希腊语，因为他一直延期，为了能够进入牛津或剑桥，他认为这两所大学在这方面尽其所长，他能够有所收获；也没有包括几门现代的语言和文学，因为他打算读完牛津或剑桥之后再留学一两年，先后就读法国、德国和意大利的大学。周游四方，为了他的文化修养能够登峰造极。如此方案，他永无完成之日，这自不待言。追求完美境界，或者追求面面俱到的文化修养还不够充分，因为它是我们向往有所作为的一个附带产物。完善自我，在力所能及的范围之内，在个人能够完善的方面，这可能是一个义务，不过只是和超越自身的某个宗旨有所关联。关于这一点，我后面再谈。

我现在打算转向的问题是一般的前提、假说，或者凡是教育理论都必须作为基础的有意识的社会和政治方面的理论学说。然而，在结束讲演之际，我想援引一位当代的法国作家，居斯塔夫·蒂蓬[①]，他为西蒙娜·薇依[②]《重负与神恩》一书所作的序言，此书思想深湛，自抒己见。在序言里，蒂蓬阐述的是西蒙娜·薇依的思想：

> 奉献于绝对善之追求的灵魂，在这个世界遭遇了解决不了的矛盾。“我们的生命在于不可能性，荒谬性。凡是我们有意为之的一切都与现状或者附带的各种结果发生抵触。那是因为我们本身就是矛盾，无非是生物而已……”举例来看，如果你有无数的子女，那样往往招致人口过剩和战争（日本即为典型实例）。如果你要改善人民的物质条件，你冒的风险是精神恶化。如果你完全献身于某人——你便不再为了那个人而存在。唯有想象中的好事才不隐含矛盾：比如姑娘憧憬满堂家小，社会改良家则梦想人民幸福——此类个人不会遭遇任何障碍，只要他们有所克制，无所行动。他们寄托于善，快乐航行，善乃绝对，不过是向壁虚构；磕磕碰碰撞到了现实，便是清醒的信号。这个矛盾是我们的卑鄙与伟大的标记，我们虽体味到其中的百

---

① Gustave Thibon（1903—2001），法国天主教作家、哲学家和诗人，法国知识界颇有争议的人物。父母为农场工人，拥有一个葡萄园，蒂蓬十一岁即辍学，在葡萄园做工。父亲通晓今古诗文，熟记数千首，邻舍藏书甚富，蒂蓬从中获益良多，自学拉丁语、希腊语、德语和意大利语，文学和哲学方面博览群籍。在雅克·马利坦（Jacques Maritain，1882—1973）鼓励下，钻研德国哲学。著作有《诊断法》、《回到现实》和《我们认识的西蒙娜·薇依》等十余种。

② Simone Weil（1909—1943），法国神秘主义者和社会哲学家。早慧的女才子，年方6岁即援引让·拉辛的作品。二战期间，成为法国抵抗运动的积极分子。遗著刊布之后，对法国和英国的社会思想产生过影响。1941年认识蒂蓬神父后深受影响，后将笔记本托付于他。《重负与神恩》，即由蒂蓬从其笔记中整理而成。此书问世后，纸贵一时，传诵天下。著作还包括艾略特作英文版序的《扎根：人类责任宣言绪论》、《期待上帝》、《压迫与自由》等。

般苦涩却必须接受。①

三　宗旨之间的冲突

我们已经察觉到，由于三四百年以来的社会变迁，“教育”这个名词的定义，界说起来变得比较困难。我们不妨区别出四个重要的阶段。第一阶段，我们关注的只是少数人群的培训，着眼于某些需要学问的职业。第二阶段，关注文化修养，我们关注的是绅士的教育，或者说 honnête homme② 的教育；与此同时，还要关心的是，为比较卑微的社会阶层提供读书识字的基本知识。十九世纪期间，教育家头脑里主要关注的问题，是当时所理解的教育的益处，或者说自以为的益处，要推而广之，加惠于数量渐增的人口。这个问题看似简单：大家依然认为，他们懂得何谓教育——就是过去一直传授给一部分公众的知识；只要这种教育能够提供给越来越多的人，教育家便觉得他们走在正确的道路上。可是如今我们认识到，我们已经几乎完全走到了拓展的尽头，而面临的是一个全新的问题。教育拓展的尽头和地理扩张的尽头，可谓平行出现。十九世纪期间，美国还在向西部推进；欧洲各国还在殖民帝国为各自树桩标界。

地理扩张的地盘已经穷尽——至少，上个世纪所利用的那些方法，都无能为力了。十九世纪期间，看来剩下的唯一问题，便是让更多的社会成员能获得教育。可是现在我们处于这

---

① 原注附法文，从略。见蒂蓬为《重负与神恩》所写的序言（巴黎，普隆出版社，1950 年，第 XX 至 XXI 页）。

② 法文，上流社会中有教养的人。

样一个阶段：我们并非仅仅力求教育更多的人——我们已经有义务向人人提供所谓的教育。我们正在走向我们教育前沿的尽头。很久以前，我们断定人人都要学会念书、写字和做算术；只要一日还有为数众多的人不会念书、写字或者做算术，而教育意味着什么，这个问题我们便没有必要仔细探究。我们社会发展的每个阶段给我们展现的问题，不仅前所未闻，而且更加困难，同时还有相同的问题，以更为困难的形式表现出来：因为出现了一种新的文盲现象，我们现在不得不处理，这种文盲克服起来难度大为增加——具体说来，人口中有一部分人的文盲现象，他们已经接受过基础教育，可是所学内容由于缺乏机会不能学以致用，结果他们再度变成文盲。这种次等文盲乃是一个新的现象。由于广播和电影的效果，还有通俗杂志里图画取代了文字，文盲现象便更为加剧。我确信，英国的读者——任何东西的读者——多少可以根据他们能够予以重视的字号大小来划分类别。论者可以说，受教育者能够阅读议会辩论报告和重大案宗报告，可以从头到尾读懂——当然，聪明读书，五行俱下。如果字号很大的话，有大量的人能够读懂几个段落。人口中所占比例越来越多的人，在一份报纸上凡是和体育或犯罪无关的任何版面，他们只能看懂标题。

这是一个题外话，具体说明了一个事实：即便文盲——哪怕是目不识丁——也不是能够一次解决和一笔勾销的问题。本人的观点是，既然我们有义务为人人提供正式教育，对于一切问题——教育的形式、内容、方法、旨趣，我们就必须提出疑问，加以探究。于是我们便不断遇到新问题，还有呈现为新形式的老问题。

诚然，我们思考教育问题的过程中，面临的仅仅是人类意识碰到的一种特殊情况。当今之世，我们发现，本来遗留的问题可以顺势而为，而我们却越来越有意识地力求人为操纵——具体说来，我们有意识操纵的地盘变得越来越大。由于我们有能力逐步对此有所意识，一个问题便出现了；意识形成了问题；一旦我们觉悟到一个问题，我们便无法从意识里抹杀；我们发现自己义务在身，便千方百计要找到一个答案。

所谓一种“教育体制”——不论我们目前考虑的是一个特殊建制，还是施教的普通组织，其中我们能够辨识民族特色——我们所指的意思，乃是成长和构建的一种合成。我接受了一个观点，其中提到“教育理论和实践与一种盛行的秩序存在着相对性”，我赞同阿道夫·洛[①]教授下面的议论，他说：

> ……没有一种教育体制能够实事求是为人赏识，或者加以批评，除非我们看待的时候，能够结合它得以运作的社会秩序的背景。其中的道理在于，教育总是服务于一个社会旨趣，即便师生双方都意识不到这个事实，他们体验到教育上的接触乃是完全自然而然的事情。其实在每个阶段，从小学到大学教育，强大的社会力量都在起着作用，按照一个模式塑造渐渐成熟的个人，由此旨在创造一个确定的人的类型。[②]

---

① Adolf Lowe（1893—1995），德国社会学家和经济学家。长期以来，他是纽约一所大学的后台人物，即“社会研究新学校”，创建于1919年。著作等身，主要有《经济学与社会学：关于社会科学的合作之呼吁》、《自由的代价：一个德国人论当代英国》、《演变中的大学》等。

② 见洛著《演变中的大学》（*The Universities in Transformation*）［《基督教新闻书信册丛书》（*Christian News Letter Book*），第9辑，伦敦，麦克米伦图书公司］。——原注

关于这段引文，我只有两点意见要发表：首先，“强大的社会力量”可能是或多或少为人有所意识；这些力量可能包括一个统治阶层的影响，或者看待作为一个整体的社会生活的那种盛行的态度，或者，在一个集权政府治下，这些力量可能集中体现于一个政党的领袖人物的蓄意目的。其次，我们必须认识到，每个国家的教育体制都是历史的产物，而且折射出历史，同时对国民的性情有所回应。就下述范围而论，一种教育体制是由少数人物有意识的目的而形成的——不论这些人物是在组织本国百姓的教育，或是为了某个比较落后的种族创造一个体制——总是存在着严重的危险：要么拿来主义，要么强加于人，而二者都不适合那个国家国民的精神气质、生活方式、思维和感受的习性。在美国，我们已经看到，教育家们纷纷推销不同的宗旨和方法，由于热衷于或德国、或法国、或英国式的教育体制，所以不无偏颇，他们各有所好——这些教育家有时自身就在上述某个国家接受了部分的教育。诸如哈佛校长埃利奥特[①]他本人一定程度上乃是德国体制的产物，我认为，这样一位人物的学术构成过程，导致了德国式教育方法的过分应用。另一方面，我认为很有可能出现的情况是，印度的英国机制模式，还有一般东方运用的那些欧洲教育方法的模式，都是强加于人，可谓过于草率仓促，且又自以为然。但是美国模仿各式欧洲体制的混乱现象，还有东方实行西方——包括美国的——

① Charles William Eliot （1834—1926），美国教育家。1869 年当选为哈佛大学校长。在长达 40 年的掌门期间，由于他的努力，哈佛由一所地方学院发展为美国一流的研究型大学。十九世纪中叶，美国高等教育陷入危机，传统经典课程落伍于工业化进程中的美国的时代需要，他连写了两篇文章，题为《新教育：它的组织》，发表于《大西洋月刊》，阐述了关于改革高等教育的思想。著作主要有《民主国家中个人主义与集体主义的冲突》等。

方法时的混乱运用，现在正陷入变得更加笼统的危险，因为世界上各个地方都渐渐较多地意识到了彼此对方；因为财富和权力的集中，从一个民族转移到另一个民族；因为在文化方面出现了较大程度的千篇一律，这种现象似乎产生于一种文明对于另一种文明形成的压力。

通过我以上所谈的这些变化，通过人类制订规划的领域的不断扩大，昭然可见，我们生活在这样一个时代，其中构建居先， 成长次之。这是一个演变，我们必须接受。时不我待，否则只能听任各种不同的自然力量争斗出个结果。我们生活在这样一个时代，城镇不得不进行设计，举凡建筑物的类型、建筑物的高度、建筑物可以派哪些用处，我们都不得不制定规章条例，每处城区，无一例外。而且处于这样一个时代，我们也发现，自身有义务更多地意识到，在我们的教育机构里，我们正在有些什么作为。我们必须记住，凡事都要有所意识，仅此一端，便是一个莫大的负担，因为这无异于一份越来越大的责任，强加于越来越少的人。当今政府内阁成员的心理和生理负担，身为政府首脑的负担，或者即便身为国务卿，或者外长，论其重大程度，几乎超乎应该要求任何凡人承担的负荷。

凡事不能等到露出苗头，才有所觉察，所以我们必须未雨绸缪，准备面临这样一种倾向：各个地方的教育都走向普遍标准化。两三年前，已经有人通告，关于螺帽和螺栓的标准化，英美两国之间已经达成一项协议，这样我们便能够在一国购买螺帽，而在另一国可以拧上螺栓，这份通告是用很小的字号刊登出来的，但是令我一惊，认为这是当日最为重要的新闻。此事乃是一个先兆。还有一事，我们也必须有所准备，就是在教育方面，越来越大的干预和调控来自国家。我说的是“国家”，而不是指伊利诺伊州或者其他的州——我指的是各个国家的中央政府。从前在某些欧洲国家，凡此俱为形式上的例行公事；但是在所有国家，我认为，国家可能发现自身承担了更多的义务，要付钱给戏子，于是乎欲罢不能，当然要点戏目。

形成这种局面，自有一些显而易见的物质方面的原因。教育机构，尤其大型高校，运作起来的花费日益高昂。它们的规模变得更大，总是需要更多的大楼，更多的员工，而维持这些运作所需要的行政和财政工作，占据的比例也越来越大。它们需要的图书馆和陈列馆也越来越大，需要更多更好的实验室，科学设备变得越来越精致而昂贵。与此同时，捐赠带来的回报渐渐缩水，而作为新的捐赠的源头活水，私人款项的来源，渐渐枯竭了。结果呢，或许破产可能导致高校不得不由国家来接管，或者被迫关闭。但是另一方面，对于大学的分内之事，中央政府越来越有兴趣。（理应说明，我现在想到的是英国的状况，这些考虑，多大程度上能适用于美国的状况，要由诸位来判断。英国政府，由于文职雇员庞大的扩充，因而是劳动力方面一个特大的雇主。文职雇员的资格条件变得多种多样，专业性更强，而这些人员的招聘来源，必须由高校予以满足。）再则，如今的各国政府都越来越关注科学的进展，可谓千方百计，只要政府觉得有此需要。如果高校设备欠缺，不能从事相应的研究，不能输送政府要求的专业上训练有素的人才，那么就必须给高校提供基金——基金的用途要加以监管。

极权主义的政府，人人憎恶，我更是丝毫不假宽容；但是一味憎恶无济于事，或者说，这类政府在其他的地方有些更为丑陋的表现，而我们的厌恶情绪则不能一味发泄。至少我们必须承认，存在着各种压力，它们处处都在改变社会面貌，哪怕仅仅是为了有所警觉而可以反其道而行之，凡是我们并不需要的，则坚决不予接受。肆无忌惮的酷爱权力，或者狂热的意识形态，并非所有的人都会为之所动；人们有时会发现，他们所处的位置使其掌控的权力超过了自己追求的程度——或者某个位置掌控的权力可能看来貌似合理，是对付危机或者缓和某种不可容忍的局面的唯一方式。中央集权的国家要调控每个教学部门，要行使终极的调控，如果此事变得日益重要，那么教育的“社会旨趣”与负责教育的国家部委长官考虑的“社会旨趣”，大家便会渐渐等同视之。

我一直在旁敲侧击，拐入切实促使我面对的一个问题。几年前我写的那本论教育的书里，一位批评者发现有一处前后矛盾。他说：“看待其他论述教育问题的作者时，艾略特先生的主要不满在于，他们力图利用学校达到他们关切的社会旨趣。然后他又落入自己给别人设下的圈套：他是想利用学校推行他本人提出的社会旨趣。”诸位，我并不认为，有谁能够认认真真思考教育问题，倘若他缺乏一家之言的社会旨趣；我确信，只有成一家言的社会旨趣，才能指引他推演出看待教育的某些论断。因为任何人如果否认，教育应该具有一个社会旨趣，他就会有所遗漏，而舍此便无教育可言。可是我认为，凡是结合社会旨趣来思考教育问题的人，都应该力求十分明了，有哪些社会旨趣，可以指引他本人的教育理论；这些旨趣，是其一家之说，或者一派之说，观点不为其他流派所赞同，而且他相信，它们可以适用于他和同声相应的论者共同属于的那个社会，可能的话，还可以适用于每一个社会。

所以，我以上谈论的内容是旨在引出以下一点：“社会旨趣”之说的意义，往往因人而异。在一个自由的民主国家，“社会旨趣”应该意味着全体国民的思想和气质方面可以分辨之处，它产生于一国的共同精神气质，而这种气质的表达，则要通过百家争鸣的学术宗师，他们各持己见，有时见地相左。在一个极权主义社会，“社会旨趣”可能意味的内容，会在少数当权者头脑中形成公式，它是根据一种特殊的政治—社会理论演绎而来，通过各种手段强行灌输和长期训导，从而施加于人，结果旨趣可能迟早逐步融合为共同的精神气质。这是一种类别上判然不同的社会旨趣。在一个自由的社会，论述这个话题的每位作者，都有一家之说的社会旨趣；他希望通过教育手段，保持、恢复或者介绍一些想法。因此他应该有自知之明，懂得在多大程度上，他的假说可谓一家之言，在多大程度上，他可以理所当然假定，怀有善良愿望的一切有识之士都赞同他的假说。总之，他应该探究个人假说的前提。

现在大家取得了共识，教育具有若干宗旨，社会旨趣需要加以防护，而不能受到其他宗旨的干扰；而且还有，我们不免要顾及下述可能性：我们可能抱有的社会旨趣不得不相互调和。我要提醒诸位，请记住居斯塔夫·蒂蓬和西蒙娜·薇依的圣言，前面我已经加以引述了。下文要示例说明的是“机会均等的理想”，因为关于这个理想的适应性问题，我以前的保留意见似乎激起了尤为强烈的异议。这个理想当然表达了一个社会旨趣，同样适用于教育以外的其他事物：教育无非是诸多益处中的一项，而不论男女，理想上看，都应该享有同等机会，获得这些益处。这个理想具有两个非常有说服力的吁求理由，二者必须区别开来。其一是由于我们认识不到，没有加以培养，社会需要的这种能力就会荒废。这是一个功利主义的论点；它的说服力来自第二个理由，不过性质大相径庭。这就是说，情况并不在于因为我们未能教育某人，所以他的潜力和天赋便应该受到阻碍而得不到充分发挥。第二个理由，在我看来更具普遍性和迫切感，因为这是一个道德的理由。现在，至少根据这个理由，每个儿童都应该享有接受教育的平等机会，这个断言谁也不会否认。唯一的困难出现的时候是，怀着这个理想，我们着手尝试去实现理想；还有在我们的教育方案中我们予以优先考虑，而教育的其他理想则置于次要。

如果我们严格追求机会平等的理想，在我看来，我们就非得保证，除了标榜提供相同等级的教育，任何教育机构都没有优越可言。我们就非得保证，不可仅仅因为能够收费更高，任何机构便提供更好的教育，筛选学生的时候，唯一的理由在于其智力前景。什么程度上，昂贵的私立学校的学生能获得更好的教育呢？他们的父母是为了什么而付费呢？我知道，有钱的家长择校的动机，往往和教育根本没有关系。他们的愿望是，自家的子女同应该交往的其他子女应属于相同的家境和社会类型；还有一个算盘就是，子女能结交的那类子弟，在日后生活中，对他们可谓“有用”；再则，有一种简单的势利心态附加于某所特别的学校或大学的鼎鼎名牌。不过除此之外，还有一些说得过去的理由：比如一个具有传统的学校机构的吸引力，还有杰出校友的长串名单。而且最好的理由，尤其是选择私立学校时——正是在求学时期，这个理由最为令人信服：家长知道，自家的子女将成为一个小圈子的成员，子女听课的班级只有十五或者二十来个学生，而非四五十人的大班。凡是曾经力求教诲年幼孩子的人都知道班级越大，超过了十五或二十人，能够传授的内容就越少。

全国每所学校都拥有足够的住宿条件，足够的师资，从而能够组织较小的班组，对学童实施教学活动，这当然是称心如意的安排。一九四四年的时候，我认为当年的教育法案——当然，那是为了改善国家教育的一个尝试——可谓本末倒置。不该错误地为及时延长义务教育的年限而增加学生的人数，依我之见，我们应该首先着眼的是，为国家资助或援助的中小学校在校学生，提供更多的师资和住宿条件；为十四岁以下的学生努力提供比现有的更好的教学。但是，在任何国家，何时我们才能为这项改革提供资金呢？再则，我们在培训更多的教师之前理应考虑，现在是否给教师支付了适当的工资。我未曾在煤矿、铀矿或者鲱鱼拖网船上工作过；可是我从个人经历中知道，银行的工作时间为九点一刻至五点半，四周一次周六全天上班，每年两周休假，和中小学的教学工作相比起来，可谓一份赋闲的美差了。

我听说，“凡是主张机会均等的美国倡议者，都不会提议禁止富人创办自己的学校，这些学校结果有可能办得比国家资助的学校更为优越”。这个说法是提倡有限均等，这种均等是以大量的不均现象为限制条件的。如果富人为富人创办的学校结果成为较好的学校（虽然我并不相信可以一概而论），那么机会均等又从何说起？而且，获得良好教育的一个同等机会，如何能够把我们所说的均等局限于此？如果一个孩子一生拥有的机会比另一个孩子更好，仅仅因为父母比较富有，很多人不是会认为这种情况有失公平吗？那么看来，教育方面的机会不均无非是普遍机会不均的一个特殊情况，而且一个领域里的一项原则，我们如果予以认可，我们不是会迫不得已在所有领域都接受这项原则吗？当然，主张教育机会均等的一些英国倡议者，如同我所听说的情况，比起美国的倡议者会有过之而无不及：他们会主张废止私立学校、私人捐助的机构，或者将其统统纳入国家教育体制。

“机会”这个字眼，我们附加了各种各样的意思，所以“机会均等”之说的用处便混淆起来——“机会”之于各色人等，意思因人而异，相同人群处于不同的时刻，意思也不尽相同，往往我们还不知不觉。在我们力所能及的范围之内，人人应该能够从事自己最适合的活动，这个目标，我们大家都能够喝彩赞同。时而有人注意到，小康家境的子弟，论天资和气质，其资质令人佩服，在汽车修理场里本可成为呱呱叫的机修工，不过从来没有这样的机会。家庭和环境的压力，情趣品位方面的要求，这些与他最适合的职业却南辕北辙，或许还有存在缺陷的教育背景，这些方面，通常妨碍了他的成才之路。恐怕对于大多数人的大多数时候而言，“机会”意味着许多其他的东西，而非发挥潜力和才干的机会：它意味的机会是赚钱，获得更高一层的社会地位，拥有对人指手画脚的权力。在一些年轻的女子看来，机会意味着获得一次试镜的机会；而在那些梦寐以求的人当中，理所当然获得这种机会的则为数寥寥。总之，“追求什么的机会？”，除非我们能够回答这个问题，否则，机会就是一个空洞的名词。

于是，看来我们谈到“机会均等”的时候，十之八九，我们要么不知所云，要么言不达意，再不然就是不由自主得出的那些论断，大部分人都会避而不谈。机会均等之说可谓避重就轻，如果我们含混地假定，“不均”仅仅是指特权太多的与特权太少的社会阶层，二者之间有失公平。可能出现下述情形，国立学校中有个孩子遇到的老师，善于发掘他在某个特别学科的才具，而在一所昂贵的私立学校念书的孩子，偏偏遇到的老师不懂得因材施教。可是，在相同的国家，特权太多的与特权太少的地区又当何论？一个穷国或贫困地方可能无法像比较富裕的国家或地区那样，提供良好的设备或师资、良好的图书馆或实验室。此种不均难道不也应该革除吗？因此机会均等这个要求，倘若推向合乎逻辑的论断，在我看来，则会不可避免地导致国家教育体制带有普遍性和排他性，导致一个国家富裕的地区，如同富裕的个人一样，费用依照比例分摊，可是富裕地区与邻近的贫困地区一样，只能得到相同的教育回报。再看，一个富国或发达国家的公民和一个落后国家的公民相比起来，拥有更多的教育机会，这难道公平吗？除非我们认定，有些种族或民族比其他的种族或民族优越，否则我们似乎就不得不追求一种世界教育体制的目标。最后，如果我们要追求教育机会完全均等，似乎随之而来的就是我们必须有统一的制度，可以借以评定学生智力的高低，这样每个学生才能接受到那种因材施教的教育。

如果像我前面提示的那样，机会均等的原则得到彻底贯彻（通过我已经谈到的其他压力得到了强化），那么往往造成增强国家调控的局面，这样一来，国家在机会方面便拥有某种话语权。国家将发现，它把机会限制于服务于国家目标的某些行业，目标也是由那些凑巧掌控国家的人物设想出来的。我这里无意暗示，在一个西方民主国家，教育会走向劳动力的地步；但是有所偏废，在一个方向提供更大的诱因、优势及便利，这样就有可能产生的倾向是，教育局限于各类培训，它们要能符合国家的眼前旨趣。

平等机会的理念，由此看来，在考虑的时候，只能参合我们开始谈到的三项教育宗旨的每一项；可能出现的情况是，这样统筹兼顾的话，一项宗旨，要是以某种方式追求下去，结果会与另一项发生冲突。在实践上，我们无法完全割裂看待三项宗旨，困难便由此产生。毫无疑问，有那么一些人，天生好奇，渴望知识，所以活力充沛，欲罢不能，能够在从事研究时，完全脱离他们人生的实际召唤。也有斯宾诺莎之辈，为了能够无拘无束，从事一种劳而无获的活动，属于天下人人都不认为十分有用的活动，他们甘心情愿，唯求温饱，靠磨镜片为生。还有其他一些人身处卑位，而思辨或观照的动机却如此强烈，结果发现过着这种双重生活而乐在其中。另一方面，有些人的兴趣完全局限于术业的职责，结果他们似乎和机器大同小异。绝大多数人逃脱了如此境地，仅仅凭借消遣和嗜好，通常都是不登大雅。理想境界的人生应该是：个人的生计，个人身为公民的职能，以及个人的自我发展，三者能相互适应，相得益彰。对于我们多数人而言，三项宗旨，充分追求其一，则肯定与其他二者发生冲突；而我们理所当然，最佳状态的话，在上述若干要求之间，几乎日复一日，仔细盘算而决断取舍。我们人人受到限制，由于环境使然，即便不受能力的限制。若要得到心向往之的东西，诸位就会发现，向往的其他东西不得不有所舍弃；获得之后，其他并不想要的东西，大家又不得不接受。不过我们必须坚持的是，一个人接受教育，并非仅仅是指接受某个行业或职业的培训；他要恪尽公民的义务；作为一个公民要成器，而不只是一台投票机器，而且，作为一个工人也要成器，而不只是一台操作机器，他必须经过培养和发展，达到的造诣要超乎公民素质和工作。而且我们发现，“平等机会”这条原则并无意义——也就是说，容易各抒己见，各人都着眼于他渴望的东西，而不是自身理应渴望的东西——除非我们先能回答“追求什么的机会”这个问题。

显而易见，有些“机会”理应人人可以获得。每个人都应该有机会自谋生计，条件适中，生活体面；有机会谈婚论嫁和养儿育女，子女也会有相同的机会；有机会休息和消遣，诸如此类，不一而足。诸位会注意到，组成这句话的名词在不同的社会环境中所指的意义有所不同——所以它必然语焉不详。可是当我们超越了物质上的必需品的时候，我们便进入价值观念的领域。于是 “平等机会”之说便逐步把我们引向一个界点，进入这个阶段，我们必须明白，所谓“良好生活”，我们指的是什么意思。“何谓教育”的问题，或者“何谓教育的宗旨”的问题，便把我们引向这个界点。现在不可能出现下述情况：关于“何谓人”这个最后的问题，我们能够在答案上形成共识。因此，实践方面所谓的“教育”，我们所指的意思就是受过充分教育的众人所指意思的最大共核。于是诸位可能会说，“教育”实际上有可能意味着，不同群体所指的意思，也有所不同，所以便择乎中庸。

我希望谈到现在，大家已经清楚，我抱怨有些作者，并非是因为“他们力图利用学校达到他们关切的社会旨趣”。我们谈论教育的时候，无法在教育问题上戛然而止，仿佛这片园地，我们可以隔绝开来，仿佛在这个领域里，我们能够形成共识，而不论我们在哲学上存在什么分歧。我们必须在教育上持有一个社会旨趣，所以我们如果要谈论教育，就必须有备而来，向自己和我们的听者交代清楚，什么是我们的社会旨趣。但是社会旨趣本身，不可源自一种偏见，一种感情上的偏颇，即赞成人人平等抑或贵贱有位，赞成自由抑或秩序。再说社会旨趣本身也不足为训，因为它未能兼顾人类的全部天性。

我们已经看到，如同我们推论的走向所示，一旦我们开始认真思考教育问题，思考公民素质问题，公民素质方面的思考便把我们引向超乎公民素质之外的某个方面；因为好公民归根结底要成为好人；这样一来，整个伦理问题把我们引向什么推论，我们就会走到多远。现在诸如乔德博士的这种教育观，意在言外，公民素质的培养与发挥个人潜力和天赋的培养，二者能够分别由单独的部门予以实施；关于公民素质的培养问题，此种观点可能交代得比较清楚了。可是关于个人发展问题，或者我们不妨说，人之为人的“完善”问题，根本未曾提出一个笼而统之的方剂。作为公民而论，大家必须恪守一定的共同原则，看待一些社会风尚时，必须形成共识；既然不免要和他人接触，那就非得讲究一种规矩。但是在发挥潜力这个问题上，这种观点并未进而认定，有某些潜力引人从善，而另有某些潜力则引人从恶，人之为人，二者并存。这种观点倒是暗示，每一个人都有自己独特的潜力和天赋；芸芸众生，有各种各样消磨余暇的方式，这就可以具体说明问题。千真万确，有些人天生能干，喜欢亲自动手，在家里小修小补；而另有些人，则善于言听计从，请来水管工、木工或是电工。我毫不怀疑，乔德博士谈到潜力和天赋的时候，他想到的并非能工巧匠，而是更高水平的潜力和天赋。然而，潜力和天赋，这个领域他还是听之任之。社会生活与个人生活，割裂二者的危险——其必然推断是，道德的唯一准绳，是个人品行是否损害邻舍，对待自己，人人都应该自由，可以随心所欲——在于社会法规、公民规范将会变得越来越有约束力，越来越施加一种压力，趋向于必须遵守；在于服从社会的这种公共奴性得到如下补偿：凡是以为不在社会事务之列的任何品行，一概听之任之，予以许可。

确实，在根据如此原则组织起来的社会里，社会的一切可能最终证明会越来越多地侵犯私人的一切。在根据如此原则组织运作的社会里，婚姻关系和性关系的规则，起初看来可能比较松懈。但是大家可能发现，这种松懈现象带来了令人不快的社会后果——它从负面影响了出生率，从而一个民族会发现需要更多的工人和士兵；或者对儿童产生一种令人遗憾的影响，他们可能开始表现出心理失常，或者可能成人以后，成为不太令人满意的公民，而不像政府希望他们的那样：这时的私人生活便会受到以社会名义的干预。社会可能规定，某些人要有多子女家庭，或者某些人不能建立家庭，这要根据社会的判断，他们是否属于未来公民的合适养育者。如此一来，个人便可能发现，他的私生活，他行使自己道德自由和责任的机会，在社会的名义之下已经逐渐遭到剥夺。

然而，大家私生活方面某种秩序的恢复，当它仅仅是以一个社会旨趣的名义进行的话，便进一步把人都降格为机器，而这种现象与发挥他们的人性可谓背道而驰。人们能够拥有控制的范围，以及完全自由的范围，这些假定，肯定要么导致令人窒息的统一秩序，要么导致一团混乱。不同领域之间，自由或控制的实际程度可能有所不同。公共范围而非私人行为的规范，我们大家都比较乐意屈从，久而久之，随着现代文明变得日益复杂，我们便准备屈从越来越多合乎公共利益的条规。还有很多人反对接种疫苗，可是现在如果患有伤寒的话，很少有人会怨恨被隔离开来。绝大多数人都认识到，家里下水道的畅通与否，事关他们对邻舍的一份责任；虽然不是人人都认识到，家里收音机的音量开得高低，他们也负有相同的责任。居住在公寓里和乡间的独家小屋比较起来，在生活中鸡毛蒜皮的小事上，人们预想的自由便会少一些。另一方面，大战以来，英国的公众便反对没有获得政府所发的许可证，禁止在乡间花园搭建工具棚，也反对被迫雇用工匠去干那些亲自能够动手的活儿，我对他们表示同情。所幸的是，公共利益方面的普遍规范，我们还没有屈从；同样引以为幸的是，有些私人行为，我们依然可以感到震惊，即使看来对人无所伤害，而伤害的只是被告本人。只要我们还能够憎恨控制，能够对他人的某些私生活感到震惊，我们就依然具有人性。至少，我们还认识到，人不仅仅是一个社会动物：社会控制的范围应该有所限制。而且能够感到震惊（当我们为之震惊的时候，不仅仅出于偏见），我们就认识到，哪怕是模模糊糊存在着某种行为法则，它的内容超越了对国家的一份责任。

如果超越乔德博士表述的范围，在考虑个人的时候，不是俨如袋里翻出来的一粒种子那样无名无姓，我们播种了，出于好奇而看护，想看看它长成什么模样，将来结出什么样的花朵或果实；而是把个人视为熟知的一种植物，经过世世代代的不断培育——这种植物，我们知道它的花朵或果实应该是什么样子，只要它能受到健全的栽培，自会瓜熟蒂落，那么，所谓个人潜力和天赋的发挥，我们应该意味着什么呢？既然认识到，好公民的理念意味着好人，我们又当如何争取教育出好人呢？关于好公民，我们作了一番粗枝大叶的描述，难道就应该满足于此，而听任各人依照自己的品味和喜好，任意界定善的品质吗？可能不出诸位所料，这个问题给我提出了最终的问题：教育之于宗教的关系。

四　宗教问题

我们至此已经（希望如此）得出结论：注重公民素质的教育，或者说作为一个社会人的教育，与个人潜力的发展，或者说“人之为人”的完善，这二者之间存在着一种互为依存的内涵。除非同时成为好人，否则一个人就不能完全成为好公民；而完整的好人必须也是一个好公民——至少这层意思是指，他是关心邻舍之间公益的人。这就好比工作与游戏之间，也是既有区别又有关系。如果从工作之中，有人根本得不到乐趣，那就出现问题了；凡是游戏，若要玩得精通，就少不得用功钻研。

然而，即使我们认识到公民素质和个人发展含有彼此依存的内涵，我们依然缺乏一条标准，据此可以衡量一面，或者另一面。于是在不同情况下，我们容易把一面的标准用于衡量另一面。在一种场合，公民素质的定义并无明确界定，无论它表示什么，我们认为这是理所当然的，我们人人都理解它的意思；而我们关于个人发展的观念，则要适应缺乏明确定义的公民素质之说。在另一种场合，我们可能恰恰颠倒过来。一种观点的局限往往会促使我们变成权力主义者，在行使个人选择或心血来潮的时候设置严格的限制；而另一种观点的局限则会促使我们变成自由主义者，如同有些人那样，认为最好的政府就是尽量无为而治的政府。后者往往相信，芸芸众生天性本善，所以听其自然发展，就会含苞待放，成长为好公民；而前者，大家可以通过实施良好的法律，使得他们从善——除此以外，凡人行止的雪泥鸿爪，超乎立法所能控制的范围之外，无关紧要。而且在这场角逐中，有可能获胜的是权力主义者，因为权力乃是对付弊端和不公的捷径；在某些场合，更具有强制性质，因为我们是其中一个群体的成员，而在某些场合，则较少强制，因为我们是个人。在后者的情况下，我们特立独行；我们认同某种权力的时候，屈从比较容易，而要宽容他人的不遵从态度，则比较困难。

在这一点上，尽管我们可能取得共识：公民素质和个人发展，意在言外，相辅相成，我们还是缺乏一条外在的标准，据此可以同时衡量公民素质和个人发展；因为彼此测定的话，我们便走不出互为循环的虚幻界定，依次根据对方说法相互界定。我们已经发现，“人之为人的完善”是一个空洞的说法，除非关于何谓完善，我们能够形成共识；而我们对此无从形成共识，除非对于“何谓人”这个问题，我们能够发现一个共同的答案。现在我们无法期望对这个问题找到唯一的答案；因为对于这个问题，我们的分歧最终会变成宗教上的分歧；你是不是一个“信教的人”，或者，凡是你称之为“一种宗教信仰”的论调，你是否明确拒绝接受，这并不重要；总有某种宗教态度——即便你可能称之为非宗教的态度——隐含于你的答案之中。

有两个问题需要区别看待：其一为教育方面宗教的位置，其二为宗教方面教育的位置。第一个问题我们比较熟悉。关于教育方面宗教的位置问题，有若干答案。最为重要的似乎为以下几种：

一、 国家本身宣布矢忠于一个特定的宗教或者具体教派，在这样的地域，在国家控制的所有各级教育机构，这种宗教可以予以肯定，予以宣教；而教导内容则要合乎这个教派的学说。私立机构，适于对象为另一些人，他们宣布信仰另一种宗教，或相同宗教的另一个宗派，还有那些反对所有宗教教诲的人，不妨将他们置于某种制度管辖之下，要么宽容，要么压制；但是压制各种形式的宗教教诲，仅仅认可国家的官方宗教，在我看来，这便有悖基督教信仰，所以我并不关注这种极端现象。（所有的教育基本原则都不妨带有宗教性质，没有任何原则是政府特别赞成的。因为这可能是一种偶然情形，意味着政府本身不该承担任何教育责任，而这是一个纯粹假说的情形，无需我们予以关注。）

二、 宗教训导与其他科目的教学截然割裂开来。这种情形意味着，在中小学校和高等院校，没有任何宗教信仰大家会视为理所当然，或者认为应该强行灌输。宗教训导的任务便会保留给家庭、主日学校，当然还有神学院。

三、 在中小学校传授那类宗教训导，它们代表着当地社会绝大部分人的共同信仰，而任何特殊教派的学说则留待家长和教会去传授。或多或少，这就是一九四四年教育法案的意图所在；当然，法案也有所限定，予以一些家长某些特许，他们如果希望子女免于这种宗教训导，理由是想获得某种具体的教派或者另一种宗教的训导，再不就是反对任何一种宗教教诲。

四、 双轨并存的体制，其中在国立学校里任何宗教概不教诲，而凡是拥护任何宗教信仰的人，都可以为自己的子女创建教派学校。

以上所述，我相信，是处理教育方面宗教问题的主要方式。遗憾的是，这些方式都不如人意。

我们不妨类聚群分，上述体制的一、二两种建立于一种原则，而三、四两种则建立于权宜之计。如此划分区别的时候，我并非在做什么价值判断：前后矛盾的方法，较之一以贯之的方法，可能更为行之有效。我无非是说，权宜的体制不能顺理成章为之辩护。反映宗教与教育关系的正确的理论，如果教派学校有所体现，那么可谓令人嗟叹的是，较大比例的人口的优势便会遭到剥夺；如果世俗学校体现了正确的理论，那么需要提出质疑的是，教派学校是否不该受到阻碍，说得温和一些的话。（当然，来看付诸实践，两种学校并非如此判然有别：世俗学校的教育，未必非要熄灭其产物所信奉的宗教信仰，而教派学校里，接受教育的学生离开学校踏入社会不久之后，也经常会摆脱先前接受的那类宗教教育。）两种体制，不仅不可能都合理，各种教派也不可能完全合理。自家教会学校的支持者也不可能十分满意自己的特权。因为他必须意识到，属于自家教派的学校之所以为外人宽容，原因是代表了少数人群，所以并不值得压制，或者原因是代表的群体势力强大，压制不了。他还必须意识到，一所现代大学配置的费用实在庞大，自家教会自身难保，无法提供足够的资金，满足其他需求；还要意识到，莘莘学子离开教会学校之后，就要进入一种截然不同的氛围；在英国，当然，所有名牌大学中的宗教基础，如今无非仅存余绪而已。

政府注资的学校里，引入此类宗教训导，大家能够形成的共识是，这代表着最广大基督教教派的共同信仰，而一九四四年教育法案即为一种试验。一方主张宣扬一家教派的教义，另一方则主张宗教教育全部留待家长和主日学校去完成，这项法案乃是一种妥协。法案的效果如何，不妨拭目以待。然而，这项法案的背后存在着一个值得注意的理论，而鼓吹者则毫无疑问还意识不到。这种理论隐含了一个定见：“基督教”乃是所有基督教徒共同笃信的宗教思想，这就是精髓所在；具体差异并不重要；一个人有可能成为令人满意的基督教徒，而又并不属于任何教派。通过这种方式，国家可以传授一种自己的神学教条，它与所有的教派相矛盾。凡是成为一个基督教徒的必要教义，理应在学校传授给儿童；而圣公会成员，卫理公会教徒，长老派教徒，公理会教友或浸礼会教友，要成为这些教派成员的必要教义，则留待家长自行选择——如同他们可能要上家教的钢琴课或小提琴课。这套理论就是如此。那种不太可行的过程倘若全部完成的话，趋势便会是若干教派由一个新兴的国家基督教取而代之。因为仅仅教授基督教的一部分内容，言外之意，那是唯一事关紧要的部分。

以上谈了第三种和第四种方法，前面我说过，第一种和第二种原则上可以为之一辩。第一种，所有国立学校都传授一种特定宗教和教派的教义，只有在下述二者居一的情况下，才是可行之举。要么举国上下，必须在宗教方面同宗同源，从而国家的官方宗教，便是绝大多数个体公民的宗教，要么一个独裁政府把自己的学说强加于社会民众——或者至少强制推行，表面上一致遵从国教——通过戒律、灌输或者欺蒙。面对这类专制政府只能缄口无言。第一种方法，仅在少数几个国家为可行之举，而即便在这些国家，此种方法也引起十分严重的危险，它可能像任何其他方式一样，变得令人不满。它可能导致国家对教会的控制，或者国家由教会控制；这两种局面之间可能没有多少选择余地。不过至少在理论上，第一种方法有个令人瞩目的长处。依照我的观点来看，在这种特殊环境下，教育中体现的宗教组织是一个国家宗教组织，有一位全国的首脑，还是一个国际宗教组织，有一位国际的首脑，这都无关紧要。如果是一个国家宗教组织，那么就应该有一个等级制教士集团不受政府干预，必要的时候还要准备反对政府；但是如果教士集团本身就是由政府任命的神职人员所组成，我们便只能依赖政府，切勿任命那些日后对其卑躬屈节之辈。不论哪种情形，比较可取的是，有一个具有权威而又独立的宗教组织，才能面对难题，就是前面结合我们“教育的宗旨”中第三项内容时，我所提出的难题。我说过，第二项宗旨“公民素质的培养”，其方向取决于公民素质的含义，而公民素质则是由一个外在权力机构所代表的，与此相关的是，个人有十分明确的权利、责任，还有屈从的义务；而第三项宗旨“发挥潜力”，或曰“人之为人的完善”，则留给每个个人，或者至少是每位教育家，可以悉听尊便，自圆其说。在这个领域，我们的宗教师长在我们的潜力方面有所指教，教诲我们善恶之分，关于“人之为人”的完善问题，给予一个确定的含义。我们需要一种教会组织，既能与国家冲突，也能与之合作。我们需要一种教会组织能够保护我们不受国家干预，相对我们的权利，我们对待自身和上帝的责任和义务而言，能够确切说明关于我们的权利、责任，还有屈从的义务的界限。再则，由于人性脆弱，我们可能有些时候需要国家保护，不受教会组织干预。过于密切的政教合一会导致无法逃脱的压迫。

第二种体制，即中小学校和高等院校的教学属于纯粹世俗性质，宗教训导则留待家长和自愿参加的主日学校完成。起初看来，如此体制俨如我刚才探讨的方法的对立面。它达到一以贯之，即尝试省略第三项教育宗旨，或者至少是把“潜力”的含义局限于“精神生活之外方方面面的能力”，把“人之为人的完善”局限于“作为类人猿最高阶段的人之完善，或者作为

homo faber et ludens[①]”——而非作为上帝之子。但是，一个人的宗教信仰是一己私事，从社会观点来看无关宏旨，如此论断可能导致的一种局面，十分有利于国家确立一种宗教，或者以政代教。宗教意识和社区意识，二者无法最终彼此割裂开来。当然，它们起初在家庭中形成；如果在家庭中它们存在缺陷，这个缺陷无法由中小学校和高等院校来弥补。但是另一方面，这种对照的局面长久说来则令人不堪：社区生活中宗教没有地位，而家庭生活中宗教保存下来；外部世界中宗教的社会一面有所削弱，也往往会在家庭中削弱宗教；同一屋檐下，家人之间宗教纽带的削弱始于幼小的年龄，那时我们开始认为，我们在为自身思考，这将会致使家庭降低为一种并不牢靠的纽带，由亲情和柔情来维系。因此，宗教一事，一朝开始逐步变成个人之事，不再成为一个家庭维系之所在；一朝宗教变成每周一日的随意交往之事，是日天气不算太好，也不算太坏，成为世代相传而渐渐失去意义的布道用语，有些时候出现于政治论坛；一朝宗教不再渗透于生活的全部内容；此时便发现存在真空状态，而宗教的信念，就会逐步为国家的信念所取代。独立于国家的那一部分社交生活就会缩减到更加微不足道的地步。于是下述情况必然会出现：大家需要对于某个事物的共同信念来填补群体之中宗教的地位；自由主义者则会发现，构成他们理论学说基础的个人自由，他们正在日益拱手相让。

我暂且回到本人的选择方案里，置于首位的措辞说法，援

---

① 拉丁文，制造人与游戏人。现代社会关于人的理念，和十八世纪以来所谓“理性人”和“经济人”相对而言。二十世纪初叶，荷兰语言学家和文化史家约翰·赫伊津哈（Johan Huizinga，1872—1945）在《游戏的人》（*Homo Ludens*）中有所论述。关于“制造人”，可参阅瑞士德语作家马克斯·弗里施（Max Frisch，1911—1991）的小说《制造人》（*Homo Faber*）（中译本名为《认为技术决定一切的人》）。

引如下：

> 国家本身宣布矢忠于一个特定的宗教或者具体教派，在这样的地域，在国家控制的所有各级教育机构，这种宗教可以予以肯定，予以宣教，而教导内容要遵守这个教派的学说。

在这个方案里，存在着付诸实践时显而易见的困难。其一是如此一个体制在任何实际讲英语的国家，显然非可行之举。我们偏向于主张自由：我们不是偏激地，或者在宗教方面充分重视同质。但是凡是发现这类同质现象的地方，对于一方人民的精神生活而言，便存在着偶发的危险，具体的危险，我无意深谈。比较一般的危险有三种：国家将控制教会，或者形成自己的教会；教会将控制国家；或者公民将认为自己在相同水平上矢忠于两个国家政府。因为“宗教”这个名词令人十分捉摸不透，和“教育”或者“民主”，还有不胜枚举的其他名词一样，我们往往在一个场合意味着一种意思，换个场合又另有所指，却认为，我们用的是相同字眼，所以我们所指的是相同意思。我们谈到政治和宗教的时候，是在对两个机构加以对照，教会的含义比较丰富，是一个与世俗机构有所不同的事物。我们这就忽视了教会的宗教这一面；而宗教正因为无所不包，故而不能和任何事物相提并论。

还有一层复杂的因素，在这一要点上我必须插入探讨。诸位可能还记得，我开始演讲时，批评了三项教育宗旨，作为起点，我采用的是乔德博士的论述。我提示了鉴于“注重公民素质的教育”之说，可能渐至于意味着某种过于确切的意思，而且限制于眼前的标准，“发挥潜力”的教育则含有危险而语焉不详；我也提示大家，需要产生另一个权力机构，而非国家，在道德、才智、精神力量的培养训练方面对我们有所教诲，因为国家并不关注这些方面。在回答“何谓好公民”这个问题时，国家的过度干预和控制，还有一套国家的风纪规定，是为了造就好公民，而锱铢必较制定出来就会调教出一些一味遵从的人。在回答“何谓好人”这个问题时，教会的过分干预和控制，也有可能调教出一味遵从的人。良好的生活有着诸多方面，对于个人和社会来说都是如此，而教会则并非直接关注这些方面。有个问题任何一种宗教的教会组织必须提供一个答案，这个直接的问题就是，“哪些内容是灵魂超度所必要的？”有一些教会组织在各个时期和地域一直十分确信，唯有灵魂超度，其他的一切概不属于必要，由此产生了大量的损害：举例来看，穆斯林入侵者毁坏了亚历山大图书馆，新教改革运动时期，圣坛遭到强夺，偶像掷地，利用酷刑和令人发指的处死形式作为一种威慑，禁止信奉异端。另一方面，古往今来，各个国家的教堂都是诸门艺术的中心；欧洲和亚洲的宗教提供了动机，促使欧亚大陆产生出无比伟大的艺术作品；欧洲和亚洲的文明倘若缺乏各自的宗教基础则不可思议。不过文明、文化比较高级形式的发展，从宗教的观点来看，只能视为副产品予以思考。只有通过笃信一种宗教，否则我们就不会获得这些作品，这个事实并不意味着，任何教会组织或者宗教的神职人员，必然胜任愉快，在所有的艺术问题上都有话语权——考察一些现代的宗教宏伟建筑，便可作为明证。

我的道理所在，现在应该昭然可见，就是在转入教育方面宗教的位置这个问题时，我已经预先提示诸位，我列举的所有可能的方案都不如人意。至少廓清一个认识：有的社会中，全部人口并非信奉一门宗教，或者，在一门宗教之内，又划分为几个宗派——而这就是英语国家的社会性质，我们不得不为之立法，因为在这样一个社会，必须有一种或另一种折中办法可以付诸实践，而且每个社会或社区必须为了自身探求一种折中办法，对于自己信奉的宗教而言，还算差强人意。如此一来，在这类国家框架构建者设计的任何可以实现的教育理论，在某一界点必须止步不前，因为超越这个界点，宗教方面的分歧，大家就不可掉以轻心。除非关于宗教真理，我们能够取得彻底的共识——那就是关乎人类的终极真理——我们切勿期望，出现一个理想的教育体制可以付诸实践，大家都能够形成共识。人生有许多境况只能通过妥协来处理，面对人类状况的如此不幸，我们不该心存怨尤。不过我认为十分重要的是，当我们迫于环境，尚未走到我们如意算盘应有的终点时便止步不前，此时能够对我们眼前的作为有所意识；关于当前我们这个论题，不要妄称有一种教育理论能够面面俱到，而排斥那些终极的宗教问题——我已经说过，其中之一便是“何谓人”这个问题——而且尝试为教育理论划定一个范围，其中宗教可以予以忽视。

处于本人现在的立场，我希望能够略陈己见：前面我一直着力探讨的是，“教育方面宗教教诲的位置”，对于我为这些系列演讲设定的旨趣而言，探究这个问题其实并不重要。只是这个问题我们必须首先加以探究，我们才能看出，在这个语境里它并不重要的原委和道理。在我的“教育宗旨”里面，要害问题并非教育方面宗教的位置，而是宗教方面教育的位置。一开头我便说明教育有三项宗旨，我希望大家应该形成共识，然后我尝试首先表明，这三项宗旨的每一项都包含于其余两项，而且每一项都拓展和限定其余两项的意义。在此之后，我又力求表明，追求这三项宗旨的意义导致我们逾越相关领域的疆界——而我们本该画地为域，以教育为域；而且迫使我们进入举步维艰的疆域，比如社会哲学和政治哲学、伦理学，最后还有玄学和神学。所以，我们先要在神学方面取得共识，否则我们在具体教育问题上的共识，只能是根据地域、时代以及构成成分的特定条件，对于一个特定社会而言，什么才是可行之举和可取之举而达成的共识。而且在关于教育的理论探讨中，我们应该力求向我们自身和他人阐述清楚，有什么哲学思想在背后支持着我们的见解。

我无意给诸位留下的印象是，我认为大家应该延缓探讨教育问题，或者延缓大家的各种尝试，比如完善现行体制，匡正其缺陷，直至关于终极的问题，大家形成共识之后才着手。我也并不臆断，如果我们大家都渐渐持有相同的哲学和宗教观点，我们就会忽然发现，如何运作我们的中小学校和高等院校，在这个问题上，大家已经取得一致见解。我们无非是应该达到这样的程度，就是混淆概念、曲解误会、抵触冲突，凡此种种的可能性都降至最低限度。剩余下来的诸多问题应该是哲学和神学无法提供直接答案的，或者对于这些问题，它们会提供形形色色各种可能的答案；而且依然还会存在一片广大的园地，其中分歧、论争、试验乃是展开活动和加以完善所不可或缺的。

因为要接近尾声了，现在请允许我勉力概括演讲过程中我所得出的一些结论。首先，“良好公民素质”之说，不能完全局限于一个政府所提供的定义，或者任何特定政治哲学的学说信条。其次，“何谓个人潜力的发挥”这个问题，或者“人之为人如何完善”这个问题，唯有参照神学来看待，否则便无从回答，虽然“完善”之说含有深意，而完善之事，则并非直接属于神学的领域。所以，我们已经发现，我们必须求教于我们的政治哲学家，就我们的第二项教育宗旨，他们能够有所照明，提供解答；我们也必须求教于我们的神学家，在照明第三项宗旨方面他们有所助益；而且有的神学家也是政治哲学家，在两个问题上他们都有高见需要表达；与此同时，我们还是发现，他们都没有完全覆盖各个宗旨所应用的全部领域，因而我们迫不得已要重新展开探讨。

我们已经发现，这两项宗旨意在言外，相辅相成，正如二者同样隐含于第一项宗旨之中。我们可以说，大家的共识是，每个凡人从理想境界来看，他接受教育，通过他的邻舍和他本人，应该是为了力尽所能，凡是他能够尽力而为之事，都力求做到最佳境界。进而言之，他接受教育应该是为了面对互相冲突的要求时有能力决定取舍，因为我们在实际生活中往往面临的是必需舍弃个人利益——不是自私自利，而是一种曲高和寡的个人利益——为了满足社会要求，或者舍弃社会义务，为了满足我们自身本质自我的需要。有些主张由国家所代表，有些主张则由教会所代表；但是，进而言之，还有些要求则由我们自身的存在所代表。如果我兴之所至，想要赋诗，于是我便婉谢在代表某个义举的大会上致辞，或者谢绝为一个重要的周末讨论会准备论文，结果会如何呢？如果我的篇什是佳作，我便心安理得；如果是败笔之作，我便感到内疚。成功总是无法确定；至于失败呢，我想到有些例子，有人心里可能有底，比如舍弃写诗，而另有旁骛，至少算得有益之事。而且我们如果自身都难于决定取舍，要为他人判断，则往往是不可能的了。梭罗隐居瓦尔登湖，他是一位好公民吗？有多少人所从事的事业，在家人看来可谓愚蠢，或者看似具有反社会性质，或者意味着给他人带来痛苦和牺牲，我们过后要么指责，要么称道，看的是结果如何，而结果则永远未可预卜。所以我认为，在“发挥个人潜力”方面，我们必须为个人选择留有余地，尽管这个说法，我们已经有过很多限制性的描述。

然而，不入虎穴，焉得虎子，所以作出我的论断之前，还有一条羊肠小道要走。至此为止，我们探讨的宗旨都是着眼于个人：培养个人是为了他能够人尽其材，造就成器。我们一直关注的仅仅是目前，而非既往或未来。现在我要提示一点：面向所要传授的对象之外，教育还有一个宗旨，应该关注另一种义务。如果我们仅仅考虑前者，我们的全部课程就可能随波逐流，随着各家学说而变化；何谓谋生的正当方式，何谓良好公民素质，何谓良好个人发展，我们大家的看法，可能受到一代主流情绪的左右，或者听任个别教育家心血来潮的摆布。我们的文化要薪尽火传，这应该成为教育的一项宗旨——而文化的相续相禅，或者尊重既往，都不意味着停滞不前。当今之世，我们尤其应该期待的是，教育防止我们会犯一味偏重当代的错误。我们期待各级教育机构能够坚持认识和理解既往。对于每一代人而言，既往都需要重新解释，因为每一代人都带来自身的偏见和新的曲解。凡此种种可能要参酌历史才能领悟；但是历史则包括对已经消亡的伟大语言，对现代语言的过去的研究，包括对我们母语的研究。确实，尤其是对我们的母语；因为我们需要理解我们的文字过去的用法，理解文字的沿革和语义的变化，这样才能理解我们自身如今的文字用法。而且为了保存既往的智慧，我们需要在评价时着眼于这种智慧本身，而不是单单以它的用处为由，加以维护。以用处为由而支持宗教，显然可谓谬误；因为，下述第一个问题较之第二个问题更为重要：其一是人类之于上帝有何用处，其二是上帝之于人类有何用处。而我们之于我们文化的关系，可以触类以推——虽然我承认，对待一时性的事物进行这样的类推，可谓存在危险。因为，倘若我们在评价历代的智慧、经验和艺术的时候，仅仅根据其对于我们的用处，我们陷入的危险则在于局限“用处”的意义，也把“我们”的意义局限为如今健在的人。我想维护的是这样一个观点，依据这个观点来看，更为重要的是——如果我们不得不选择，而且或许我们确实不得不选择——为数不多的人应该接受良好教育，而其余的人只需一种基础教育，而不是人人应该分享质量等而下之的教育，如此一来，我们便可自欺欺人，认为凡是以量居多者，必然属于最佳。而且我所要呼吁的是，马修·阿诺德当年所说的“知识乃天下思想之精华，文章之鸣凤”（我还不妨补充一点，古往今来，世界上的上乘之举，世界上诸门艺术创作的精华）；这种历史知识，最广义而言，不应该保留给区区专家机构——保留给他们，而且在其中瓜分——而应该成为部分学子共同拥有的遗产，他们已经修毕非专业化教育的高年级学业；对于其中多数人而言，这份遗产有可能形成诸多比较现代的研究的基础，而这些研究如今往往有人用以取代这个基础。

我们力尽所能，兼顾教育的三项宗旨，对教育的定义抽丝剥茧，现在不妨进而探究，我们得出的那种性质的论断有何用处。我们发现，教育的定义，我们根本未曾提供，客观而论，教育似乎也无从界定。我们能够有所作为的极限，在于罗列一些任务，可能大家期望凡此均由教育来完成，同时力求表明其中的各项任务，倘若谓之教育，则肯定意味着其他方方面面。这些乃是大家一直要求教育能够服务的部分旨趣；其中有些旨趣，我们已经能够形成定义；虽然我们无法绝对地界定教育，它的若干旨趣意在言外、相辅相成，我们有所认识，这给我们的一种感觉是，教育一词具有同一性，类似于我所明言的，三叉一词的多重用处之间具有同一性。然而，教育一词有若干可能的用处，当我们所指的是其中之一的时候，我们还得继续谈论“教育”；大家感觉到了这种同一性，所以为了明白起见，我们也就不可能用若干不同的字眼取而代之。

最后的问题是，“如此探究有何用处，换言之，我们是否思辨这个字眼的意义，对于实际教育会产生什么影响？”人类自从成为人类以来，生生不息，培养子孙后代，而且确乎此前也是如此；在衡量生灵万物的标尺上，在哪个精确的刻度，可以说是从此开始培养后代，这我就不得而知了。教育的内容和形式，根据具体的社会组织有所变化，因为后代处于社会之中，而且是为了社会才接受培养；在有必要提出“何谓教育”这个问题之前，教育的传统由来已久，而且教育机构可谓名目繁多。或者确切些说，关于一项活动的旨趣，在我们提出问题的时候，我们开始付诸实践已经有一段时间了；而且我们发现，这个问题反反复复需要提出，因为世代之间活动本身有所变化。可是教育机器必须保持始终运转，现在几乎普天之下它已经变得庞大而复杂。诸多的变化和发展要归之于偶然的因素，针对当地眼前的形势要有所反应，有些则要归因于个别教育家刻意的用心——不论有无道理，有些要归因于一部书的影响，诸如卢梭的《爱弥儿》（和我本人一样，卢梭也是舞笔弄文之辈），有些要归因于政治理论或者神学教义，有些要归因于智慧，有些则归因于愚昧，还有一些则要归因于我们无法左右的形势。但是当我们着手界定教育的时候，我们应该尝试去做些什么呢？我们并不是在尝试编写一个词语的定义——一个词语的习惯用法。我们是在尝试孤立地看待共同的要素，而脱离了大量不同性质的培训，各种培训都着眼于不同的目的，而且处于截然不同的文明之中。换言之，我们是在尝试发明一把万能钥匙，可以用于开启多种不同的锁。不过我们同时也在尝试发现一个规范的定义，我们不仅是在尝试说明教育一词是指什么意思——也就是说，对于我们认为有资格使用这个字眼的人而言，它所指的意思——同时也要说明，真正的教育应该有什么面貌。我们旨在界定一个真实的定义，而非名目上的定义，同时我们其实是在力求说服众人接受我们自己的一个定义。但是我们尝试提供一个定义的动机可能产生于下述原因：针对我们目前忍受或奉行的教育实践，或者针对他人关于何谓教育的理论学说，我们持有异议。因为我一直坚持认为：在每一种教育理论的背后，我们发现，不论隐含还是明言，都包含着哲学和神学的前提，同时也有社会学的前提，所以可能有人认为，教育问题仅仅是哲学家的问题，而非那些从事教学和教育机构行政管理的人的问题。但是后者积累了教育方面的经验，倘若堪称智者的话，还有取之不尽的智慧，而唯有那些实际以教书为业的人，才能够获得这些经验和智慧。在我看来，教育家的任务在于围绕教育进行思考、著书立说，但是那些社会、哲学和神学方面的前提假定，它们构成了其笼统概括的基础，教育家则要加以廓清，便于自己有所认识；而纯粹的理论家、哲学家或是神学家，他们则要把自己的理论提供给教育家参考——因为教学授业的困难所在，他已经有了切身体验。而立法者，附带说一句，当他凡事无动于衷，唯有政治上的权宜考虑，此时就要咨询这两类人士，同时也要学会一点独立思考。

显而易见，教育的词语定义解答不了“何谓教育”这个问题，因为一部词典能够做到的，无非是告诉我们，过去人们使用这个词语的主要用法，直到辞典编纂者裒录了他对这个词语的记述的年代为止，用法出自他尊重其权威性的那些作者。虽然我们意识到，这个词语在用法方面的多层定义之间存在着一层关系，我们似乎却无法获得任何一个基本定义，即所有那些次要定义都能隐含的定义。我们现在探求的定义是包含价值判断的定义，因此它将是我们无法形成共识的一个定义，所以可能无法成为词典的释义。（附带说一句，关于“定义”一词的定义，人们距离形成共识已经越走越远。）关于我们罗列的教育宗旨，不论有三项，还是更多，不论我们是否介绍细分的宗旨，都有若干限定条件需要说明。总有可能，一位作者罗列的旨趣，有一项或者多项可能是错误的，或者他人根本无法接受；总有可能，事实上相同的旨趣，不同的作者用全然不同的说法来表达；总有可能，列表应该写得更加详细。当然，我们大家都争取尽量归结为区区几条——此乃游戏规则之一。但是恰恰由于教育一词的意思在过去有沿有革，人们便可能期望它在未来进一步发展和变化，这样便有可能在某个未来和未可预卜的情形下，教育的旨趣将不得不重新形诸公式，而且还有可能新的旨趣会呈现出来，而论者无法把它们归结为大家已经承认的那些说法。

再则，诸位可能有所察觉，关于这个话题，我们的思想表达得越清楚明白，这些宗旨或旨趣所指的意思是什么，大家形成共识的可能性也就越小。你的观点越是明确，你就会发现，接受的人越少。绝大多数人会接受的论断是，教育包含某种性质的道德培养；较少的人会接受的论断是，教育包含宗教培养；会接受宗教培养这条原则的人之中，就宗教培养应该进行到何种程度，又应该在何种程度上化为教义教条，能够达成共识的人更是为数寥寥。我们可能看法一致的是，“当我们充分理顺了我们的玄学、种族学、心理学、神学和政治学，可以直接思考教育的时候”，教育问题才能够得到令人满意的解答。不过这可是遥遥无期，恐怕一直要到地老天荒。上述任何一门学科的耄宿圣贤，什么时候彼此之间能形成共识，看来前景渺茫；而这些学科的那些实干家在促使教育达到完美境界方面，根据各自的科学作出的相对贡献，对此形成共识，看来前景更是渺茫无期。

我们大家其实都在争取说服别人，换言之，我们诉诸他们的情感，而且往往其实是在诉诸他们的偏见，兼顾到诉诸他们的理性；我们能够尽量做到的最佳境界，在于注意到兼顾（我们的理性）不是变成代替（我们的理性）。我们至少能够争取理解我们自身的动机、激情还有偏见，这样在诉诸他们的这些方面时，才能意识到我们正在做些什么。意识到自己的作为谈何容易，因为我们自身的偏见和情感好恶，在我们看来总是如此理所当然。我们总是汲汲于指出，他人的理智受到情感的影响而有所偏颇。我深知自己一直在争取说服大家，虽然我可能未必十分肯定要说服什么问题。不过虽然我以上所说的一切，如果根本无人赞同，我会感到寒心，但是如果天下从而和之，我则会感到惊恐不已；因为，在探讨诸如此类的话题的时候，一个陈述如果天下从而和之，那就肯定没有多大意义可言。然而，我希望我的主要动机始终在于促使诸位活跃思路，而非把某种理论强加于人；我一直在进行界说，却未曾想过要令人信服，而恐怕诸位的心思早就在下一场鸡尾酒会了。

杨自伍 译

但丁于我的意义*

我没有选择作一次关于但丁的演讲，而是非正式地讲讲他对我自己的影响。请允许我先来解释一下。这样做看来可能有点自大，我则称之为谦虚；妄称谦虚，其实只是谨慎。我绝非但丁学者，我的意大利语程度不高。在这个场合，出于对在座诸位以及但丁本人的敬意，我引用他的作品时不用意大利语。我在多年前的一篇简略的文章①里谈过但丁的诗歌，我并不觉得，我对这一主题会有新的贡献。我早先在那篇文章的前言里解释过，我读但丁时对照着原文读英文散文体翻译。四十年前我就这样开始慢慢阅读《神曲》。我以为读懂了一段尤其让我喜欢的片段时，我就记住它；这样过了一些年，我就能对躺在床上或坐火车旅行的自己背诵这个或那个诗章中的一大段。如果我大声背诵，天知道听起来如何。但是就这样我深深浸淫于但丁诗歌之中。我有资格就但丁发表意见，就靠积累起来的那点有限的知识。这是二十年前的事了。但是我认为，讲一讲我究竟在哪些方面得益于但丁，对我自己，可能也对其他人，是有意义的。我并不认为我能够解释一切，甚至对我自己。既然四十年后我仍然认为他的诗歌对我自己的诗作影响最持久，最深入，我至少应该说清楚个中的一些原因。也许，诗人坦言但丁对于他们的意义，可能有助于欣赏但丁本人。总之，这是我所能作的唯一贡献。

最大的得益并不总是最明显的。至少，得益有不同的类型。我从但丁那里得到的启发是不断积累的，并不是一个人生命中这个时期或那个时期的得益。有些诗人，我在某个特定的时期从他们身上学到很多东西。例如朱尔·拉弗格，我能说他是第一个教我如何说话的人，教我用自己的话语特色来写诗的种种可能性。这些早期的影响，可以说是最初使自己认识自己的影响，来自一种印象，它一方面是察觉到一种相类的气质，一方面是发现了一种表达的形式，后者对发现自己的形式有所启发。两者不是两回事，而是同一事物的两个方面。不过能对一个年轻作者起到这种作用的诗人不大会是巨匠之一。巨匠毕竟太高太远了，就像几乎被神化的远祖；次要一点的诗人引导后学跨出第一步，更像一位受敬仰的兄长。

说到影响，有的诗人，你从他那里学到一样东西，对自己至关重要，它不必是那些诗人的最大贡献。我想，从波德莱尔那里我第一次知道诗可以那样写，使用我自己的语言写作的诗人②从未这样做过。他写了当代大都市里诸种卑污的景象，卑污的现实与变化无常的幻景可以合二为一，如实道来与异想天开可以并列。从波德莱尔那里，就像从拉弗格那里，我认识到我拥有的那种材料，一个少年在美国工业城市所具有的经验也能成为诗歌的材料；新诗的源头可以在以往被认为不可能的、荒芜的、绝无诗意可言的事物里找到；我实际上认识到诗人的任务就是从未曾开发的、缺乏诗意的资源里创作诗歌，诗人的职

---

* 1950 年 7 月 4 日在伦敦意大利学院的讲话。——原注

① 应指作者于 1929 年出版的小册子《但丁》。该文收入著名的《文选》（*Selected Essays*），近 40 页，并不短。艾略特在 1920 年也写过一篇《但丁》，收入他第一部文集《圣林》（*The Sacred Wood*）。这篇文章由瓦莱里一段文字引发，主要谈哲学与诗歌的关系，篇幅要小得多。

② 指英语诗人。

业要求他把缺乏诗意的东西变成诗。一位伟大的诗人只需在很少的几行诗里向年轻的诗人传授他必须传授的一切。也许，我得益于波德莱尔，主要是整部《恶之花》里的半打诗行；这两行诗概括了他对我的意义：

拥挤的城市！充满梦幻的城市，
大白天里幽灵就拉扯着行人！①

我知道那意味着什么，因为在我知道我想要凭自己的能力把它写成诗之前，我已经经历过它。

你们可能会觉得，我所讲的离题很远。但是我不说其他诗人对我的作用，就无法确切说出但丁对我的作用。我写关于波德莱尔、但丁或任何其他对我的发展起到极为重要作用的诗人的文章，因为那位诗人对我很有意义，写的不是关于我自己，而是关于那位诗人和他的诗歌。要论述一位伟大诗人，首先是出于一种感激的冲动；但写出感激的原因可能会对欣赏那位诗人只有小小的帮助。

从诗人得益，还有另一种性质的，那种得益实在太多了。有的诗人就在你心智的背后，对此你也许是有意识的，当你有一个特定的问题要处理，他们写的某些东西提示你解决的方法。有的诗人你是有意识借用的，一行诗被用于不同的语言、时期或语境。有的诗人在你心目中确立了某一种诗的优点的标准，如维永确立了诚实的标准，萨福确立了言简意赅而且一劳永逸地写出独

---

① 这是波德莱尔《七个老头子——给维克多 · 雨果》（*Les Sept Vieillards — À Victor Hugo*）一诗的头两行，引自郭宏安译文。

特感情的标准。还有伟大的诗人，我们慢慢长大，靠近他们。我年轻的时候，伊丽莎白时代次要的剧作家要比莎士比亚更让我感到自在：打个比方，前者是与我大小相仿的玩伴。莎士比亚是巨匠之一，欣赏巨匠的诗歌是毕生的任务，这是验证他们的一个办法。在逐渐成熟的每一阶段，即人的整个一生，你对他们的理解会更为深刻。这些巨匠中有莎士比亚、但丁、荷马和维吉尔。

我列举了一些“影响”的类型，是想用对比的方式大致点明但丁于我的意义。我当然从他那里借用过一些诗句，试图重现某种但丁式的场景，说得更确切一点是要在读者心中激起对那场景的回忆，从而在中世纪的地狱和现代生活之间建立起一种联系。《荒原》的读者或许记得，我笔下城市职员从火车站拥过伦敦桥去办公室的景象激发联想：“我没想到死亡毁了这么多人”；在另一处，我有意改动了但丁的一行诗：“叹息，偶尔短促地发出来。”我在注释里作了交代，想使熟悉这些典故的读者知道，我希望他认出来，知道他如果认不出来就不懂我的意思。写了《荒原》二十年以后，我在《小吉丁》里写了一段诗，本意是要在风格和内容上尽我所能接近《地狱篇》或《炼狱篇》里的一个诗章。意图当然和在《荒原》里用但丁的典故是一样的，都是利用对照法在读者心中呈现一种类似的情况：但丁造访的地狱、炼狱和空袭后幻觉的场景原来如此相像。但是方法是不同的。在这里我无法大段引用或改写，我只是借用或随意改写了少数短语，因为我在模仿。我的第一个任务是要找到接近三行连环韵诗[①]的形式，但不押韵。英语押韵的词汇不像意大利语那么丰富，我们所拥有的

① terza rima，意大利一种三行一节的诗体，隔句押韵，韵式为 aba，bcb，cdc，……，yzy，z。诗句常用的格律是五步抑扬格。

韵意在强调。这些押韵的词太引人注目。在我懂的语言里，意大利语里严格押韵的效果最佳，没有阻碍自身之危险。至于押韵的效果究竟如何，那应该由神经学家而不是诗人去调查。为适合我的目的，我采用了简单的办法，即不押韵的阳性和阴性结尾交替出现，稍稍产生一点意大利语押韵的效果。我这样说，不是要确立一条规矩，只是解释一下我如何在特定的场合受到指引。我想，要翻译《神曲》，押韵的三行连环韵诗与无韵诗相比可能不那么令人不满。因为不幸的是，不同的韵律是不同的思想方式，它是一种不同的标点，因为重音和停顿是在不同的地方。但丁用三行连环韵诗体思考，一首诗的翻译应尽可能接近原文的思想形式。因此，翻译成无韵诗体就丢失了一些东西；另一方面，当我读用三行连环韵诗体翻译的《神曲》时，读到我还相当不差地记得原文的部分总是提前担心，生怕读到译者为了使但丁的词语适合英语的押韵不免会作出的改动和扭曲。没有诗作像但丁的诗作那样要求直译，因为没有一个诗人像他那样使人确信，他所用的词恰好是他需要的，舍此别无选择。

我不知道，上面提到的诗段里交替押韵法用于一首英语原创性长诗是否能够让人忍受。但我确知，我自己这一生已经没有足够的时间来创作它。我在试着用英文模仿但丁的过程中学到一些有趣的东西，其中之一就是它极其困难。《小吉丁》里模仿的那部分长度不及《神曲》一章，比我已写的同样长度的任何诗耗费了我更多的时间、精力和不安。我并不局限于使用但丁的意象、明喻和比喻。主要的难处是在这洁净严整的风格中，每个词都是“功能性的”，稍微有点含混或不够精确就立即会被注意到。语言必须很直接；每行诗，每个词都必须完全听命于整体的目的；当你使用简单的词语和简单的短语时，最普通的语言或最常需用的词语的重复便酿成大祸。

我不是说，在原创性英语诗歌写作中，三行连环韵诗体不能考虑。我相信，对现代听力而言，对受过这个世纪的训练、习惯于对非押韵诗诸种可能性的各种尝试的听力而言，一首用固定押韵形式写成的现代长诗，听起来很可能有点做作而且单调。一百年之前的人听起来就不是这样。但我确信，如果诗人只是借用形式，而不是企图在每一行、每个短语都使读者想到但丁，那么写这样的长诗还是有可能的。十九世纪有一首诗在有的地方与我说的不大一样。它就是《生命的凯旋》[①]。我感到今天有责任说到雪莱，因为在所有英国诗人中，雪莱受但丁影响最为明显。在我看来，雪莱进一步加强了我的印象，即但丁的影响，在其真正强的地方是一种积累性的影响：也就是说，随着年龄的增长，它对你的控制就越大。《生命的凯旋》是雪莱对但丁最伟大的颂词，是他的伟大诗作中最后我想也是最伟大的作品。它未完成，在某一行突然中止；人们会猜想，即使雪莱也未必能成功地将它完成。但丁对雪莱的影响在雪莱较早的诗作中也看得出来，最明显的是《西风颂》，诗的开头是残叶在风中飞舞的意象：

犹如中了魔法的鬼魅逃离巫师

《地狱篇》里有风的各种形态以及空气给人的各种感觉，它们与《天堂篇》里的各种光同等重要。若不是《地狱篇》，雪莱诗中风卷残叶的景象是不可能出现的。我不认为，雪莱像我那

---

① *Triumph of Life*，雪莱逝世前不久创作的长诗，未完成。评论界对这首诗评价很高。

样在《生命的凯旋》里是要尽他所能师法但丁的简洁。他为自己留下了英语诗歌语言的一切资源以备使用。尽管如此，他的天性与但丁的诗歌想象相近，浸润于但丁的诗作（我不必提醒大家，雪莱精通意大利文，他对一直到他那时代的所有意大利诗歌的知识广博而精专），他在灵感奔涌下写出一些最伟大、带有最明显但丁特点的英语诗行。我必须引用四十五年前给我留下不可磨灭印象的一个段落：

这凄惨的游行场景，我难以理解，
我不禁自问出声——“这都是什么？
车中的形影是谁？却又所为何来——”

我还想要问——“这是否出了差错？”
有个声音回答——“生命！”——我转身，
才明白（天哪，请怜悯这可怜境遇！）

我原先以为，是一段古老的树根，
扭曲成了奇形怪状，生长在山脚，
却实在是误入歧途族类中的一人；

我以为，是散乱纷披的白色衰草，
不过是他的头发已褪色而且稀疏，
它企图，但是未能掩盖住的孔窍，

是，或曾经是，他的双眼所在处，
那冷峻的脸（知道我想什么），说，

“若能像我一样克制不去跳舞，

“我愿告诉你是什么导致同伴和我
沦落到承受这样深重的轻蔑屈辱，
叙述这队列清晨以来的一路经过；

“如果一穷究竟的渴望还不能餍足，
你尽可追随观察直到深夜，但是
我已疲惫。”他蹒跚迈步，就仿佛

由于不胜自己语言的重负，于是
他稍事喘息；不待他重新继续说，
我问：“首先，你是谁？”“在你能记事

“以前，我已爱过恨过怕过痛苦过，
做过而且活过。如果上苍点燃我
灵魂的火花曾用更纯净的火药烧灼，

现在腐败就不会从往日那个卢梭
获取得这么多——这副相貌就不会
使得耻于承受它的这人蒙受羞辱……”①

这比我所能做的更好。我引用它，作为英语里对但丁的最高赞颂之一；它证明了但丁对一位伟大英国诗人的风格和灵魂所起

① 引自江枫译文。见江枫编选《雪莱精选集》，北京燕山出版社，2004年。

的作用，同时又恰好是对卢梭的很有趣的评论。要进一步追寻雪莱得益于但丁的证据是有趣的，但没必要。对知道来源的人而言，引用《心之灵》序诗的头三行就够了：

我的歌，我担心你将会发现
很少人能充分理解你的推理，
和你谈论的如此艰深的问题；[①]

我想我已经说清楚，受但丁的重大恩惠并不在于如何借用和改写但丁，也不是那种恩惠，只发生在另一诗人成长过程中的某一特定阶段，也不是在用他作为示范的段落里找得到的。批评家可以在你的作品里指指点点，说你写这写那的时候一定是想到了但丁，不然你是写不出来的。重要的恩惠与此无关。我现在也不想提及，一个人可能会得益于但丁的思想，他的人生观，或者赋予《神曲》形体与内容的哲学和神学。那是另一个然而绝非不相关联的问题。关于从但丁身上学习并继续学下去的东西，我要说三点。

首先是在屈指可数的同等地位诗人中间，没有谁，哪怕是维吉尔，比他研究诗歌艺术更加用心，或是在这技艺的实践上更加一丝不苟，精益求精，更加自觉。当然在这方面没有英国诗人能与他比肩，因为更加自觉的艺人——我主要想到弥尔

① 引自江枫译文。雪莱的《心之灵》（*Epipsychidion*）有9行序诗，这是头3行。《心之灵》出版时，雪莱夫人又写一前言，指出《心之灵》是为一首更长的长诗写的题献诗，而这序诗几乎是但丁诗的直译，译自他一首著名的坎佐《您有意将第三重天推动》。这首坎佐（古时意大利或普罗旺斯的抒情歌曲）就是但丁在《飨宴》（*Convivio*）中评注的第一首诗。译者就这首意大利文小诗请教了吴正仪研究员，特此致谢。

顿——是更受局限的诗人，在他们的技艺上也更受局限。一个人随着年龄的增长更明白这究竟意味着什么，这本身是道德上的一课。我由此还得出另一个教训，也是道德上的一课。在我看来，但丁的一切研究和实践莫不教导我们，诗人应该是他的语言的仆从，而不是其主人。这一责任感是古典诗人的标记之一。我在讲到维吉尔的时候试图界说过“古典”的含义。[①]有的伟大诗人，特别是有的伟大的英国诗人，可以说他们因自己的天才而享有滥用英语的特权，由此发展出一种个人特有的，甚至有点怪异的言语，它对后来的诗人毫无用处。我看但丁在意大利文学中的地位只有莎士比亚在我们文学中的地位可比。换言之，他们使各自的语言的灵魂具有形体，使自己符合他们预见的那语言的诸种可能性，一位有意为之，另一位有意的程度低些。莎士比亚过于随便，他有天才，倒也无妨。但丁有同样的天才，这些自由他是不要的。传给后人自己的语言，使之比自己使用前更发达、更文雅、更精细，那是诗人作为诗人所能达到的最高成就。当然，一位真正至高无上的诗人也使他的后继者写诗更难，但是他至高无上这一简单的事实，以及一种文学因拥有一个但丁或莎士比亚而必须付出的代价，就是它只能拥有一个。后来的诗人必须找点其他事来做做，留下来待做的事较为次要，也应满足。但至高无上的诗人就是屈指可数的几个人，没有他们，一个拥有伟大语言的民族现今通用的话语就不会是那样。我不是要讲他们之中哪一个为后来的诗人做的，或他防止他们去做的，我说的是他为身后每一个说那种语言、以它为母语的人所做的事，不论他们是诗人、哲学家、政治家

① 详见艾略特《何谓古典作品》（*What Is a Classic*？）一文。

还是火车站的搬运工。

那是一个经验教训：某一语言的伟大作家应该是该语言的伟大仆从。但丁教我们的第二点是他感情范围的宽度，也许用光谱或音域的比喻更好。这是我所知语言中的任何诗人都不及的。使用这一比喻，我可以说，伟大的诗人不仅应该在正常视力和听觉范围内能比其他人更明晰地感觉和分辨色彩或声音；而且他还应该觉察到普通人觉察不到的振动，有能力使人们相互之间看见和听到更多，没有他的帮助情况就不是这样。英国文学里有伟大的宗教诗人，但是和但丁相比，他们只是专家。他们能做的也就局限于此。但丁还能做所有其他的事，就此而言他是最伟大的“宗教”诗人，虽然称他为“宗教诗人”有损他的广泛性。《神曲》表现了人能够经验的、在堕落的绝望和至福的灵视之间感情领域的一切，因此它总是不断提示诗人有责任探索未被说出的东西，并寻找词语来捕捉人们甚至难以感觉到的感情，感觉不到乃因没有词语来形容。与此同时，它也提示诗人，一位跨越了通常意识边界的探索者，如果始终不忘他的同胞公民已经熟悉的现实，必须能够转回来向他们汇报。

但丁的这两项成就不应被理解为分开的或可分的。诗人的任务是使人们理解不可理解的，这需要掌握巨大的语言资源；在发展语言的时候丰富词语的意义，发掘词语的潜力，这样做的时候，他也使得其他人有可能大大扩展感情和知觉的范围，因为他给了他们更有表现力的言语。我只需用动词 trasumanar①

① 这是但丁在《天堂篇》第 1 歌第 70 行新造的词，由佛罗伦萨方言“*tra*(*n*)*s*”（超越）和“*humanare*”（人性）两部分组成，英文动词“transhumanize”由此而来。田德望先生将 *trasumanar* 翻译成“超凡入圣”。见《神曲·天堂篇》，人民文学出版社， 2001 年版第 3 页。

为例来说明，但丁为他的民族所做的，也是为我们做的，因为我们已经拿来这个词并使之英语化了。

这事实对我而言不容置辩：但丁与我们欧洲所有诗人相比是最欧洲化的。我刚才所说的并不是与此无干。但丁毫无外省气，但是还必须加上一句：并不是说，他不属于一个地方，因而就变得“最无外省气”。没有人比他更加属于一个地方。我们绝不会忘记，但丁诗里的很多东西是不为母语不是意大利语的读者所注意的；但是我想，外国人在读但丁的时候不会像在读其他语言的大师时那样强烈意识到有些成分是永远不会注意到的。①当我们开始尝试阅读但丁的意大利语时，它在某种程度上成了我们的语言；关于技艺、言语和感觉力的探索这三方面的榜样是任何欧洲人能够记于心中，并且尝试在他自己的语言中运用的。

陆建德　译

---

① 艾略特在 1929 年论但丁的文章里写道：“把莎士比亚译成意大利语要比把但丁译成英文遭受更大的损失。一个外国人怎么能在他自己的语言中找到恰当的文字来迻译我们常常在莎士比亚作品中看到的那种似可懂又难懂的诗句？”

政治文学*

我并不是今天才意识到接受你们的邀请来作这个文学午餐讲座是多么轻率。在此之前我就已经意识到了。我应邀而来，不过是再度证明一个真理，那就是一个人可以直面任何危险，甚至不揣深浅地去追逐它，只要这种危险尚未临头。其实，我也不是没有前车之鉴。不过，这回我的莽撞可以从两方面说起。尽管我并不认为在座诸位都擅长当众演讲，但敢肯定，即便不擅长，至少也都见过世面，在演讲方面有着相当高的标准。而文人，并不会因为他是文人就擅长登台演说；相反，文人反倒不太会演说。虽然在有所准备的情况下，相对不会那么拘谨，也只是相对罢了。所谓有所准备，不仅是要整理好思路，还得掂量好措辞。我今天就是这样的。我的莽撞还体现在我居然答应到一个不熟悉的场合来，扮演一个陌生的角色。当然，这可以吸引更多的听众。诸位现在的感觉很像在围观一个人从高处纵身跳入水中，而大家正传言此人不会游泳，那种惊险自不待言。我当然希望能让诸位失望，但我自己也不知道，在水花四溅之后，水面归于平静，我的脑袋还能否浮出水面。

早先公布的演说题目可能引起了一丝兴奋和一些误解。一家日报的专栏作家就这么说："写诗剧的艾略特先生正在转向政治，他此前一直对此退避三舍。"其实，我这次谈政治，还是一如既往，并不想比我此前一些散文中的政治意味更浓。那位作家颇能欣赏我的戏剧，但可能没有注意到那些散文。

早先的题目，我觉得有人可能会讲得很好。我并不是说我自己。那天很晚了，我才意识到，我这是惹火烧身了，得把火灭了才行。我就想起来，几年前我答应给尼斯的一家协会作讲座。在给该协会主席写信时，我说，也不知道会碰到两种听众的哪一种，所以，到底讲什么，我觉得仿佛身处锡拉峭壁与卡律布狄斯漩涡之间[①]。还没等我想好讲什么呢，尼斯那边就宣布了，说我要讲锡拉峭壁与卡律布狄斯漩涡。这可让我着实吃了一惊，但转念一想，何乐而不为呢？几乎任何话题都可以放到这个题目下面来谈。《锡拉峭壁与卡律布狄斯漩涡》，妙就妙在它是一个很笼统的题目。况且，这种模糊还能引起人们的好奇之心。而《政治哲学与政治实践之关系》就未免太具体了，令人望而生畏。讲那种题目，得有以赛亚·伯林先生那样渊博的学识、深邃的思考和酣畅淋漓的文字。我就不敢与那种泰斗一比高下了。我不过是这样一介文人，觉得自己提出的问题间或也能引起关注，哪怕给出的答案甚为微不足道。而且，身为文人，我所参与的政治也绝不外乎两种。一是当选民，跑跑龙套而已；一是做读者，静坐清谈罢了。

言归正传。首先，我想问一个问题：什么是保守主义文学？换言之，有哪些英文的“经典”作品有助于理解什么是保守主义，是任何一位细心的保守人士都理应有所了解的？这些

---

* 本文为 1955 年 4 月 19 日在伦敦保守主义联盟举办的文学午餐会上的演讲。——原注

① Scylla and Charybdis，锡拉峭壁位于意大利墨西拿海峡，其对面就是卡律布狄斯漩涡。希腊神话中，她们是两个妖怪，堵塞了奥德修斯漂流所经过的狭隘水域。身处两者之间，形容左右为难。

作品都是出自谁的手笔呢？有四个名字，不用提示，我们都能一起说出来，因为他们经常一起出现。休·塞西尔勋爵[①]有本令人叹为观止的小书《保守主义》，是他一九一二年为“家庭大学文库”而作。在该书的参考书目中，那四个名字位居前列。毫无疑问，那就是博林布鲁克[②]、伯克[③]、柯勒律治[④]、迪斯累里[⑤]。

现在，谁还能在同一思想流派中找出如此迥然各异的四个人？他们只有一个明显的共同点，那就是，他们都是自成机杼的散文大师。他们的作品不仅是学政治的学生不能不读的，也是学文学的学生不能不读的。他们每个人都对文体有一种感觉，这可不只是懂得怎么写作那么简单。保守主义传统竟也是华章美文的传统，自然再好不过，但也许二者毫不相干，只是巧合罢了。休·塞西尔勋爵要求笃信基督教信仰，恪守基督教道德，这样的要求并不过分，但很难说博林布鲁克符合这个要求。思想家伯克当然是一位基督徒。柯勒律治既是哲学家，又是卓尔不群的神学家。迪斯累里当然也配得上一个学士学位，尽管格莱斯顿[⑥]的教士风范是他唯一让我更为心仪的地方。说到政治，从政的三人所处的境况也大不相同。有些人只是兼取托利党和辉格党成分，从中提炼出了保守主义的概念，这与法国大革命对伯克的影响有很大关系。如果采用这种界定，博林布

① Hugh Cecil（1869—1956），英国保守党政治家。
② Henry Bolingbroke（1678—1751），英国托利党政治家、自然神论哲学家、历史学家。
③ Edmund Burke（1729—1797），英国政治家和政治思想家，近代保守主义鼻祖。
④ Samuel Taylor Coleridge（1772—1834），英国诗人、评论家、哲学家，诗作有《忽必烈汗》、《古舟子咏》等。
⑤ Benjamin Disraeli（1804—1881），英国保守党领袖，两度出任首相，没有进过大学，却是有名的小说家。
⑥ William Ewart Gladstone（1809—1898），英国自由党领袖，四度担任首相，曾就读于牛津大学基督堂学院。

鲁克就得算“前保守派”。大家知道，伯克是在当时的政治辩论中对保守主义信条作出了最为重要的阐述。迪斯累里既在议会中表述己见，又在小说中阐发所思。柯勒律治更像是我这样的人，但又远胜于我，他学识更为渊博，写作更为勤奋，思维也更为细腻深邃。

因此，我们说四位作家当中，有三位作家的哲学受其从政经历滋养，一位是毫无从政经验的哲学家。我们该怎样理解这种多样性？他们相差如此之大，写作背景又如此迥异，能从他们的作品中找到什么共同的原则呢？我倒觉得，发现这个问题不容易回答并非坏事。倘若我在解释自己的观点时，诸位觉得我说的不过是些陈词滥调，平淡无奇，希望诸位归咎于我头脑简单，没有经验；但倘若诸位觉得我是在大放厥词，胡说八道，我也不会乞请饶恕。

我斗胆提出，政治思想，即对某一党派内在的恒久原则（如果有的话）的思考，其发展形成有两条相反的路径。起初，这种思想可能是一组信条，很可能是一本经典著作；然后，信徒们开始向感兴趣和不感兴趣的人宣传散布这些信条，动之以情；接下来，他们成立政党，为实现一个基于这些信条的纲领而奋斗。该党在执政之前就已经根据其信条勾勒出一个终极的理想社会蓝图。这样一来，理论完全先于实践。

但政治思想的形成也可能走一条相反的路径。一个政党也许会发现，在完全认清其恒久原则之前，或就这些原则形成共识之前，它还有一段发展历程。该党可能是经过了一系列变革与调整才最终成形。在此过程中，既有旧问题被淘汰，又有新问题产生。该党的基本原则到底有哪些，恐怕只能去细考其发展变革之史，详究其智士明哲所为之辩。唯有把握确凿之史实，做出明达之分析，方能区分恒久原则与一时之计；方能区分出哪些信条与原则是任何情况下都要始终坚守不渝的（如不坚守，该党就成了骗子），哪些是特殊条件下的权宜之计，只有在那些条件下才能讲得通，才能有道理。

我觉得，第二种路径似乎更接近于伯克所主张的有机而非机械的发展。不过，上述两种路径都各有隐患。

我并不打算陷入到历史宿命论的争论之中。宿命论在情感上很有吸引力，这一点很奇特，就连那些相信计划总会有变化的人都能被它吸引。有人能使自己相信，他们想要发生的事终将会发生；也有人喜欢觉得自己正顺应潮流。宿命论似乎能给他们极大的鼓舞，有时还能赋予他们力量。我们都会时不时地听到，只有承认了必然性才能找到自由（尽管人们也会很自然地想到，这个说法可能有点问题）。但谁都能从自己的经验中知道，没有一贯正确的预言；无论做什么，都会有不可预测的结果；再合理不过的壮举也经常败北，而最不理智的蠢行有时也能带来最甜蜜的结局；每一种改革都会滋生无法预见的新弊端，但我们并不能就因此说不应该改革；我们不得不经常面对新兴事物，应对突如其来的问题。我们即便不总是摸黑走路，至少也时常行进在黎明或薄暮时分，加上视力又不济，张冠李戴是常有的事；有时觉得远处有拦路虎，其实根本就没有，而近在眼前的致命危险却又经常视而不见。这就是弗雷德里克·司各特·奥利弗[①]的《无尽的险途》。

① Frederick Scott Oliver（1864—1934），英国保守政治评论家，《无尽的险途》（*Endless Adventure*）讲述的是十八世纪的英国政治。

如果一个政党所信奉的是固定不变的信条，它一旦掌权，就有可能出现两种情况。经验老到的领袖就会吃一堑长一智，将该党纲领中他们觉得不切实际的部分搁置起来，并发挥其聪明才智，为此举找一个理由；或者向大家证明，某个举措貌似修正，实为合情合理的发展。我相信，在东方，人们会自然而然地相信，现在所做的一切就是马克思也会赞同，列宁也会照做，直到官方采取了相反的政策。这种做法自然灵活机动。另一种情况则是雅各宾主义，死守教条，时刻准备着摧毁一切，而不是根据现实修正理论。

但上述两种情况都有隐患。在第二种情况中，由于该党已经信奉了它无法放弃的信条，因而倾向于僵硬不化，或貌似变革，却虚与委蛇。但在第一种情况中，该党又会变得过于无常，无视原则，随遇而变，毫无节制，名节尽失。知道什么该放弃，什么该固守，能在需要做出关键决策时认清形势，是一门艺术，需要经验、智慧和眼光。这让我无法艳羡那些公务人员，不管隶属何种党派，他们随时都有可能被召去做重大决定，说不定什么时候又会被后人指责为狂热分子或机会主义者。属于第二种情况的政党，需要不断根据经验来反思其信条，反思大家公认为正确的观点，否则，就有因循已受怀疑的原则之虞；属于第一种情况的政党，则需要不时重新探究其恒久原则有哪些，并根据这些原则来反思其行动。因为，每代人都要重新区分哪些是恒久的，哪些是一时的。

我最近读了一篇文章，讲美国的保守主义。作者的观点给我留下了很深的印象。他认为，近来美国真正的保守派人士都不是政治人物，而是些思想型观察者和道德家，通常是学界中人。他提到的人绝大多数我要么认识，要么接触过他们的作品。上一代人中有保罗·莫尔和欧文·白璧德，健在的有伯·艾·贝尔牧师和加利福尼亚的尼斯比特[1]教授。作者本人是美国人，如果他所言不谬，那这种状况可并非幸事，除非这些作家的见解都能传播得更广泛些，经过修改、调整甚至扭曲，再转化成行动。我觉得，在一个健康的社会中思想和行动之间存在着许多过渡类型。其中一端是不掺私念的思想家，他头脑谨严，潜心思考，只顾探求真理，不管其传播，更不管其付诸实践；另一端是政治"军士"，不太关注大的思想，却有着与生俱来的良好判断力、美好的情感和正直的品格，又接受过训练和教育。在这两端之间，还有几类、几种政治思想，连绵在一起，相互之间没有截然的断裂。

同时，任何思考政治的人，都应该认识到自己的能力和不足，不应该从所谓的哲学思想到所谓的行动什么都参与。但如果我们能和不同行业的人交往，就能更好地理解我们自己在社会中的作用；如果一个人的工作就是思考和写作，又能经常接触那些指导政策和做决策的人，就能做得更好，就像立法者应该能够站在执法者和守法者的角度上思考问题。如果一个社会中的各行各业疆域太过分明，从事不同职业的人无法理解对方的思想和性情，这个社会显然是有危险的。说得再直白些，在一个政治传统中，如果实务者都被教条主义者所操纵，或者政治哲学只是为统治集团服务、粉饰其所为，都将是灾难性的。

我刚才指出的是，思想家与实干家不应有绝对分工；我也

① Robert Nisbet（1913—1996），美国社会学家。

主张，从事各行各业的人，或政治利益相左的人，虽然研究理论和投身实践的比例各不相同，也应该能够相互理解，相互学习。我也提到，在这方面，和日常生活中一样，每个人都应该认识到，哪些是他应该参与的，哪些是他不应掺和的。

关于最后这一点，我想到了一个人。我很敬佩他，也很景仰他。尽管他有些观点令人恼火，有些观点让人不齿，但他仍是一个伟大的作家，真心热爱自己的祖国。他命运不济，但完全配得上更好的命运。我知道，人们很容易会批评一个人没有成为另外一个人；我也知道，要批评一个政治舞台并不在我们国家的人，应该格外慎重。即便如此，我有时也还是会想，如果夏尔·莫拉斯把自己限定在文学领域，只去研究政治理论，而不是试图去建立一个政党，掀起一场*运动*（那样就卷入并激化了政治斗争），如果他没有拥护恢复君主政体（因为他那样做非但没有消减反而激化了矛盾），那么，他那些合理而又有力的观点就会传播得更广，渗透得更深，在当时的影响也就更为明显。

但说到底，如果只是一个作家，他的作品又怎样能影响政治生活呢？人们有时会说，一个人愈是高深，愈是*睿智*，其影响就愈难觉察。当然，这话放在现代人身上是讲得通的；但若考虑古代最伟大作家的思想，我们就谈不了他们的“影响”。要问柏拉图或亚里士多德的影响是好是坏是很可笑的，因为我们无法想象假如没有他们，欧洲思想史会是什么样子。但就现代作家而言，就说萧伯纳先生吧，他的影响力在其巅峰时期（我想是在本世纪初），可能会比那些思想更纯粹的作家更容易为人所察觉，影响也更广。我们真得佩服他，伶牙俐齿，不仅能让读者和观众觉不出他的思想贫乏，还能让他们相信，欣赏他的大作本身就证明了他们自己的聪明才智。我并不是说，如果没有与他交往的那些更能埋头苦干的人，萧伯纳先生依然能独成其功；但能让趣味低级的人觉得自己就是趣味高雅的人，而趣味高雅的人就应该是社会主义者，他可是极大地提升了社会主义的声望。但要拿萧伯纳或赫·乔·威尔斯等人的影响与柯勒律治或纽曼[①]等人的影响做个比较，我觉得并没有一个通用的衡量标准。

不过，我得承认，我本人并不太关心影响问题，也不太关注那些靠赶早潮并顺流急划来扬名立身的政论作家。我关心的是，总要有少数作家能够深入到问题的核心，能努力探求并阐明真理，不抱着太大的希望，也没有要改变时局的野心，在似乎无功而返的时候，也不会感到意志消沉，不会一蹶不振。

适合这些人的领域不能叫做政治领域，而是前政治领域。这个说法我是从牛津大学钦定神学教授德曼特教士[②]那里借来的。他的作品，还有克里斯托弗·道森[③]先生的作品、美国人赖因霍尔德·尼布尔[④]教授的作品，都属于这一领域。我也致力于此，只是才学疏浅多了。不过，就文学对政治的影响而言，我们除了看这些哲学思辨作品，还要看那些想象虚构的作品。迪斯累里早年与斯迈思和曼纳斯[⑤]交往，受益匪浅，而此二人又受

① John Henry Newman（1801—1890），英国教士、诗人，牛津运动的发起人之一。
② Vigo Auguste Demant（1893—1983），英国神学家、社会评论家，1949 至 1971 年任牛津大学钦定神学教授。
③ Christopher Dawson（1889—1970），英国文化哲学家，著有《牛津运动的精神》（*The Spirit of the Oxford Movement*）。
④ Reinhold Niebuhr（1892—1971），美国神学家，著有《信仰与历史》。
⑤ George Smythe（1818—1857）和 John Manners（1818—1906）均为英国政治家，都与迪斯累里一起倡导过“青年英格兰”运动。

瓦尔特·司各特影响极大。关于前政治领域的重要性，我简要概括为，任何合理的政治思想都应扎根于此，由此汲取营养。如果诸位不介意我换一个扯得很远的比喻，这个领域也是“字帖之神”[①]所居之处。要是不用比喻直说，这个领域就是伦理学的范畴，说到底就是神学的范畴。因为一切问题的问题（任何政治哲学都逃不开这个问题，所有政治思想最终都要由该问题的正确答案来评判）就是：人是什么？人的局限有哪些？什么是人的苦难和人的伟大？最后，人的命运是怎样的？

乔修峰　译

① 英国诗人吉卜林（Rudyard Kipling，1865—1936）写过一首诗，题为《字帖之神》（*The Gods of the Copybook Headings*）。诗歌大意为，人性中基本的、不变的部分，会在各个社会中不断重现。习字帖在二战前的英美学童中十分常见，字帖每页顶端通常有一句谚语或道德箴言，字体优美，供习字者模仿。

埃兹拉·庞德的韵律与诗作*

一

卡尔·桑德堡[①]先生在《诗刊》上这样写道："内行人谈现代诗，到头来总会把埃兹拉·庞德给扯进来。大家提起他的名字，或许只是为了诅咒他放荡不羁、玩世不恭、装腔作势、小题大做、自由散漫，或许把他看作一个自成一派的诗人，一如当年的济慈。值得注意的是，不提到他是不可能的。"

以上不过是阐明事实而已。然而，尽管庞德先生颇负盛名，甚至屡遭被周日报纸采访的厄运，这并不说明读者对其作品了解至深。如果有二十个人对庞德有一定见解，与之对应的则仅有一位读者用心读过他的诗作。这二十人中，有被他惹恼的，有为之震惊的，有被他触怒的，还有那么一两位觉得自己的尊严受到了侵犯。至于上述第二十一位评论者，他了解并仰慕庞德的某些诗，但多半会说："庞德主要是个学者和翻译家"，或者"庞德早期的诗真美，可后来的文字表现的无非是自我张扬的冲动，恶作剧的欲念，还有刻意求新的幼稚愿望"。此外尚有为数稀少的第三类读者，这些人历年悉读庞德诗作，善思好学地追随着诗人的历程，能够体会到它的统一连贯性。

本文的对象不是那前二十位文学评论者，也不是那罕见的第二十二位；这篇随笔是为偶尔仰慕庞德个别诗作的读者而写的，相比之下，这类读者更能从本文中获益。假如某位读者已经走到这一步，能够同时持有以下两种见解，即“庞德仅仅是位学者”以及“庞德不过一个区区小报人”，或者“庞德充其量是个匠人”以及“庞德只是大混乱的先知”，那就没什么指望了。然而，毕竟有些读者的逻辑思维还不至于这么发达过度，一篇简明表述，而非一场赞许褒扬，仍然能够吸引他们的注意力。本文的目标仅仅在于这样一篇表述。我们无意从传记或批评的角度展开研讨，也不想赘述其文字的美丽，而是力图对其十年诗作做一个综述。文中所引的评论也许会鼓励读者形成自己的见解，我们并不想给他提供现成的观念，也不打算论及过去十年中庞德先生在其他方面的活动，譬如他对美术和音乐的看法和论述，虽然这些在一部全面的传记中显然会占一席重要的地位。

二

庞德的第一本书是在威尼斯出版的。离开美国后，定居英国前，威尼斯成了庞德的驿站。一九〇八年，就在这儿，诗集《灯火熄灭之时》问世了。这册小书如今已是文学界的珍品：它是在威尼斯一家书局由作者自行出版，并在他亲自监督下印刷的，材料来源于用以印刷某部教会史的纸张余料。同年，庞

* 本文最初以单册的形式于1917年11月12日问世，纽约，艾尔弗雷德·亚·克诺夫（Alfred A. Knopf）出版社。——原注

① Carl Sandburg（1878—1967），美国诗人、历史学家、小说家、民俗学者。

德离开了威尼斯，将《灯火熄灭之时》带到伦敦。一位无名的美国人在威尼斯出版的处女诗作，想必在伦敦不会引起什么注意。《旗帜晚报》却独具慧眼，在一篇书评中这样总结这本诗集：

> 内容鲜活不羁、惊心动魄，极度诗意、独创、空灵、富于想象和激情。如果你不嫌它疯疯癫癫，不妨称之为激情澎湃。在我们那班俗不可耐、循规蹈矩的诗匠之后，这位作者仿佛一个普罗旺斯行吟诗人陡然降临到市郊某个音乐晚会上……这本奇特的小书有着难以捕捉、无法诉诸言语的诗的魔力。

《灯火熄灭之时》中的主要作品后来都收录于《人物》之中，本文提到前者，不过是为了标志诗人历程的某一阶段。随即，庞德第一部出版于伦敦的诗集《人物》在一九〇九年年初问世。几乎没有哪位诗人在那么缺乏后盾的情况下经受伦敦文坛的围攻，几乎没有哪部诗集的成功那么纯粹地归因于自身的优秀。庞德来到一无故人的伦敦，既没有文坛的保护人，也毫无经济实力。他把《人物》带到埃尔金·马修斯先生那里，马修斯曾有幸出版叶芝的《苇间风》和《诗人会社集》，后一本书收录了现已成名的好几位九十年代诗人的作品。马修斯先生先是示意作者本人应承担部分印费，对一位无名氏，这是很自然的要求。庞德答道：“我口袋里有一先令，不知有没有用。”“好吧，”马修斯先生说，“我还是准备出这本书。”他确有眼光。这本集子的确受到非难，但毕竟被接受了。也有几位评论家赏识它，尤其是诗人爱德华·托马斯[①]先生（又名爱德华·伊斯塔韦，后来在法国阵亡）。在《英格兰评论》上（此刊当时在福特·马多克斯·许弗[②]的引领下正值盛期），托马斯发表书评，他识别出了《人物》中直接、炽烈的情感：

> 在他身上……几乎找不到现代诗匠的那些浅表的优点……找不到当今流行的郁郁寡欢、与世无争或彷徨厌世之态，也找不到那种诉诸精雕细刻和华丽修辞的对大自然的抒情。把他和其他活着的作家相比并没有什么意义；……他充满个性，又极富表现力，致使他的诗从头到尾让我们深处于他那纯粹、肃穆、深情的境界中……这个境界的美，在《伊索尔德颂》里表现为诚挚、激越、烈性之美，而不在于优雅的辞藻、意象或暗示……思想支配着并超越了语汇。《格劳科斯牧歌》一无现代诗人在同类题材的作品中常用的词语，产生的效果充满了人性的热情和天然的魅惑。

司各特·詹姆斯先生在《每日新闻》上称赞庞德的格律：

> 起初，一切看来都不过是疯狂和夸张，虚妄而毫无美感地展露着激情和力度。可读着读着，就会发现他那些奇巧的格律仿佛有着它们自己的秩序和法则；庞德先生奔放的想象力赋予了他的词汇某种感召力十足的美。当他唤醒

---

① Edward Thomas（1878—1917），英国作家、诗人、评论家，在一战中阵亡。

② 即福特·马多克斯·福特（Ford Madox Ford），原名福特·赫尔曼·许弗（Ford Herman Hueffer，1873—1939）。英国小说家、评论家，代表作有《好兵》等。

一个主题，有时会传来一阵奇妙的抑抑扬格韵律的脉动；他会一再出人意料，以余音缭绕的仿古六音步诗行[①]的后半句来结束一行诗：

Flesh shrouded, bearing the secret.

肌肤覆盖下，深怀着秘密。[②]

……几行诗后出现了他最喜欢的一种节奏形式，即扬扬格，加上扬抑抑格和扬扬格，这种安排来得奇特，乍一听似乎不协调，不过稍后就仿佛呈现出一种独特而巧妙的活力：

Eyes, dreams, lips, and the night goes.

眼睛，梦景，嘴唇，一夜已去。[③]

以下这行也像仿古六音步诗行的尾部：

---

① Hexameter 通常指古希腊和拉丁诗中最具风范的一种格律，每行诗由六个音步组成，各音步中长短音节的安排遵循一套细腻谨严而又不失灵活的规则，以扬抑抑格音步为主。鉴于古希腊罗马诗歌的崇高地位，尽管近现代欧洲诸语言形成了与古希腊语和拉丁语相去甚远的语言特质和诗歌传统，但是历来间或有诗人试图在自己的语言中“复兴”这种古典格律。例如，现代英诗格律主要以重音在诗行中的分布——而不是以长短音节的分配——为依据，所谓“扬抑抑格”等音步名称也就有了新的意义。艾略特此处所说的“仿古六音步诗行的后半句”是指含有“重读音节+轻读音节+轻读音节”这类音步的诗行，如他所用的例子：Flesh shrouded, bearing the secret。关于古典格律的定义、历史以及现代诗人对古典格律的运用，可参见 *The New Princeton Encyclopedia of Poetry and Poetics* (Princeton, N. J.: Princeton University Press, 1993) 中的 hexameter, quantitative verse, classical meters in modern languages 等条目。

② 引自《人物 · 监禁》（“In Durance”，*Personae*），原文作 “Flesh-shrouded bearing the secret”。本文中诗作引文均为本文中译者所译，下同。

③ 引自《灯火熄灭之时 · 奇诺》（“Cino”，*A Lume Spento*）。

But if e'er I come to my love's land.

可假如有朝一日我来到爱人的国度。[①]

不过，即便如此欣赏庞德，这位评论者还是指出：

> 他用的古语和生疏的韵律令人困惑，他好像常常藐视形式与格律的常规，标新立异，追求任何与自己情绪合拍的表达方式。

作者接着告诫诗人“对艺术要多一分尊重”。

事实上，正是让格律适合心情的应变能力构成了庞德技巧的重要因素，这种能力是长期钻研的结果。《人物》和接踵而至的《狂喜》蕴藏着渊博的学问，几乎没有哪位读者有着充分准备得以接受和欣赏这般学识，也很少有人愿意付出读懂这两册书所需的钻研精神。正是在这一点上存在着不少误解。庞德不是一个对读者毫无要求的诗人；一位不够专心的读者，发觉庞德的作品不同于自己习以为常的诗歌，为之困扰，通常会将自己的困惑归咎于作者的过分博学。面对某些采用普罗旺斯题材或体裁的诗作，他会说：“这属于考古，需要读者有专门知识，而真正的诗不要求读者有这样的知识。”可是展示自己的渊博并不意味着期待读者也是同样的鸿儒，这种学究姿态实与庞德无缘。不可否认，他是最有学问的诗人之一。在美国他曾专攻罗曼诸语言，打算日后从教。他曾游学西班牙和意大利，又把

① 引自《人物 · 自叙利亚》（“From Syria”, *Personae*）。

普罗旺斯语从米兰钻研到弗赖堡，后来他放弃了关于洛佩·德·维加[①]的论文，中断了攻博和从教的计划，决定留在欧洲。庞德先生曾数次就美国大学里的学术研究坦率地发表意见，批评它死气沉沉，指出它与真正的文艺鉴赏和富有创意的文学生涯是多么隔绝。他始终准备着与学究作风相对抗。至于庞德本人的学问，他历来悉心研读诗歌，并且将自己的学识用于创作。《人物》和《狂喜》都印证了他让自己学有所用的才能。他深恋并谙熟普罗旺斯文化，足迹遍布这一片山河，行吟诗人云集的宫廷生活成了他个人生命的一部分。可是，尽管《人物》和《狂喜》对读者有一定期待，它们并不要求大家懂得普罗旺斯语、西班牙语或意大利语。很少有人熟知亚瑟王的传说，甚至对马洛礼[②]的传奇故事也陌生得很（不然的话，多半会意识到《国王田园诗》[③]不过是一则戏仿，好似“儿童版的乔叟”），但是没有人抱怨丁尼生的诗缺乏注脚，指控他对缺少专门知识的读者傲慢专横。此间的不同涉及读者的心理准备；大多数读者对阿提斯[④]的传说并不比对博恩的贝特朗[⑤]的生平更熟悉。庞德先生的这些集子里没有一首诗需要超出诗人已给的额外解释，这样说一点都不过分。这些诗要求的是训练有素的听觉，或者至少得愿意接受训练。

---

① Lope de Vega （1562—1635），西班牙剧作家。代表作有《羊泉村》等。

② Sir Thomas Malory（约 1405—1471），英国作家，著有《亚瑟王之死》（*Le Morte d'Arthur*）一书。

③ *Idylls of the King*，英国诗人丁尼生（Alfred Tennyson，1809—1892）以亚瑟王及其圆桌骑士为题材创作的一组叙事诗。丁尼生就同一题材还创作过《亚瑟王之死》（*Morte d'Arthur*）和《圣杯及其他诗》（*The Holy Grail and Other Poems*）等。

④ Atys，又作 Attis，古罗马宗教所奉之神，是众神之母赛比利（Cybele）的配偶。

⑤ Bertrand de Born，其姓名更常见的拼法是 Bertran de Born（约 1140—1215），普罗旺斯行吟诗人，其名数次出现在庞德诗作中，例如，下文所引的六节诗《阿尔塔弗特》（“Altaforte”）的叙述者就是博恩的贝特朗；《佩里戈尔近旁》（“Near Périgord”）一诗也提到他的名字。

庞德的格律和运用语言的方式不为读者熟悉，体现了现代诗歌的某些影响。我们无法苟同司各特·詹姆斯先生的观点，认为影响庞德的是“威·欧·亨利[①]、吉卜林、查特顿[②]，尤其是惠特曼”——惠特曼就更谈不上了。起作用的大概只有两位，即叶芝和勃朗宁。叶芝的痕迹可见于《人物》中的《白蜡树》一诗，其姿态和某些语汇都体现了他的影响：

I wrapped my tears in an ellum leaf
And left them under a stone,
And now men call me mad because I have thrown
All folly from me, putting it aside
To leave the old barren ways of men ...

我将我的泪用一片榆叶裹起，
安放在石块下面，
如今人们管我叫疯子，因为我抛弃了
一切痴愚，把它丢开，
为的是远离那古老荒芜的人间之道……

对勃朗宁，庞德先生一向深表敬意（见《人物》中《催眠》一诗）；勃朗宁的痕迹见诸这本诗集中的《奇诺》和《我歌唱书籍与名望》两首诗。然而更有益的一件事，是对他多样化的格律以及在语言方面的创新加以点评。

① William Ernest Henley（1849—1903），英国诗人、批评家。
② Thomas Chatterton（1752—1770），十八世纪英国哥特文艺复兴运动的主要诗人。幼年即聪慧能诗，去世时年仅18岁。

埃兹拉·庞德是自由体英诗的产儿，所谓自由体诗是个优劣参半的现象。这是个松散的术语——任何一首诗，只要读者对它的节奏还不习惯，就会管它叫“自由体”——其次，庞德对这一媒介的运用体现了他的艺术秉性，他对此的信念不能与狂热分子的偏执混为一谈。他本人就曾说过，如果手头的材料适合十四行诗，就理应做十四行诗，然而无论对哪位诗人而言，手头正巧有恰好可以铸造成十四行诗的那么一块原料，是很罕见的事情。的确，直到前不久，在没有庞德影响的期刊上发表自由体诗是不可能的，而如今自由体诗（不管是二流、三流，还是末流）可以见诸美国几乎所有刊物。那些糟糕的自由体诗该归咎于谁是个无关紧要的问题，因为无论用什么诗体写的诗，只要出自那群作者的手笔，都好不了；庞德至少有权让自己的自由体诗得到独立的评判。一位诗人，只有在孜孜不倦地研习过秩序谨严的诗体以及多种格律系统之后，才可能写出庞德笔下那般的自由体诗篇。《坎佐集》在某种程度上离开了庞德的发展主线；这些诗比他的其他诗作都更接近于对中世纪传统的赏析；除了本身的优点外，这些诗之所以有意思，是因为采用了最繁复的普罗旺斯诗体——这么复杂的模式，只有引用整首诗才得以呈现。（在刊登于《自我主义者》的译自法文的评论中，让·德·博谢尔[1]先生已使我们注意到庞德是英诗传统中第一位用了五种普罗旺斯诗体的作者。）以下段落则是为了展示庞德将多么丰富的节奏引进了普普通通的抑扬格五音步诗行：

① Jean de Bosschère（1878—1953），比利时作家和画家。

Thy gracious ways,

O lady of my heart, have
O'er all my thought their golden glamour cast;
As amber torch-flames, where strange men-at-arms
Tread softly'neath the damask shield of night,
Rise from the flowing steel in part reflected,
So on my mailed thought that with thee goeth,
Though dark the way, a golden glamour falleth.

我心中的女子呵，

你那古雅的风姿
以金色的魅惑把我的思绪笼罩；
好比暗夜的钢盾下神秘的武士
在轻轻前行，火把上那琥珀色的烈焰
从流淌的铁河上升起，又倒映其中，
正如此，尽管路途黑暗，一片金色的魅惑
降临于我那同你寸步不离的思绪的铠甲。①

在抑扬格韵律的框架中，这首诗没有任何两行的节奏完全相同。

下面我们来看《狂喜》中的一首诗，《夜祷》：

O God, what great kindness
have we done in times past
and forgotten it,

---

① 引自《坎佐集 · 熏香》（"Canzon: Of Incense", *Canzoni*）。

That thou givest this wonder unto us,
    O God of waters?

O God of the night
    What great sorrow
Cometh unto us,
    That thou thus repayest us
Before the time of its coming?

主啊，往昔岁月，
    我们是行了怎样的善举，
    又将它忘却，
以至你赐予我们这般奇迹?
主啊，水之神灵。

主啊，夜之神灵，
    有怎样的哀伤
会降临到我们头上，
    以至你在它到来前夕
就给我们报偿?

庞德的诗，特别是某些后期诗作，明显倾向于使用由长短步组成的仿古格律。这样的“自由”给一行诗中的每个词都提出了严格的要求，像雪莱或斯温伯恩那样写作就不可能了——前者用空格替代形容词，后者的形容词其实和空格也没什么两样。舞弄过各式各样格律和诗体的大有人在，而几乎从未有人像庞德那样深入钻研过自己所用的格律和诗体。他的民谣《高贵的伴侣》显示了有关民谣体的渊博学识：

I ha' seen him cow a thousand men
On the hills o' Galilee,
They whined as he walked out calm between
Wi' his eyes like the grey o' the sea.

Like the sea that brooks no voyaging
With the winds unleashed and free,
Like the sea that he cowed at Genseret
Wi' twey words spoke suddenly.

A master of men was the Goodly Fere
A mate of the wind and sea,
If they think they ha' slain our Goodly Fere
They are fools eternally.

I ha' seen him eat o' the honey-comb,
Sin' they nailed him to the tree.

在加利利山上他征服了
上千众人，是我亲眼所见，
他走出人群时人们哀哀低诉，
他面色从容，双眼是大海的灰蓝。

像没有船能起步航行的
波涛澎湃的大海，
像他在革尼撒勒瞬息之间
用只言片语就征服的大海。

这高贵的伴侣是众人之主，
他熟识大风大浪，
假使他们自以为杀死了我们高贵的伴侣，
他们是多么愚蠢痴妄。

自从他们把他钉在那棵树上，
我已看见他把蜂巢品尝。[①]

我们接下来看一种截然不同的诗体，用于《阿尔塔弗特》，这可能是英语中最出色的六节诗[②]了：

Damn it all! all this our South stinks peace.
You whoreson dog, Papiols, come! let's to music!
I have no life save when the swords clash.
But ah! when I see the standards gold, vair, purple,

① 引自《狂喜·高贵的伴侣》（"Ballad of the Goodly Fere", *Exultations*）。

② Sestina（源于拉丁文 *sextus*，第六）这一诗体多见于中世纪普罗旺斯、意大利和西班牙诗歌。整首诗由6节每节6行的诗再加一节3行的结尾诗节组成。前六节中每一节的6个尾词（即行末的词）必须是相同的一组词，从第1节至第6节按下列固定的顺序重复出现：ABCDEF，FAEBDC，CFDABE，ECBFAD，DEACFB，BDFECA，其中3个尾词必须构成结尾诗节的3个尾词。每行诗一般包括10至12个音节（根据不同语言的诗歌传统而定）。这一神秘、繁复的诗体一般认为系十二世纪普罗旺斯行吟诗人达尼埃尔（Arnaut Daniel）的发明，中世纪之后直到当代也时有诗人运用此种诗体。庞德的这首六节诗收录于《狂喜》。

opposing,
And the broad fields beneath them turn crimson,
Then howl I my heart nigh mad with rejoicing.

In hot summer have I great rejoicing
When the tempests kill the earth's foul peace,
And the lightnings from black heaven flash crimson,
And the fierce thunders roar me their music
And the winds shriek through the clouds mad, opposing,
And through all the riven skies God's swords clash.

见鬼！我们整个南方一片腐臭的和平。
过来，帕皮尔！你狗娘养的，给我奏乐！
我快成了行尸走肉，除非到处刀光剑影。
啊！每当我看到五光十色的战旗飘飘，杀气腾腾，
战旗下广阔无边的田野一片腥红，
我的心就欢呼嚎叫，欣喜若狂。

炎炎夏日里，我欣喜若狂，
每当疾风暴雨宰杀大地腐臭的和平，
此时闪电掠过乌黑的天空，丝丝腥红，
此时雷声肆虐，给我奏乐，
此时狂风尖叫着刺破云层，杀气腾腾，
整片撕裂的天空都是神明的刀光剑影。

我引了两节诗，以展现这种诗体的繁复。

就像伊丽莎白时代的抒情诗，普罗旺斯坎佐是为演唱而作的。刊登在《自我主义者》上的一系列关于阿诺德·多尔梅奇[①]的文章里，庞德一再强调学习音乐对诗人来说是多么重要。

这么理解诗歌的音乐性，完全不同于体会雪莱或斯温伯恩的诗中那种通常被称作音乐的东西，他们的音乐与其说类似器乐，不如说接近修辞（也就是演讲的艺术）。要让诗歌达到音乐的境界（庞德赞同并引用过佩特[②]这句名言），并不表示诗歌必须言之无物。斯温伯恩常用半隐半现、似有回声的抽象表达，例如：

Time with a gift of tears,
Grief with a glass that ran —

时间，带着泪水之礼，
哀伤，带着一杯溢满的苦酒——[③]

不同于斯温伯恩，也不同于马拉美的模糊缠绵，庞德的诗一贯明确而具体，因为文字后边总有某种明确的情感。

Though I've roamed through many places,
None there is that my heart troweth

① Arnold Dolmetsch（1858—1940），法国音乐家和乐器制造家，对古代音乐在二十世纪的传播作出了贡献。
② Walter Pater（1839—1894），英国批评家、散文家和人文主义者。他主张“为艺术而艺术”，成为唯美主义运动的主要口号。
③ 引自斯温伯恩的诗剧《阿塔兰忒在卡吕冬》（*Atlanta in Calydon*）。

Fair as that wherein fair groweth
One whose laud here interlaces
Tuneful words, that I've essayed.
Let this tune be gently played
Which my voice herward upraises.

纵然我的足迹遍布四方，
我心深信，世上没有什么地方，
秀美如我歌唱的人儿成长的故乡，
我试着用悦耳的词汇编织颂歌。
让我的歌声轻轻唱出这曲小调，
向着伊人的身影袅袅上升。①

在这首诗后庞德附上了一个注解：

所用的诗体和韵律与彼埃尔·维达尔②的《我将来自普罗旺斯的气息吸入胸膛》相同。这首诗仅适于演唱，而非朗诵。

有时作者特地使用了古语和怪词（例如 herward），别具匠心地运用了独特突兀的意象，每个意象都是诗歌整体效果的组成部分：

---

① 引自《坎佐集·坎佐》（"Canzon", *Canzoni*）。
② Piere Vidal（1180—1206），普罗旺斯游吟诗人，出生于图卢兹。

Red leaf that art blown upward and out and over
The green sheaf of the world ...

你这片被风高高托起的红叶，吹向天边外，
飞跃这一束绿色的大地……

The lotos that pours
Her fragrance into the purple cup ...

把芳香倾倒于紫色杯盏的
莲花……①

Black lightning ...
漆黑的闪电……② (来自新近的一首诗)

然而作者从不会仅因某个词本身悦耳动听而选用它，每个词在诗的语言所创造的整体印象中都起了自己的作用。在艺术家所用的材料中，字词恐怕是最难驾驭的，因为字词不仅需要表达视觉和听觉上的美，还得传递合乎语法的语句。比较一下庞德和马拉美的意象会很有意思，与马拉美相反，庞德的意象再突兀、再不写实，也总是轮廓清晰。譬如以上引文中的意象就像维永那首难忘的《遗言》那么贴切，维永的诗是这样起首的：

---

① 以上均引自《狂喜 · 赞颂约翰娜 · 坦普尔之美的十首诗》（“Laudantes Decem Pulchritudinis Johannae Templi”, *Exultations*）。
② 引自《大祓集 · 春》（“The Spring”, *Lustra*）。

Sur le Noel, morte saison,
Lorsque les loups vivent de vent ...

圣诞将临，死寂的时节，
当狼群饮着寒风而生……

关于意象，就说到这儿。至于庞德诗歌的“自由”这一特征，诗人在有关多尔梅奇的几篇文章里提出了一些关键的看法：

> 每一件艺术作品都是自由与秩序的复合体。显而易见，艺术游移于混乱和机械之间。对细节的苛求可能导致作品丧失“总体形态”。对总体形态的牢固把握会使作者在细节处理上得心应手。在绘画艺术中，对细枝末节的过分关注使画家逐渐失去了形式感以及不同形式之间的组合感。为重建这种感觉所作的努力被称为“革命”——在其词根的意义上这才是“革命”① ……
>
> 艺术是对固定位置或立场的偏离，欢欣鼓舞地背离着某种标准……

庞德诗作的自由实质上是一种紧张，源于自由和谨严之间的不断抗争。事实上，并不存在什么自由体诗与规则谨严的诗之分，庞德所拥有的只是一种来自苦练的高超技艺，致使形式

---

① 原文 revolution 来自拉丁文 revolvere，意为“转动，回转，循环”，revolution 在当代英语中也保持着这一意义。直到十七世纪，特别是十八世纪，才用来指社会政治意义上的大变革，有了一层新的意思——“革命”。

成了本能，可以变通地服务于任何具体目的。

继《狂喜》而来的，是庞德的译作《奎多·卡瓦尔坎蒂的十四行诗与巴拉塔》[①]。值得注意的是，在《求索》杂志上的一篇很长的书评中，作者一边称赞庞德的译文，一边又对他加以责备，其批评不是因为过重的中世纪色彩，而是基于如下观察：

> 未来，而非与我们相距甚远的往昔，才是他的关怀所在。这样一来，不管他多么爱戴中世纪诗人，作为一个极富现代色彩的诗人，他的成就使他难以成为卡瓦尔坎蒂这位行吟诗人与经院哲学后裔的可靠译者。

而《每日新闻》在批评《坎佐集》的同时，曾这样评论庞德先生：

> 在我们看来，与其说他是位诗人，不如说他是位学者，我们希望他将自己不同凡响的天分更多地用于直接翻译普罗旺斯诗歌。

约·柯·斯夸尔[②]先生（《新政治家》的现任文学编辑），在《新纪元》上一篇正面的评论中给诗人提出了如下建议：

> 假如他能忘却但丁时代的所有那些诗人，他们的玫瑰、

① Guido Cavalcanti（约1255—1300），意大利诗人，"温柔的新体"诗派主要人物。ballata，十三世纪至十五世纪意大利的一种诗歌与音乐形式。
② John Collings Squire（1884—1958），英国剧作家、评论家和诗人。

> 烈焰、金辉、猎鹰，他们那文绉绉的恋情，假如他能走出图书馆，吸一口新鲜空气，他会受益匪浅而一无所失。

《回击》一书中，一种不同的风格有迹可寻。这册诗集表面上看不那么重要，措词较从前来得拘谨，想象力的迸发不再那么激越，技巧上也不那么娴熟诱人。颇具浪漫情怀的读者会觉得此书不再“激情澎湃”。可是这部诗集却有着更为厚重的根基，更具思想和深度，虽然表层少了几分激荡。显然，伦敦对庞德发生了重要影响，面对芸芸众生，作者成了一位评判者，带着一种坚实而成熟的眼光静观世态。他比以前更具挑战性，更令人生畏，总之，他日臻成熟。庞德丝毫没有放弃他的文字技巧，这一点在他译自古英语的《水手吟》中再明显不过。给头韵诗带来新生，这样的成就不容忽视：《水手吟》也许就是现代英诗中唯一一首成功的头韵诗，它不仅仅在展示一种绝技，而更是在暗示这种诗体所含的新的潜能。理查德·奥尔丁顿先生（他在自由体诗领域的成就使他有资格对此发表评论）赞扬这首诗为“登峰造极、无法超越”。《新纪元》杂志（一家一贯强烈反对韵律革新的文学刊物）上，一位评论者称这首诗为“过去十年中出自英国的最优秀的文学作品”。我们不妨来注意一下，古英语那严峻粗犷的美，与庞德此前倾心追随的普罗旺斯和意大利诗人多么大相径庭。

> May I for my own self song's truth reckon,
> Journey's jargon, how I in harsh days
> Hardship endured oft.

让我来认识歌的真谛，
诉一诉旅途之艰，
旧日里，我怎样地含辛茹苦。

然而我们能在《回击》中发现的不仅仅是作者丰富多样的技巧；有些诗作让我们看到庞德先生的目光转向了更现代的题材，比如《一位女郎的肖像》，还有那首尖刻的讽刺短诗《物件》。不少读者倾向于将个性的成熟与情感的枯竭混为一谈。《回击》中没有任何情感枯竭的迹象。用心读一读《女孩》那样的诗，就会明白这一点。我们不加评论，将这首诗全文引录如下：

The tree has entered my hands，
The sap has ascended my arms，
The tree has grown in my breast —
Downward，
The branches grow out of me，like arms.

Tree you are，
Moss you are，
You are violets with wind above them.
A child — so high — you are，
And all this is folly to the world.

树来到了我的双手间，
树胶沿着我的双臂上升，

树长在了我的胸膛里——
朝着下方，
树枝从我身上长出，就像臂膀。

你就是树，
你就是苔藓，
你是轻风萦绕的紫罗兰。
多么高挑的孩子，就是你，
在世人看来这一切都是痴愚。

《回归》一诗实质上是对由长短步组成的仿古格律的重要尝试和研究，我们仅摘录几行：

See, they return; ah, see the tentative
Movements, and the slow feet,
The trouble in the pace and the uncertain
Wavering!

看，他们回来了；呵，看那小心翼翼的
行迹，那缓缓的步履，
那犹疑的节奏和恍惚的
摇曳！

《回击》一书写作前后正值庞德先生因其宣传活动而遭受攻击的年月。他先后以“意象主义”创始人及“旋涡主义泰斗”的称号而成名。事实上，庞德先生所作的名副其实的“宣传”是非常有限的。他的个性给人留下的印象从《笨拙周刊》的如下描述中可略见一斑，这家刊物一直是英国中产阶级趣味的可靠晴雨表：

> 家住朗简商店正对面的威尔金·马克先生恳请向大家宣告，他为英国市场弄到了（美国）蒙大拿州诗坛新秀庞先知先生最鲜活的诗作，他可是继罗伯特·勃朗宁之后诗坛最了不起的人物。这位庞先知先生离开了美国，寄居伦敦，有意靠自己的个性给英国编辑们、出版商们和读者们留下深刻印象。不管别的广告叫嚣些什么，他可是眼下最走红的诗人。他成功地（不像其他人，在这方面都失败了）炮制出了一帖混合物，掺有无拘无束的西部意象、古色古香的词汇以及博尔吉亚家族统治下的意大利那种阴森荒凉的气氛。

一九一三年，在纽约《民族》杂志上，来自伊利诺伊大学一位评论者的话则阐明了美国式的、更严峻的非难。这位作者先是表示自己反对“未来主义原则”。（为了把未来主义挡在英国门外，庞德所作的努力恐怕比任何人都多。他对这场运动的抵制并非出自对新事物不假思索的厌恶，而是因为他感到未来主义容不下任何对艺术形式的尊重。用他自己的话说，未来主义是“加速印象主义”。）《民族》杂志的那位评论者接着这样剖析现代“过度膨胀的浪漫主义”：

> 夸张某种私人情感的重要性
> 废弃所有形式方面的标准

隐瞒所有证据，以掩盖任何作品都受某一主导心智的驱动这一事实。

针对上述第一点，庞德先生对“你是否认为一个伟大的诗人从不受情感支配”这个问题是这样回答的：

是的，绝对如此——假如受情感支配意味着让自己被每一丝情绪牵着鼻子走…… 配得上诗人的情感只有一种，那是鼓舞人心的、赋予他生机和力量的情感，这种感情与日常的多愁善感毫无共同之处……

说起意象主义舞台，以下是庞德的几则“意象主义者诫”：

如果一个评论家自己从未写过有价值的作品，那就别理睬他的评论。

多余的词、空洞的形容词一个也不要用。

小心防范抽象的语言。优秀的散文已表达过的，就别用平庸的诗歌来复述。

别以为诗歌艺术比音乐艺术要来得简单，想得到专家认可，一位普通钢琴教师在音乐上要花多少功夫，你在诗歌技艺上就得花至少这点功夫。

让尽可能多的伟大艺术家来影响你，但行事要得体——彻底承认自己欠的债务，要不然就设法掩盖。

想想比起弥尔顿，但丁的表述是多么明确。只要还不觉得枯燥至极，多读华兹华斯。

要找最本质的东西，就去读萨福、卡图卢斯[①]、诗意正好时的维永，还有戈蒂耶[②]——只要不是那些冷冰冰的诗行；假如你不懂这些语言，不妨去读不紧不慢的乔叟。

好的散文有益无害。学写一手好散文是良好的训练。翻译也是不错的练习。

毫无疑问，这里的着重点在于形式和训练。《芝加哥论坛报》认它为“至理”，并补充道：

如果这就是意象主义…… 那我们赞成将意象主义立为一项宪法修正案，同时把所有违反其准则的“文学”人士都投入牢房，不得诉诸笔墨纸张。

不过其他评论人的态度就不那么赞同。以上所引的《民族》杂志的评论者为行将到来的混乱深感担忧，而威廉·阿切尔[③]先生却为不食人间烟火的高度形式主义前景感到震惊，他信任的是朴素自然的创作灵感：

庞德先生的律法过分倾向于把诗歌变成一种自我意识强烈、学问高深莫测的技艺，由一组能工巧匠来精心培育。在他们秩序谨严的实验室里，朴素自发的品质没有一席之地…… 世上不少一流诗歌与复杂的技巧无缘…… 数以

---

① Gaius Valerius Catullus（前 84—前 54），古罗马抒情诗人。
② Théophile Gautier（1811—1872），法国诗人、小说家、评论家。著有诗集《珐琅和玉雕》（*Émaux et Camées*）等。
③ William Archer（1856—1924），英国戏剧评论家。

百计的英国人能够成功地运用这一简单的格律（即“什罗普郡小伙子”所用的格律）。

背上这么一对恰恰相反的罪名，恐怕足以证明当事人的无辜。

庞德之所以遭人憎恨，也许并不完全因为他的理论，而是因为他毫无保留地称颂自己欣赏的当代作家。对于他只字未提的作家而言，这种褒扬远比提名道姓的辱骂更会引发怨愤，而后者相比之下倒成了一种恭维。他不说“甲、乙、丙是很糟的诗人或小说家”，然而一旦他说“丁、戊、己的作品在这些或那些方面是继某某以来最重要的诗作（或散文作品）”，甲、乙、丙就会满腹委屈。再者，庞德常常对弥尔顿和华兹华斯表示非难。

《回击》之后，庞德的风格有了进一步发展。鉴于汉诗译本《华夏集》在《大祓集》之前问世，有些人认为他新的诗风应归功于中国诗歌的影响。事实几乎完全相反。已故的欧内斯特·费诺罗萨[①]留下了一叠手稿，包括大量粗略（只求字面准确）的汉诗译文。某些日后被收入《大祓集》的诗作在《诗刊》上登载后，费诺罗萨夫人发现庞德就是她丈夫梦寐以求的能处理这些汉诗译稿的诗人，于是她将遗稿完全托付给了庞德。就这样，多亏费诺罗萨夫人独具慧眼，我们才有了《华夏集》；而并不是由于《华夏集》的影响，我们才有了《大祓集》。这一事实我们可不能忘记。

日后收入《大祓集》的一些诗作在一九一三年四月号的《诗刊》上发表了，大标题为《当代诗篇》，其中有《论争

① Ernest Fenollosa（1853—1908），美国东方学家和教育家。

诗》、《吊唁》、《阁楼》、《再度问候》、《舞蹈者》等等。

诗中确有其他诗人的影响，但这些作用是迂回的。作者的人生经验逐渐丰富，种种文学体验也融汇其中。这些影响并没有让诗人被一时冲动所奴役，而是帮助他脱离了以往的狭小天地。影响他的是卡图卢斯和马提雅尔[①]、戈蒂耶、拉弗格[②]和特里斯坦·科比埃尔。惠特曼的影响显然谈不上，哪里都找不到他的任何痕迹；惠特曼和庞德先生两人是恰恰相反的。就《当代诗篇》，《芝加哥晚报》颇有见识地评论道：

> 你在四月号《诗刊》上发表的诗篇美得那么雅致、那么大方，美得简直是在嘲弄我们，以至让人感到你仿佛把一种优美的气度带回了人间，这种气度（多半）从未存在过，但借助想象，在贺拉斯和卡图卢斯的诗中我们会发现它。

把庞德与拉丁诗人而不是希腊诗人相连，确属洞见。

《大祓集》中的某些诗冒犯了庞德《人物》时期诗作的崇拜者。每当一位诗人有所发展或改变，他肯定会失去不少崇拜者。任何一个诗人只要二十五岁以后还想继续当作家，就必须改变；他得寻求不同于以往的能够影响他的作家；他会有不同于以往的情感需要表达。公众若是期待一位诗人用年轻时的情感写出毕生全部作品，就很难接受这一点；这群公众乐意每打

① Martial（约38—103），古罗马铭辞诗人。

② 拉弗格对现代日常生活景象的敏感、他的心理描述、反讽格调以及不拘一格的语汇对艾略特早期诗作的题材和风格都有很大影响，对庞德也有一定影响。拉弗格富有创意地使用传统格律，并撰写了若干最早的“自由体诗”。

开一册新作，就相信自己能照搬读这个诗人上一本诗集的阅读方式。他们不喜欢那种为了追随庞德先生的诗歌所须作的不断调整。因此《大祓集》令一些读者失望，尽管它没有显示出丝毫技巧上的退步或情感上的枯竭。其中有些诗（包括《当代诗篇》中的几首）比庞德以往的任何诗作都更为直抒胸臆。关于这些诗，让 · 德 · 博谢尔先生这样写道：

> 他的诗处处激励人们去生活，去倾诉一种得体的自我中心主义，没有它就谈不上真正的利他主义。
>
> 我恳求你进入你的生活。
> 我恳求你，每当我盘问你，
> 学会说“我”。
> 因为你不是局部，而是一个整体；
> 不是部分，而是生命。[①]
>
> ……总得有那么一刻，一个人必须学会作为一个真正的、活生生的人来对刺激作出反应，即便面对着与外界力量势均力敌的发自自身的力量；…… 阳刚之气十足的怨愤，诗人固有的反抗，所有展露情感的一切——那才是诗。
>
> 向无意识的压迫发出抗议，
> 向想象力贫乏的人施展的暴政发出抗议，
> 向一切枷锁发出抗议。

① 引自《大祓集 · 降生》（“Ortus”，*Lustra*）。

反对所有形式的压迫，
走出去挑战种种观念。

这是诗人古老的呐喊，以下诗行则更确切地传达了毫不掩饰的厌恶：

走，去看看被家庭压得透不过气来的年轻人。
哦，多么可怕的景象：
密匝匝的三世同堂！
就像一株老树，已抽不出新枝，
有些枝条已经腐烂，正坠入尘土。①

每一首诗都持续着愤慨或反抗的呼号，发出这些呼声却是因为诗人不停地感受着、坚韧地希望着。

拿起武器，让我们向这了无边际的愚昧开战。庞德…… 领教过读他作品的那班庸人有多么愚蠢。俗不可耐的理解带给他的是切肤之痛，我们无从知道这痛苦有多深，除非我们透过笑声、透过激情迸发的词句，体会到创伤的由来，他的感悟，他的失落，使得这些创伤愈加深重……

欢快而锋利的语调是庞德的一大特征。他不否认奥维德和卡图卢斯的重要影响。只有熟悉他的人才能辨别出这样的音调，其他人则会觉得他喜好悖论、热衷宣传、不时诉诸辱骂诅咒……

---

① 以上引自《大祓集 · 使命》（“Commission”，*Lustra*）。

对待《大祓集》起首的诗篇，还有其中的讽刺短诗，这是可行的阅读方式。有些读者觉得那些讽刺短诗“无的放矢”，或者肯定“不是诗”，那他们不妨读一读《舞蹈者》或《佩里戈尔近旁》，别忘了所有这些诗都出自同一作者。

你的双臂像树皮覆盖下的幼树；
你的脸庞像阳光掠过的河面。

洁白如杏仁的，是你的双肩；
像鲜嫩的果仁，刚从果壳脱出。

还有《佩里戈尔近旁》的尾声：

令人困惑的春日，欧韦泽尔河畔
一片青葱，雏菊和罂粟
在我们上方摇曳。我们熟悉那溪流，
马儿已跑遍山谷；
我们熟悉那杨树镶边的片片洼地，
那些青春的日子里湛蓝的天空多么友善。
天界的巨轮
带着我俩…… 升腾…… 又分离……
相信我们会用手和唇来相会……

远远地，她被锁在泰里兰的城堡中，
除了用双手，什么也听不见，说不出，
远去了，呵，消失了——触不及，又摸不到！

她只能靠一人而生，
只能对一人诉说，
其余一切不过游移变幻，
一包破碎的镜片……！

然后马上来读一读“致一位描写卡巴莱舞者的朋友”。

要说《华夏集》的语言风格系受了汉诗的影响，听起来自然有理。可是只要细细品味一下庞德的其他诗作，再用心琢磨一下别人的汉诗译文（比如翟理斯[①]的），就会发现事实并非如此。此时庞德的语言已足够成熟，可以面对中国诗歌。举个例子，我们来比较一下两段诗，其一来自《荒芜的山河》：

我曾经步入
　　　　　　佩里戈尔，
看见了火把上高高腾飞的火焰，
描画着教堂的正面，——
在暗黑回旋的笑声中，
我曾回首眺望那条溪流，
　　　　　　凝视那高耸的塔楼，
那细长的尖塔和洁白的塔身。
我曾经漫步在里贝拉克，
　　　　　　还有萨拉。
我沿着摇摇欲坠的扶梯而上，听到了克罗伊的传说，

① Herbert Allen Giles（1845—1935），英国汉学家。其《华英字典》确立了威妥玛-翟理斯汉语罗马字拼音系统。

又穿越了贝特朗君的旧邸，
我看到了纳博讷，卡奥尔与沙吕，
还有埃克西德伊，构建得那么精致。

其二来自《江上吟》[①]：

他走向蓬莱池，去看振翅的仙鹤，
他经茝石归来，为的是倾听新莺的鸣唱，
上林苑的花园已遍布新莺，
它们的声息与这箫声相融，
它们的音韵在这十二支笙歌之中。

识别出其中多少要素属于李白，多少成分归于庞德是没有什么意义的。福特·马多克斯·许弗先生评论道："假使这些诗是庞德的原创，那他可是当今最伟大的诗人了。"他接着说：

> 《华夏集》里的诗篇美不胜收。诗应该是什么样的，这些诗篇就是什么样的。如果意象和细节处理上的创新能对我们的诗歌有任何帮助，这些诗带来的正是这一缕新风……

---

① 阅读费诺罗萨对李白诗的字面译文时，庞德误将手稿中连续出现的两首诗合并成了同一首。其一是《江上吟》，其二是《侍从宜春苑，奉诏赋龙池柳色初青、听新莺百啭歌》，庞德把后者的题目当成了《江上吟》中的诗行，给自己改编后的整首诗冠以"The River Song"这一篇名。见 Hugh Kenner，*The Pound Era*（London，Faber & Faber，1972）。艾略特在本文中引的这段诗原文来自李白的《侍从宜春苑》，而非《江上吟》。笔者的中译文跟随庞德这首英诗的风格，相对应的李白原诗行如下："始向蓬莱看舞鹤，还过茝石听新莺。新莺飞绕上林苑，愿入《箫韶》杂凤笙。"

诗就在于用艺术形式表现具体事物，致使由这些事物引发的情感在读者心中涌起……

比起《边塞卫士哀歌》[1]，有谁更好地表达过文明世界边缘一位孤独守夜人的情感？有谁曾赋予它更为永恒美丽的表述？无论是希尔卡尼亚的奥维德，还是伫立在围绕这片土地的巍巍城墙上的罗马哨兵，还是困在灵魂孤堡里的我们自己？

美是弥足珍贵的东西，也许它是生命中最为可贵的，可是表现感情，致使这一感情完美无缺、准确无误地将自身传达出来，这种能力几乎更加珍贵。庞德先生的这本书同时富有这两种品质。因此，我认为我们足以称之为他迄今为止最优秀的作品。不管他可能多么密切地仿效原作——这方面我们大多数人无法判断——这册小书里庞德的成分可真不少。

继《华夏集》和《大祓集》之后问世的是几部日本能剧的译文。这些能剧不如汉诗译文那么重要（就英语而言当然不那么重要）。这些作品不那么坚实稳固，其中的姿态对我们来说没有那么不同寻常。我相信今后《华夏集》会像《水手吟》那样被列为庞德先生的原创作品，能剧则会留在译作的行列，好比《华夏集》之后的一道甜点。不过，经过庞德的处理，剧中有些段落与中国诗和任何英语诗文相比都别具一格，例如年迈的景清回忆起自己青年时代的英勇时的那段精彩念白：

---

① 费诺罗萨所译的李白原作为《古风五十九首》中第十四首，以“胡关饶风沙，萧索竟终古”起首。

他揣摩着，这场杀戮多么容易。他把矛杆紧夹在臂下，冲上前去。他大声宣告："我是平家的景清。"他冲上去与他们决战。他刺穿了三保谷四郎的面甲。对手一再逃脱了；景清喊道："你休想逃跑！"他跳起来猛地摘下三保谷四郎的头盔。"哎呀！"面甲断了，留在他手里，而对方逃得愈来愈远，又回过头来张望，惊叫道："你的臂膀多沉重，多可怕呀！"景清答道："你的脖梗子可真够结实的！"他俩都笑了，把战斗置之脑后，各奔前程了。

评论能剧译文时，《泰晤士报文学增刊》提到了庞德先生"对优美措词的高度掌握"以及他那"富于巧妙节奏的散文"。

《大祓集》之后，庞德先生已再度前行了。此次的方向是史诗，有三个诗章在美国版的《大祓集》中面世（此前它们已在《诗刊》上出现——门罗[①]女士有勇气在我们二十世纪刊登一首史诗，当获殊荣——不过《大祓集》中的版本经过修改，有了进步）。我们且把它当作一种考验吧：当一个人按时间顺序研读了庞德先生的诗，并且熟练掌握了《大祓集》和《华夏集》之后——而不是在这之前——他对阅读《诗章》就做好了准备。假如届时这位读者并不喜欢《诗章》，那他在学习进程中很可能忽略了某个步骤，就应举步折回，重返旅途。

苏薇星　译

---

① Harriet Monroe（1860—1936），美国《诗刊》杂志创办人。

三思“自由体诗”*

各人自成一格的自由体诗，理当倍加珍惜：须抛弃的，是自由诗体这一抽象概念。

——杜亚美与维尔德拉克[1]

有位女士，在她小小的社交圈里，以精确把握最新文学潮流而著称。这些天她就自己与日俱增的漠然向我诉苦：“自从那群俄国人降临，我什么别的书也不想看了。我念完了陀思妥耶夫斯基，现在简直没法打发日子。”我提示道，那位俄罗斯伟人十分钦慕狄更斯，兴许后者也值得她一读吧。“可是狄更斯是个感伤主义者，陀思妥耶夫斯基是位现实主义者。”我琢磨着索尼娅和拉斯柯尔尼科夫的缠绵缱绻，还是克制了自己，没有据理力争，转而推荐了《亡羊补牢未晚》。“可那帮维多利亚人，一个都没法读！”陀思妥耶夫斯基是一名基督徒，查尔斯·里德[2]充其量有颗虔敬之心——我正试图领会这一判断的高明之处时，她补充道，她已什么诗都读不下去了，除了自由体诗。

有自由诗体这么回事，大家视为当然，以为自由体诗自成一派，自有一套理论，相信假如那一群或几群理论家对抑扬格五音步的宣战某一天以捷报告终，那么诗歌要么陷入混沌，要么革命成功。自由诗体是不存在的：早就该把这个无稽之谈，连同什么“生命冲动”[3]，还有那八万俄国佬，一齐打入冷宫。

某种文艺理论，一旦大势已去，人们往往发现浩如烟海的宣传换来了还不到一钱货真价实的艺术。用以推销货色的理论或是虚张声势，或是模糊到无法澄清，或是压根儿从未存在过。一场深受神话启发的革命已经开始，假如少那么几条创新理论，到革命完成的时候，它带给我们的艺术作品只会更加出色。在现代社会里，这些革命几乎不可避免。且看一位艺术家，也许未经深思熟虑，一个偶然的机会发现了某种方法，它新意何在呢？就在于相比周边二流匠人的路数，这一方法与其有本质上的区别，而相对于卓越前辈的手腕，它与之方方面面均有出入，然而本质同一。这件新生事物横遭冷眼，冷眼挑起攻击，攻击则需理论来武装。可以想象，在一个理想的社会，不必理论，无须论战，美好的新生命会从美好的旧事物中生根发芽；这样的社会必然拥有一个生机勃勃的传统。而在当今这些了无生气的社会里，传统一再退化成迷信，新鲜事物带来的强烈刺激就成了必需品。这对艺术家及其学派都不利，思想遭理论围困，眼光因论战狭隘。不过一旦步入晚年，这位艺术家总可以为自己的过失开脱，自我安慰道，假如年轻时没有背水一战，如今就会一事无成。

“自由诗体”连发动论战的借口也找不到；它吹响了自由的

---

* 原载《新政治家》，1917 年 3 月 3 日。——原注

① George Duhamel（1884—1966）和 Charles Vildrac（1882—1971），法国作家。艾略特的引言来自两人合著的《谈诗歌技巧》（*Notes sur la technique poétique*）。原文为“Ceux qui possèdent *leur* vers libre y tiennent：on n'abandonne que *le* vers libre”。

② Charles Reade（1814—1884），英国作家。其小说《亡羊补牢未晚》（*It Is Never too Late to Mend*）批评了监狱的生活条件。

③ élan vital，法国哲学家柏格森（Henri Bergson，1859—1941）在其《创造进化论》中提出的中心概念。柏格森认为生命的进化过程是“生命冲动”的绵延，不断发展，不断产生新形式。

号角——自由，艺术中是不存在的。所谓自由体诗中的那些好诗其实一点也不“自由”，它们不妨另立标签来捍卫自己的诗风。基于选材，或基于用材方法，某些特殊类型的自由体诗有其存在的理由。我明白，许多写自由体诗的诗人引进了上述这些创新，而大家——即便不是这些作者本人，也有为数众多的读者——将诗人选材用材上的创新与形式的革新混为一谈了。此处我无意探讨意象主义，那是个关于用材的理论。我所论及的，只是有关意象主义诗人常用的一种诗体的理论。自由诗体倘若够得上一种真正的诗体，它自然会有正面的定义，而我只知道从负面给它下定义，即它一无模式，二不押韵，三缺格律。

上述第三个特性其实站不住脚。什么模样的一行诗完全无法作格律标注，我不得而知。美国通俗杂志上的诗歌栏目如今多半让自由体诗占领了，即便是这些诗行，通常也可以从格律艺术的角度来解析。没有哪一行诗不能划分音步，标记重音。某种组合重复出现，就构成了比较简单的格律，譬如一个重音节加一个轻音节，或一个轻音节加一个重音节，如此重复五遍。不过，就单独一行诗而言，并不非得出现音步的重复；一行诗完全由不同类型的音步组成，也不是不可能（这样的例子确实存在）。至于后一类的诗行，格律标注这一技术步骤如何能帮助读者更好地理解它呢？只能通过在此行诗中锁定在其他诗行中得到重复的格律特征，从而找到这一特征在此处与别处所产生的共同效果。然而效果的重复属于模式问题。

格律标注给不了我们多少启迪。一套精致繁冗的格律体系，譬如学问高深的斯温伯恩式格律，很可能没有多大裨益。就拿斯温伯恩为例，一旦你认出了他的诀窍，知晓了个中学问，其效果也就减半了。对于母语为英语的听众，他采用的格律乍一听很陌生，等到大家了解这一点，来自陌生感的惊讶渐渐消退，大家便不再到他诗里寻找其中没有的东西了：那神秘的诗行，其音乐永远不能由别的字词奏出。斯温伯恩熟练掌握了他的技巧，这当然不容易，但是他没有掌握到能够摆脱这些技巧束缚的程度，这才是关键。假若他的格律中隐含了未来英诗的某颗种子，它的隐埋之地比斯温伯恩的格律触及之处要深得多。而迄今为止，最有意思的英文诗则是这样成就的：或者选一个很简单的范式打底，比如抑扬格五音步，然后使行行诗句不断地偏离这个规范，或是什么固定形式也不用，下笔时让行行诗句不断地接近一种朴素的格律。正是在稳固与流变的对比中，在对单调的微妙消解中，诗的生命才得以实现。

我不禁想起两段可称为自由体诗的当代诗，都很美，故引录如下：

Once，in finesse of fiddles found I ecstasy，
In the flash of gold heels on the hard pavement.
Now see I
That warmth's the very stuff of poesy.
Oh，God，make small
The old star-eaten blanket of the sky，
That I may fold it round me and in comfort lie.

曾几何时，是提琴的巧妙弦音令我欣喜若狂，
还有坚硬的路面上金色鞋跟的点点光芒。
现在我终于明白
热情才是诗的真谛。

主啊，让天空
这条被星光蛀蚀的毯子，缩得小小，
我就能把它裹在身上，惬意地躺下。[①]

以上是一首完整的诗。另一段则选自一首长诗：

There shut up in his castle, Tairiran's,
She who had nor ears nor tongue save in her hands,
Gone — ah, gone — untouched, unreachable!
She who could never live save through one person,
She who could never speak save to one person,
And all the rest of her a shifting change,
A broken bundle of mirrors . . . !

远远地，她被锁在泰里兰的城堡中，
除了用双手，什么也听不见，说不出，
远去了，消失了——触不及，又摸不到！
她只能靠一人而生，
只能对一人诉说，
其余一切不过游移变幻，
一包破碎的镜片……！[②]

显然，上述诗行的魅力，靠的是经常暗示着，又巧妙地回避着

① 引自托·厄·休姆《堤岸》（“The Embankment”）。连同休姆的其他诗作，庞德将它附在1912年出版的《回击》之后。
② 引自埃兹拉·庞德《大祓集·佩里戈尔近旁》。

抑扬格五音步。

这种对格律规范的不断规避和回归，常见于十七世纪初的诗歌，特别是约翰·韦伯斯特的作品，在某些方面，他是个比莎士比亚更善变通的能工巧匠。韦伯斯特的诗行比莎士比亚的来得松散自由，这不是漫不经心的结果，因为他往往在最关键的时刻表现出这种自由。我不否认，韦伯斯特确有粗枝大叶的时候，然而我们立刻能辨别出来自粗心大意的不规矩和源于深思熟虑的不规范。（在《白魔》一剧中，垂危的布拉基亚诺和疯癫的科尔内利娅的念白就刻意挣脱了五音步的束缚。）

I recover，like a spent taper，for a flash
and instantly go out.

像支燃尽的蜡烛，转瞬间，我恢复生机，
随即一片黑暗。①

Cover her face；mine eyes dazzle；she died young.

盖上她的脸；我眼前一片昏花；她死得好年轻。②

You have cause to love me，I did enter you in my heart
Before you would vouchsafe to call for the keys.

---

① 引自约翰·韦伯斯特《白魔》（*The White Devil*）第 5 幕第 6 场。
② 引自约翰·韦伯斯特《马尔菲公爵夫人》（*The Duchess of Malfi*）第 4 幕第 2 场。

你该爱我才是，我早已把你锁在心中，
后来你才俯就提出把钥匙取走。

This is a vain poetry: but I pray you tell me
If there were proposed me, wisdom, riches, and beauty,
In three several young men, which should I choose?

这般雅兴大发可真无聊：你倒是告诉我，
假如有三位男子，一个聪慧，一个富有，一个俊美，
都来向我求婚，我该选哪个才好?[①]

这些诗句不是一蹴而就的。短诗行的运用以及对白造成的断行，加强了格律运用上的不规范性，从而改变了节奏。同时代的剧作中，不少诗句正因抑扬有序、节奏齐整而索然无味。

I loved this woman in spite of my heart.

尽管她心肠狠毒，我无法不爱这个女人。（《傻子》）[②]

I would have these herbs grow up in his grave.

我愿这些花草在他墓中生长。（《白魔》）

---

① 这节和上一节引文均来自约翰·韦伯斯特《马尔菲公爵夫人》第3幕第2场。
② 引自英国伊丽莎白时代晚期剧作家托马斯·米德尔顿《傻子》（*The Changeling*）第5幕第3场。艾略特此处引文有误，原文作“I loved this woman in spite of her heart”。

Whether the spirit of greatness or of woman . . .

是浩然之气还是女人之心……（《马尔菲公爵夫人》）

把格律运用上的相对松散归因于这一时期诗风日下，这种常见的说法不能成立。要说悲剧的衰落，我想大家不得不承认落到了底线的是图尔纳和雪利[①]，而这两位作者的格律却比韦伯斯特和米德尔顿规整得多。为了打磨出一行光亮的抑扬格诗，图尔纳会不惜给名词截肢，割除一个介词；在他的《无神论者的悲剧》中，每五行诗里就会有两行以“of”告终。

综上所述，我们不妨得出这样的结论：即便在最为“自由”的诗中，某种基本的格律也该像个幽灵似的潜伏幕后；我们昏昏欲睡，它就咄咄逼人，挺身前行，我们一觉醒来，它便悄然隐退。换言之，自由只有以某种人为限制作为背景，才得以真正显现。

除了那些罕见的情感激越的瞬间，某种类型或程度的人为限制总是必要的。这个朴素的真理连才华横溢的埃·李·马斯特斯[②]先生都没有领会，因此犯了大不韪。《斯蓬河诗集》并不涉及澎湃激昂的题材，基调富于沉思，而非直抒胸臆，作者偏重道德说教，而非体察感知。他的选材同克雷布[③]那么接近，却用了与之迥异的诗体，不免令人费解。克雷布敏锐、率真、锋芒毕露，两者之间更有激情的非他莫属。他的题材平实，这并不是说更适合于散文，而是意味着需要一种平白而严整的诗体，这样的诗体，克雷布的确赋予了他的题材。与前文所引的

---

① James Shirley（1596—1666），英国诗人、剧作家。

② Edgar Lee Masters（1869—1950），美国诗人、小说家，以《斯蓬河诗集》（*Spoon River Anthology*）闻名。

③ George Crabbe（1754—1832），英国诗人。

两位当代诗人相比，马斯特斯先生该用一种更谨严的诗体，他没有这么做，他那些墓志铭的质量也就打了折扣。

关于格律就说这么些。逃避格律不可能，可能的只有掌握格律。拒绝押韵当然可能，不过，即便在这个问题上，开创先河的也轮不上所谓自由诗体主义者。

The boughs of the trees
Are twisted
By many bafflings;
Twisted are
The small-leafed boughs.
But the shadow of them
Is not the shadow of the mast head
Nor of the torn sails.

树枝
被丝丝困惑
缠绕着；
缠绕着的
是缀着点点嫩叶的树枝。
可是它们的影子，
并不是桅顶的影子，
也不属于那破裂的船帆。①

---

① 引自美国意象派女诗人杜利特尔（Hilda Doolittle，1886—1961，别名 H. D.）的《岔路口的赫耳墨斯》（“Hermes of the Ways”）。

When the white dawn first
Through the rough fir-planks
Of my hut, by the chestnuts,
Up at the valley-head,
Came breaking, Goddess,
I sprang up, I threw round me
My dappled fawn-skin . . .

当白色的黎明
来到我那山谷前沿、
栗子树下的小屋，
透过粗糙的枞木板，
射入第一丝光线，女神啊，
我一跃而起，披上
我那斑驳的小鹿皮……①

如果不是因为第二个选段中一丝较浓的人情味，匆匆过目的读者将难以认出第一段诗是今人手笔，第二段则是马修·阿诺德所作。

我并不低估现代诗人通过挖掘无韵诗的潜力而作出的贡献。他们体现了一场运动的力量，印证了一种理论的效用。布莱克和阿诺德单枪匹马无法做到的，如今正得以实现。素体诗是英诗传统中唯一被广泛接受的无韵诗——其格律正是无所不在的抑扬格五音步。与其他格律相比，在这一格律谱写的英诗中，听众对诗的音乐性更敏感，对音韵的重复的依赖性也较弱

① 引自马修·阿诺德的《离群的狂欢者》（*The Strayed Reveller*）。

（至少从前是这样）。不存在什么反对押韵的运动。不过，历来对押韵的过分重视可能已使现代听众不堪疲倦。拒绝押韵并非避重就轻；正相反，它给语言带来了更严格的要求。当韵脚那悦耳的回声不再响起，选词、句法、语序的优劣就更容易一目了然。诗不押韵，人们即刻就会以散文的标准来要求诗人。诗不押韵，字词中就会跃出许多微妙的音符，响起迄今未受注意、散落字里行间的音乐。一旦不许押韵，滥竽就难以充数了。

从韵中得以解放，兴许也意味着韵本身的解放。一旦从润饰劣等诗的苛刻任务中解脱出来，韵就可以用于真正有需要的地方，产生更出色的效果。一首基本无韵的诗中，往往有些段落需要通过押韵来达到特殊的效果，譬如一种突如其来的紧凑感，或者层层递进的强调，或者氛围的突变。可是传统的韵诗定然不会失去它的地位。要证实自从德莱顿和蒲柏确立了英雄双行体，这种诗体丝毫未失锋芒，我们只需一位讽刺诗人的到来——此类天才可比什么天才都罕见。至于十四行诗，我就拿不准了。不过，繁复诗体模式的没落与自由体诗的兴起毫无关系。前者的衰落早就发生了。只有在一个均一谐和、质地紧密、万众齐心共事的社会里，精致复杂的诗体才会日臻完善。古希腊戏剧合唱、 行吟诗人的坎佐、伊丽莎白时代抒情诗等无一不源自那样的社会。至于自由体诗，我们的结论是：自由体诗既不能以没有模式或不押韵来定义，鉴于别样的诗也会有这些特点，也不能以缺少格律来定义，既然再糟糕的诗也能作格律标注。由此，我们得出结论：所谓传统诗与自由体诗之分并不存在，因为世界上只存在好诗、劣诗，还有混沌一片。

苏薇星　译

悼念

丁尼生是一个伟大的诗人，道理显而易见，他具备的三种品质除了最伟大的诗人外很少有人同时具备：作品众多，风格多样，才能全面。因此，若没有大量阅读他的作品，我们就无法体会其中的妙处。我们有可能不赞赏他的目标：但无论他开始着手做什么，他都会做得很成功，他精湛的技巧使我们产生的信任感是诗歌的主要乐趣之一。他在韵律方面多样化的造诣令人称奇。他熟知拉丁诗律中可以为英国诗人借鉴使用的一切内容，但他不会犯那种用英语写作拉丁式诗行的错误。他说他认为自己知道每一个英语单词（或许“剪刀”一词除外）的音节长短，他有自弥尔顿以来英国诗人中最灵敏的耳朵。他是斯温伯恩的老师；斯温伯恩本人是研究拉丁文和希腊文的学者，但与丁尼生相比，他的诗歌韵律常常显得粗鄙、有时甚至低劣。丁尼生极大地拓展了英语中现行的韵律形式：仅在《莫德》一诗中，韵律的种类就变化多端。但是，衡量韵律上是否创新，不能只看它在多大程度上偏离了公认的惯例和传统。创新取决于特定的历史境况：在某些时候，一场更为激烈的变革可能比在其他时候更有必要。每一个时期所面临的问题都不尽相同：在有些年代，一场激烈的革命可能既无必要也不可取；在这样的年代，一个看起来似乎微不足道的变革就是一个重要诗人所要进行的变革。蒲柏继德莱顿之后所进行的创新可能并不显得多么伟大，但是，一代宗师的标志就是能够进行微小却意义极为重大的变革，就像在另外一个时代，其标志是能够进行激烈的变革，从而使诗歌再次回归传统范式。

有一首只在权威传记中登载过的早期诗歌，已经展现出丁尼生的宗师风范。据记载，丁尼生后来十分遗憾自己将这首诗作从早期作品集中删除；这就是由一些诗歌片断组成的《赫斯珀里得斯》，其中只有《三姊妹之歌》一诗是完整的。这首诗显示了丁尼生的古典学识和对音韵的精通。《三姊妹之歌》的第一节内容如下：

金苹果，金苹果，神圣的果实，
好好守护它，小心守护它，
伫立在神灵佑护的树根旁
快乐地歌唱。
四周一切静悄悄，
犹如山顶的雪原，
犹如山脚的沙田。
咸水湾中的鳄鱼，
沉睡中一动不动，一切静悄悄。
如果你不再歌唱，如果你唱错了节拍，
我们将失去永恒的快乐
活该永远不得安宁。
不要大声笑：请看管好
这西方智慧的宝藏。
智慧在角落里低语。五和三
（不要四处宣扬）是个大秘密：

音乐催生三倍的花朵；
每当新的花蕾绽放，
音乐使树液三倍地流淌，
从树根，
在黑暗中被汲取，
直达果实，
在芳香的树皮下蜿蜒而上，
流动的黄金，彻头彻尾的甜蜜。
目光敏锐的姐妹们，快乐地歌唱，
小心观望
每一个方向，
守护着苹果，不分日夜，
不让东方来的人把它偷走。[①]

一个能够这样写作的年轻人没有多少关于音韵的知识需要学习。这个大约在一八二八至一八三〇年间写下这些诗行的年轻人正在尝试某种新的东西，这些诗行中有某种并非来自任何一位前辈的东西。在丁尼生早期的一些诗歌中，济慈的影响显而易见——体现在抒情短诗和无韵诗之中；较不成功的，还有如《朵拉》一诗中所体现的华兹华斯的影响。但是，在我刚刚引用的诗行中，还有《玛丽安娜》诗两首、《海仙女》、《食莲人》、《夏洛特女郎》及其他地方，有一种全新的东西。

这屋子里整日朦朦胧胧，

① 本段诗歌中“活该永远不得安宁”一句采用北塔的译文。

铰链上的门儿吱吱嘎嘎；
绿头蝇贴着窗玻璃嗡嗡，
朽坏的墙板后耗子叽喳，
有时从裂缝处伸头窥探。[①]

The blue fly sung in the pane（绿头蝇贴着窗玻璃嗡嗡），一行诗就足以使我们明白某种重要的东西出现了（如果此处用 sang 取代 sung，这行诗就会被毁掉）。

长诗朗诵现今已不大流行，但在丁尼生的时代，这却很容易。因为很多长诗不但被写下来并且还广泛流传；诗歌的水准很高：即使是当时的二流长诗，如《亚洲之光》[②]，也比大部分现代长篇小说值得朗读。但是，与其他同时代诗人不同，丁尼生的长诗并不是通常意义上的长诗。它们在类型上，以他同时代最伟大诗人的最伟大作品为例，有别于《索尔代洛》[③]或者《指环和书》[④]。《莫德》与《悼念》都由一系列短诗组成，而一个诗人有史以来所展现出的最伟大的抒情才华赋予了它们一种形式。《国王田园诗》与《公主》具有相似的优点和缺憾。田园诗就是“描述某个优美场景或事件的短诗”；选择这个名称可能表明丁尼生对自己的局限性有所认识，因为他的诗歌永远是描述性的，而且永远优美生动；它们从来不是真正的叙事诗。《国王田园诗》在类型上与他早期的一些诗歌并无区别，

① 以上黄杲炘译。
② *The Light of Asia*，英国诗人阿诺德（Edwin Arnold，1832—1904）的叙事诗，叙述了释迦牟尼的生平和学说。
③ *Sordello*，英国诗人勃朗宁的叙事诗，叙述了十三世纪意大利游吟诗人索尔代洛的生平。
④ *The Ring and the Book*，英国诗人罗伯特·勃朗宁的长篇叙事诗，讲述了 1698 年罗马的一起谋杀案的审判。

《亚瑟王之死》事实上就是一首早期的诗歌。《公主》依然是一首田园诗，但它是一首过长的田园诗。丁尼生在这首诗中所使用的音韵与其他作品中的一样精湛：这是一首我们必须读的诗，但又是一首我们允许自己不读第二遍的诗。我们一次一次地返回，并且总能被诗中穿插的抒情诗段打动，它们能够跻身所有同类诗歌中最杰出典范之列，但我们却避开这首诗本身，这其中的原因值得探究。事实上，并非如我们读诗时可能认为的那样，是诗中对两性关系过时的态度，或是关于婚姻、独身以及女性教育等话题令人恼怒的观点使我们对《公主》一诗退避三舍①。如果呈现给我们的是一首激动人心的叙事诗，我们可以容忍最令人反感的信条。但是，丁尼生在叙事上没有一点天分。你只需将他的《尤利西斯》与但丁《地狱篇》第二十六歌中关于同一主人公的凝炼热烈而激动人心的叙述相比较，就可以知晓在表现同一主题时，什么是静态诗，什么又是动态诗。但丁在讲述一个故事，丁尼生只是在表达一种悲伤的情绪。最伟大的诗人呈现给你的是真实的人物在谈话，并且带领你在真实的动态事件中前行。丁尼生根本就不会讲故事。并不是说他在《公主》中试图讲一个故事但失败了，而是这么一回事：一首田园诗拖得如此之长，以致变得难以卒读。因此，《公主》是一首枯燥的诗，那种我们可以称之为优美但却枯燥乏味的诗之一。

但在《莫德》和《悼念》中，丁尼生做了每个有自觉意识

① 关于维多利亚时期对这些问题的看法以及丁尼生可能认同的观点，参见准男爵爱德华·斯特雷奇（Edward Strachey，1858—1936）为自己所编辑的马洛礼（Sir Thomas Malory）著《亚瑟王之死》（*Morte d'Arthur*）删节版所作的序言，这个版本现在依然十分流行。爱德华爵士十分推崇《国王田园诗》（*Idylls of the King*）。——原注

的艺术家所做的事情，将自己的局限转化为优势。《莫德》由一些非常优美的抒情短诗组成，比如《噢！让这坚实的地面》、《高高庄园许多鸟》以及《欢乐的日子，别离开》，围绕这些短诗，诗人用最精湛的音韵技巧构建了一个戏剧情境的轮廓。整个情境是不真实的：一个濒于疯癫的情人的胡言乱语听起来十分虚妄，而且，就像好斗者的大声咆哮一样，并不能真正使人汗毛倒竖。如果认为丁尼生可能经历过某种与诗中描述相类似的体验，那将是愚蠢的。对于一个有戏剧才能的诗人而言，一种与个体经验迥然不同的情境可能会使他释放出最强烈的情感。我一点也不相信丁尼生是一个情感温和或者说激情不足的人。他的诗中没有迹象表明他体会过对一个女人的激情，但有大量迹象表明他拥有热烈、不羁的情感——但这是一种即使在自己面前也被深深压抑的情感，因此它导向了最深沉的忧郁而非戏剧行动。而且，就我对这些诗的阅读感悟而言，这是一种最终也没有得到彻底净化的情感。我要责备丁尼生的不是他的温和或淡漠，而恰恰是他缺乏平静。

世间难以伫留的爱，
会有怎样的结局？

《莫德》中的情绪强烈但不深切，不过人们在每一个段落都能感受到，诗中的韵律是多么巧妙地随着丁尼生试图表现的情绪而不断变化。我认为，《莫德》作为一部完整的作品所产生的效果之所以表现为软弱无力的激情，源于形式上的一个根本错误。一个诗人无论是采用一种戏剧化的方式还是一种抒情化的方式，都同样能够充分地表达自己的情感；但《莫德》既非前者，也不是后者：就如同《公主》既超越了田园诗的范畴，又达不到叙事诗的程度。在《莫德》中，丁尼生既没有将自己设想为情人的角色，也没有让情人的角色等同于自己：结果，丁尼生的真实情感，尽管深厚而热烈，却从未得到表达。

在我看来，丁尼生在《悼念》中找到了最充分的表达方式。仅仅技巧方面的成就已经足以令这部诗集盛名永驻。尽管丁尼生的技巧能力在任何作品中都是精湛和无可指摘的，但《悼念》是他所有诗歌中最无与伦比的杰作。呈现在读者面前的是一百三十二个诗歌片断，每一个片断都由几节同样形式的四行诗组成，而内容却从不单调或者重复。这部诗集必须作为一个整体加以理解。我们可能记不住其中的一些片断，我们无法找到一个“适当的样本”；对于一首长度本身即是其根本要素的诗歌而言，我们必须了解它的全部。我们也许喜欢记住下面的段落：

昏暗的屋边我再度站立，
站在这不可爱的长街上；
在这门前，往常我的心脏
为等待一只手总跳得急。

可这只手再也无从紧握——
瞧我呀，如今已无法入睡，
却像个可怜东西负着罪，
绝早地悄悄溜到这门口。

他不在这里；但是听远处，

生活的嘈杂声又在响起，
而透过空街上蒙蒙细雨，
茫茫中露出苍白的初曙。[①]

这是伟大的诗歌，语言简练，并且将一种普遍的情感与一个特定的地点联系在一起；它带给我的震动是我在《莫德》中丝毫体会不到的。但是，单独这样一个段落并不是《悼念》：《悼念》是整部诗篇。它是独特的：它是一首由抒情短诗连接而成的长诗，就其完整性和连续性而言，只相当于一部日记，一部由一个男人的自白浓缩而成的日记。这是一部我们一个字都不能错过的日记。

显然，丁尼生的同时代人，一旦接纳了《悼念》，就将其视为希望的讯息和重铸日益衰落的基督教信仰的保证。偶尔，一个诗人由于某种奇特的巧合表达了一代人的情绪，与此同时他也表达了一种离他的时代十分遥远的个人情绪。这并不是缺乏诚挚，而是因为在意识的层面下服从与对抗相互融合。从日常交谈以及他儿子在回忆录中记载的言词话语来判断，丁尼生本人作为一个在记者面前高谈阔论并且经常为摄影师摆姿势照相的公众人物时，在其意识的层面上始终坚持一种虔诚的基督教信仰，即便他的认识还有些肤浅。他是弗雷德里克·丹尼森·莫里斯[②]的朋友——关于他那个时代，没有什么比当时的名人之间相互怀有的敬意更加令人称奇。然而，我对《悼念》的印象截然不同于丁尼生的同时代人似乎从中获得的印象，留在我印

① 以上黄杲炘译。
② Frederick Denison Maurice（1805—1872），英国神学家。

象中的是一个更加有趣也更为悲伤的丁尼生。畅销传记作家们没有忘记指出，他性情的很多方面有神秘主义者的特点——毫无疑问这根本不是神学家的思维。他极为渴望像一名信徒那样拥有信仰，却不十分清楚他要信仰的是什么：他能够感受某种精神启示，却不能理解它的内涵。《悼念》开篇所吁求的“强大的上帝之子，不朽的爱”与逻各斯或者耶稣基督之间只有一种模糊的联系，那种机械化的宇宙观令丁尼生感到痛心。在哀悼朋友的过程中，他很自然地被永生不死和死后重聚的希望所诱惑。然而，他所渴望的重生似乎至多只是人间友情之乐的延续或者说替代，他对永生的渴望从来就不全是对与神同在的永恒之境的渴望，他所关心的是人的失亡而不是对上帝有所增益。

难道说，人——她最后最美的作品
眼中闪耀着目标的光芒，
建造起徒然祈祷的庙堂，
把颂歌送上冰冷的天庭，
他相信上帝与仁爱一体，
相信爱是造物的最终法则——
而不管自然的爪牙染满了血，
叫喊着反对他的教义——
他曾为真理和正义而斗争，
他爱过，也受过无穷苦难，
难道他也将随风沙吹散，
或被封存在铁山底层？[①]

---

① 以上飞白译。

那个陌生而抽象的“自然”在诗中成为一个真正的神或女神，对丁尼生而言，它有时可能比上帝更真实（“上帝和自然是否有冲突？”）。对永生的希望与对这个世界渐进而稳固的进步的希望混为一体（这在那个时代十分常见），关于丁尼生对当时科学发展的关注，以及他对达尔文的印象已经有过很多论述。无论如何，《悼念》比《物种起源》早发表许多年，而对社会民主进步的信念则出现得更早；在我看来，即便达尔文的发现推迟五十年，丁尼生所处的时代对人类进步的信念也会同样坚定。毕竟，两者之间在逻辑上没有必然关联：进步的信念当时已经十分流行，达尔文的发现是被套在这个观念上的。

不再与野兽近乎同宗，
因为我们所想，所爱，所做，
所希望，和所承受的一切，都是
蕴含花朵和果实的种子；
而那个人，那个曾和我一起
在这个星球上行走的人，是一个高贵的类型
在时代尚未成熟前出现，
我那位朋友与上帝同在，
那个永在的、永爱的上帝，
一个上帝，一个律法，一个自然，
一个遥远的神圣事件，
整个造物都向此而行。

这些诗行表现出一种有趣的妥协，在宗教态度和与之截然不同的对人类日臻完美的信念之间的折衷。但是，两者之间的反差对丁尼生的同时代人来说并非那么显而易见。他们可能被蒙蔽了，但我认为丁尼生本人并没有，事实上：他的感情比他的思想更诚实。在其他一些地方——甚至在一首早期诗歌，如《洛克斯利堂》中，也有证据表明：丁尼生绝没有沾沾自喜地看待工业主义的进步以及商业、制造业和银行阶层崛起过程中在他周围发生的那些变化；而且，随着年龄的增长，他对英国未来的思考可能带有越来越多的悲观色彩。在性情上，他与自己受到外界影响而接受并颂扬的信条是对立的。

丁尼生的感情，如我所说，是诚实的，但它们通常深藏在表层下面。《悼念》，我认为，可以恰如其分地称作宗教诗歌，但并不是由于那些令它在诗人的同时代人眼中显得十分虔诚的特质，而是由于其他原因。它的虔诚并非源于其所表现出来的信仰品质，而是来自怀疑的品质；它的信仰是一个可怜的东西，但它的怀疑却是一种强烈的体验。《悼念》是一首绝望的诗，但这是一种宗教性质的绝望。用形容词“宗教的”对诗中的绝望情绪加以界定，就将它提升到一个大多数模仿者无法比肩的高度。因为，《暗夜之城》①和《什罗普少年》②以及托马斯·哈代的诗歌与《悼念》相比，都显得无足轻重：它比它们更伟大并且涵盖了它们。③

在本文的结尾部分，我们必须回到起点并且记住，如果没

① *The City of Dreadful Night*，苏格兰诗人詹姆斯·汤姆森（James Thomson，1834—1882）的代表作。

② *A Shropshire Lad*，英国诗人豪斯曼（A. E. Housman，1859—1936）的诗集。

③ 还有其他类型的绝望情绪。戴维森（John Davidson，1857—1909）的伟大诗歌《三十先令一星期》（*Thirty Bob a Week*）并没有效仿丁尼生。但另一方面，除了《阿塔兰忒在卡吕冬》（*Atalanta in Calydon*），还有其他作品受到丁尼生的影响。比较一下威廉·莫里斯的诗歌与《梅尔顿之旅》（*The Voyage of Maeldune*），还有《兵营谣曲》（*Barrack Room Ballads*）与丁尼生晚期的几首诗歌。——原注

有技巧上的成就，《悼念》不会是一部伟大的诗作，丁尼生也不会是一个伟大的诗人。丁尼生是音韵大师，同时也是表现忧郁的大师；我认为，任何一位英语诗人都不曾拥有如他一般对元音极为灵敏的耳朵，以及对某些痛苦情绪精细入微的感受：

亲昵得有如死后仍难忘怀的吻。
甜蜜得像无望中假想的吻——印在
留待他人的嘴唇上；深沉得像爱，
深沉得像初恋，绵绵的悔恨难耐。[①]

丁尼生技巧方面的天分绝非微不足道的小技。丁尼生所处的时代是一个已经具有强烈时间意识的时代：许多事情似乎正在发生，铁路正在兴建，新发现层出不穷，世界的面目正在改变。那是一个忙于与时俱进的时代。多数时候，它无法把握永恒的事物，无法把握有关人、上帝、生命以及死亡的永恒真理。外在的丁尼生随着他的时代一同悸动；除了对语音独特而准确的感觉，他没有什么东西可以牢牢抓住。但在这方面他有任何人都不曾有的东西。外在的丁尼生，他在技巧上的成就，与他的内里紧密相连：在丁尼生身上，我们最先看到的是那些游弋于表层与内里之间的东西，无足轻重的东西。只有不带任何偏见地看待表层的东西，我们才最有可能进入到内里深处，进入到深渊般的悲伤之中。丁尼生不只是一个二流的维吉尔，他与但丁眼中的维吉尔同在，一个身处幽灵之间的维吉尔，他是英国诗人中最为悲怆的一位，跻身于地狱之边的伟人之列，一个最

① 以上黄杲炘译。

本能的社会叛逆者，尽管这个社会的一切习俗他都奉行不悖。

随着《悼念》的完成，丁尼生的精神发展似乎到达了终点；随之而来的既非和解，也非决断。

> 现在不会再有木杖开花的奇迹，
> 也没有合唱团的颂歌照亮
> 一个在衣香鬓影的甜蜜夜晚备感厌倦的灵魂[①]

更准确地说，是暮霭时分，因为丁尼生在晚年面对的既非黑暗也非光明。他的天才和技巧能力延续到最后，但他的精神却已屈服。一个比波德莱尔更加悲哀的结局：丁尼生没有 singulier avertissement[②]。他从暗夜之旅抽身而去，变成一个为自己的时代歌功颂德的肤浅恭维者，为此，后来的时代报之以轻蔑，一个与他的时代一样浅薄无知的时代。

金冰　译

---

① 这几段诗行来自斯温伯恩为悼念波德莱尔而创作的挽歌《颂赞与告别》（*Ave Atque Vale*）。

② 法文，怪诞的警告。

兰斯洛特·安德鲁斯*

尊敬的温切斯特主教兰斯洛特于一六二六年九月二十五日去世。他生前享有盛誉，因为他讲道出色，在辖区执事有方，以极强的能力回应了红衣主教贝拉明[①]提出的争议，且生活中谨守仪礼、忠诚虔奉。安德鲁斯去世几年后，克拉伦登伯爵[②]在《英国叛乱和内战史》一书中对他未被选为坎特伯雷大主教，而是艾伯特当选[③]表示遗憾；因为如果就任的是他，英国的宗教事务可能会走不同的发展道路。在英国国教史权威眼里，安德鲁斯仍被赋予崇高——也许是最为崇高——的地位；在关注虔诚祷告的人眼里，安德鲁斯的《私祷文》肯定不陌生。但是对于那些把布道文当作英国散文范本来读的人（如果他们确有读之），安德鲁斯就无甚名气了。他的布道文结构太过严谨而难以拿来脱口即引，扣题太过紧密而难以讨巧愉悦。但是在当时，甚至在任何时候，他的这些文章都可列入英国散文的上乘佳作。在试着将安德鲁斯名声的灰烬撒在文学的凄冷墓园最后的安息之地前，容我为读者回顾一下他的历史地位。

英国国教是于伊丽莎白治下建立的，而非创立于亨利八世或者爱德华六世的治下。"中庸之道"这一国教精神作为伊丽莎白的精神处处体现：她是谦卑的威尔士都铎家族的最后一位王位拥有者，也是第一个和最完美的英国式政策的化身。她能以直觉理性为当时当刻制定正确的政策，并能选择正确的人来将其付诸实施，正是这种直觉和能力塑造了她的鉴别力和感知力，这决定了英国国教的未来。伊丽莎白的英国国教不断在教皇权力和长老会之间寻找平衡，并成为当时英国最高精神的代表。国教不仅体现了伊丽莎白本人的人格，还体现了她辖下不同等级臣民的最佳融合。虽然其他具有不同宗教精神价值的宗教诉求将在后两任君王的治下更强烈地表达出来，但是伊丽莎白时代末期的国教（某些方面会在下一任国王期间获得更多发展）却是政教合一的典范。这位启用了格雷欣④、沃尔辛厄姆⑤和塞西尔⑥的女王任命帕克⑦为坎特伯雷大主教，后又将此职授予惠特吉夫特⑧。

一般熟悉文明史的学生对教会的起源不会有多大兴趣，而且在任何情况下，我们都不能把教会的历史和它的精神意义混为一谈。对于普通观察者来说，英国国教在历史上的代表就意味着胡克⑨和杰里米·泰勒⑩——应该也包括安德鲁斯；以及乔

---

* Lancelot Andrewes（1555—1626），英国国教会牧师，学者。

① Robert Bellarmine（1542—1621），意大利人，罗马天主教红衣主教，曾撰文攻击英王詹姆斯一世（1603—1625 年间在位）拒绝向罗马教皇行“效忠宣誓”之礼，兰斯洛特后以文回击。

② Edward Hyde（1609—1674），英国史学家、政治家。

③ George Abbot（1562—1633），英国神职人员，于 1611 年被任命为坎特伯雷大主教。

④ Sir Thomas Gresham（1519—1579），金融家，曾为伊丽莎白一世顾问，为“劣币驱逐良币”法则（史称“格雷欣法则”）的提出者。

⑤ Sir Francis Walsingham（1532—1590），英国政治家，曾为伊丽莎白一世的国务大臣，善外交谍报工作，侦破数起谋害女王的阴谋。

⑥ William Cecil（1520—1598），政治家，伊丽莎白一世的枢密顾问，曾任国务大臣与财政大臣。

⑦ Matthew Parker（1504—1575），英国神学家，1559 年被任命为坎特伯雷大主教，稳健派宗教改革家，主持修订英国国教的《三十九条信纲》，并主持翻译《主教圣经》。

⑧ John Whitgift（1530—1604），英国神职人员，1583 年被任命为坎特伯雷大主教。

⑨ Richard Hooker（1554—1600），英国国教牧师，著名神学家，提出理性和包容，影响了英国国教的发展。

⑩ Jeremy Taylor（1613—1667），英国国教牧师，散文优美。

治·赫伯特和克里斯托弗·雷恩[①]设计的教堂。这没错：评判一个教会要看它的思想成就，看它如何影响最敏感者的感性和最有智者的智性，而且还必须通过树立艺术成就的丰碑以为明证。英国国教纵然没有能与但丁平起平坐的文学大师，没有能与圣托马斯之思想高度相提并论的神学家，没有十字架约翰[②]那般虔敬的性灵制高点，建筑也没有摩德纳大教堂或是长方形维罗纳圣泽诺大教堂[③]那样富丽堂皇；但是，却有那么一些人，对他们来说，伦敦城的教堂珍贵如同罗马四百多座备受呵护的教堂中的任何一座。在他们看来，同圣彼得大教堂相比，圣保罗大教堂亦不失体面；英国十七世纪的宗教虔敬诗——包括信仰上难以调和的克拉肖的诗——比之于同时代任何国家或者宗教团体的作品都要格外出色。

胡克和安德鲁斯的思想成就和散文文风完整架构起英国国教的体系，犹如十三世纪的哲学成就了天主教的顶峰一样。这么说并不是在将《论教会体制的法则》[④]同《神学大全》[⑤]相比，十七世纪那个年代的宗教并不专注于形而上学的思考，所以英国国教的前辈们的著作也无一从属思辨哲学的范畴。但是胡克和安德鲁斯的成就使国教更值得思想界的一致认同。一个宗教要经得起历史的检验，必须有同时代最伟大的思想家能参与到它的建设中；如果说伊丽莎白的宗教配得上莎士比亚和琼森的

① Christopher Wren（1632—1723），英国建筑师，圣保罗大教堂的设计者。

② St. John of the Cross（1542—1591），西班牙神秘神学家，诗人。1762年被罗马教皇封圣，被认为是西班牙文学史上的一座高峰。

③ 分别位于意大利的摩德纳和维罗纳，皆建成于十二世纪，为罗马式教堂的典范。

④ *Of the Laws of the Ecclesiastical Polity*，胡克的著作，书中捍卫了伊丽莎白时代的英国圣公会，驳斥了天主教会和清教派。

⑤ *Summa*，托马斯·阿奎那的著作，全名为 *Summa Theologiae*，是供初学者使用的入门著作。

时代，这正是因为它得益于胡克和安德鲁斯的贡献。

胡克和安德鲁斯的作品都体现出坚持根本理念的决心，体现出对时代之需的意识，体现出对重要议题进行清晰、准确的阐释，并弃置无关紧要事件的渴望；这正是伊丽莎白女王的总体政策。这些特点在《论教会体制的法则》第二卷对英国国教的定义中得到充分表述。（“英国国教自始至终都是关于基督的宗教。”）此外，在胡克和安德鲁斯身上——后者是伊萨克·卡索邦[①]的密友——我们还看到了广博的文化修养，有着人文主义和文艺复兴博学的从容气度，这使他们不落于其欧陆对手之后，也使他们的宗教不流为狭野寸土之异端宗派。他们是一个国家宗教的先驱，他们也是欧洲人。比较一下安德鲁斯和另一位更早的大师拉蒂默[②]的布道文：他们的差异不仅仅在于安德鲁斯通晓希腊文，或是拉蒂默布道的对象教育水平较低，或是安德鲁斯的布道文旁征博引、文采洋溢。他们之不同在于，拉蒂默这位亨利八世和爱德华六世时代的传道者只是一个新教徒，但安德鲁斯的声音传达出的是依附着一个业已成形的、可见的宗教精神的人，这个人的演说具有昔日的权威和新兴的文化。这种差别是积极与消极之分：安德鲁斯是英国国教高教会派第一位伟大的传道者。

安德鲁斯的布道文并不易读，只有具有较高思想境界的读者才能读懂这些布道文。安德鲁斯的文风有三个最为显著的特征：严谨的布局或者安排与结构，用词准确，以及高度的相关

① Isaac Casaubon（1559—1614），法国古典学者和神学家，被认为是同时代全欧洲最博学的人。

② Hugh Latimer（1485—1555），英格兰宗教改革领袖，由天主教改信新教，任主教职；被天主教徒玛丽女王判处死刑。

集中特性。最后一点需要进一步定义。要以最好的方式阐明这些特征，可以将安德鲁斯与多恩的散文风格作一比较；人们比较熟知多恩的散文，但我认为它被高估了。许多从未听闻过安德鲁斯的人都相当熟悉多恩的布道文，或者他布道文的片段；而它们为人熟悉的原因恰恰就是它们不如安德鲁斯文章的原因。几年前，牛津大学出版社出版了一本相当不错的多恩布道文选集；在序言中，洛根·皮尔索尔·史密斯先生[①]在“尝试解释多恩的布道文，并以令人满意的方式加以说明”之后，评述道：

> 但是这些文章，如同他的诗，仍有一些令人不解的神秘的东西，使我们难下定论。读着这些古老的充满劝谕和教条性的文章，我们会不自觉地联想到，多恩常常在说着另外一些东西，一些带着感伤和个人经验色彩的东西；可是，他要讲的终究是不可言传。

可能我们会从“不可言传”这个词上挑毛病，会问，所谓不可言传的东西难道不常常是指模糊的和无定形的东西吗？的确，这个说法从根本上来说是正确的。在多恩的文章里隐约透着写作动机不纯的阴影，而正是这种不纯粹的动机使他的文章朗朗上口。他有点像是一个宗教演说家，是他那个时代的比利·森戴牧师[②]，他能激昂人心使人寒栗，魔法般召唤出情感的狂欢聚会。我们强调，他这种耸动人心的能力简直奇异至极。但是，在承认多恩的心灵训练有素之余，在不轻视他本人激越而深刻

---

① Logan Pearsall Smith（1865—1946），美国散文作家，批评家。

② Billy Sunday（1862—1935），二十世纪前二十年美国最具影响力的福音传教士。

的个人体验之余，我们要指出，他未能完善地控制其个人体验，而他也缺乏精神性灵上的规训。

而安德鲁斯主教属于那种天生就具有精神灵性的人：

他在这人间
曾凭着默想尝到了神圣的平安。[①]

安德鲁斯能在思想和感性上相互和谐，由此展现出他个人文风的独特品质。想要证明这一和谐的人最好在读他的布道文之前，先细品他的《私祷文》。此书是他为个人灵修而编纂的，仅在他身后出版；他生前可能送出过一些手稿抄本——其中一本上有威廉·劳德[②]的名字。它似乎原本是用拉丁文写就的，后又被他译为希腊文；还有些版本是希伯来文，后来被多次译成英文。最近的版本是已过世的弗·爱·布赖特曼[③]的译本（由梅休恩出版社于一九〇三年出版），该本的前言很有趣。该书几乎就是对圣经文本以及安德鲁斯极为广泛的神学阅读的摘要重排。布赖特曼博士有一段话极好地评述了这些祷文，值得全引于下：

但是它的结构并不仅是外在的设计或框架：它的内在结构之紧密也堪与其外在比拟。安德鲁斯阐释了他心中的

① 引自《神曲·天堂篇》，第三十一歌，第110至111行。以上朱维基译。

② William Laud（1573—1645），英格兰坎特伯雷大主教（1633—1645），并于1627年任英王查理一世枢密顾问官，力倡君权神授说；因打压新教改革派，引发主教战争而获叛国罪被处死。

③ F. E. Brightman（1856—1932），英国牛津大学礼拜仪式学家、历史学家，英国国教牧师。

> 想法：每一行语句都必须表述或推进某些思想。他不会就某一点长篇大论、滔滔不绝，而是不断前行推进：如果他重复了什么，那是因为重复能真正有力地表达；如果他叠砌语词，每一个新词或词组都代表着一种新的发展，能真正凸显他所要表述的思想。他把材料化为己有，并通过材料本身展开论述。他的引文绝不会流于矫饰或与重点脱节，他通过引经据典来表达出他想说的东西。无疑，他常常从他所引用的语汇中阐发他的思想，但是这些思想被他内化，构成整体的力量和熔铸各种思想的火种也是他自己的。而这种内在的、渐进的、常常充满诗意的结构也会在外在结构上标示出来。各种版本的《私祷文》并不总是能重现其特征，而普通祷文书页中要完整呈现这种结构恐怕也很难；但是，安德鲁斯的手稿就十分清晰地体现出了作者的意图。祷文的安排不仅体现在段落方面，还在于每行之间的递进或暂歇，也在于对全篇的内在结构以及文章展开的步骤和状况的考量。在形式和内容两方面，安德鲁斯的祷文通常都能被描述为赞美诗。

这段精辟评论的第一部分能同样很好地用来评价安德鲁斯的布道文。正如布赖特曼大教士所暗示的那样，这些祷文对于英国国教教徒来说应当与圣依纳爵[①]的《训练》和圣弗朗索瓦·德·萨勒[②]的著作并列，它们体现出安德鲁斯对私祷（据说他每天

① St. Ignatius，即 St. Ignatius of Loyola（1491—1556），西班牙人，天主教耶稣会的创始人，所著《精神训练》（*Spiritual Exercises*）（即后文《训练》）成为耶稣会会士灵修生活的向导。

② St. François de Sales（1567—1622），日内瓦人，天主教传道士，著作涉及精神向导和形成。

花将近五小时做祷告）和公共仪典的重视，他将此精神遗留给威廉·劳德；他对宗教秩序的热衷反映在他对散文结构的追求中。

面对安德鲁斯厚厚五大卷《英国国教高教会派神学全书》中的布道文而心生犹豫的读者，阅读《有关基督诞生的十七篇布道文》可能是较容易的入门之道。这些布道文以单独小卷本由格里菲斯、法伦、奥克登和威尔什出版社出版，并收录在《古代与近代神学文献全书》当中，现也散见于各书中。更加有益的是这些布道文都是有关同一主题的，即道成肉身[①]。它们在一六〇五至一六二四年间作为圣诞日布道文在詹姆斯国王前宣读，国王自己就是个神学家，所以安德鲁斯在这些布道文中没有像他有时面对一般听众那样地力求简易直白而受到束缚；所以，他的博学得以全然展现，这对他的原创性至关重要。

就像上文所提示的那样，安德鲁斯主教在布道文中力求将重点局限于阐明他认为教义中最根本的东西；他自己说过，十六年来他从未涉及得救预定论[②]的问题，而追随欧洲大陆教友的清教徒们则赋予这个概念极大的重要性。道成肉身对安德鲁斯来说是一个具有根本性的教义，而且我们可以比较对这一思想的十七种阐释。阅读安德鲁斯阐述这个主题犹如倾听一位伟大的研究古希腊的学者阐述《后分析篇》[③]中的某个文段：变换标点，嵌入或是去除一个逗号或分号以让一个晦涩的段落突然明了；推敲一个词，在邻近和最远语境中比较它的用法的不同；

---

① Incarnation，基督教指上帝的神性在耶稣基督身上获得肉身，神人二性合一。

② Predestination，基督教指上帝已经永久选定他所要拯救的人。

③ *Posterior Analytics*，亚里士多德的著作，探讨了如何将逻辑理论用于科学和认识论。

去除一段受到干扰的或是意义不明的演讲注释中的杂质，使之明晰而内涵丰富。我们这个时代很多人的头脑都已习惯含糊的术语，我们对每样事物都有一套词汇来描述，但是却又形不成任何确切的思想——我们似懂非懂地认识一个从某种陌生或半成形的科学，比如心理学，中生剥下来的词，这个词向作者和读者都隐瞒了话语中的毫无意义。当所有的教条都不可信，唯有我们在报纸上读到的那些科学教条才是真理时，当神学语言本身受到庸俗哲学那未经规约的神秘主义的影响，行将变成一种背叛的语言时，安德鲁斯看上去就有些迂腐啰嗦了。唯有当我们全身心投入到他的散文中，跟随他思想前行，我们才会发现他对词语的细察终必引出赞同的狂喜。安德鲁斯顺手捻出一个词，而一整个世界就从中跃出；他能把这个词挤出醇厚的意义玉液，这意义是我们从不曾在其他词汇中见识到的。这一过程中，我们提到过的特质——即严谨的布局和用词的精确——油然而生。

容我随意地以安德鲁斯对以下《圣经》文字的一段解释为例："因今天在大卫的城里，为你们生了救主，就是主基督。"（《路加福音》第二章第十一节）我们选择的任何段落都是硬生生地从它的语境中剥离下来的。

> 那是谁？关于这个圣子，天使说了三点。（一）他是"救主"。（二）"他是基督"。（三）他是"主基督"。三个主的称谓，以清晰的条理一个接着一个完善有序地推论下来。我们无法忽视其中任何一个，他们构成一个整体。我们凡间的方法是从伟大开始，在天堂他们从善开始。
>
> 那么，首先是"救主"，这是他的名，耶稣，Soter；在

这个名里有他的恩赐，Salus，即“救恩或拯救”。这个名，如这位伟大的演说家自己所言— Soter，hoc quantum est? Ita magnum est ut latino uno verbo exprimi non possit. —“救主一名甚为伟大，没有一个词能传达它的力量。”

但是，我们要探讨的并不是救主之伟大，而是救赎之喜乐；这就是我们要谈论的要点。关于这一点，人们大可自由表达他们的想法，但明确无误的是，世界上没有一种喜乐可比得上获得拯救之人的喜乐。比如，对一个行将消亡者，一个迷途的人，再怎么巨大的欢快和称心的消息，都不及听闻到他将获得救赎。当身处因病而亡的险境，听闻消息他将重获健康；面临法律刑罚之人，听闻消息将受到原谅、重获新生；受敌困顿者，听闻消息能救之死境，获得安全。把救主之名告知这些人中的任何一个，这必将是他一生中听到的最好的消息。在救主的名中蕴有至乐。即便如此，这个圣子也是救主。Potest hoc pacere，sed hoc non est opus Ejus. “他有能行使，但这非他的工事”；他的大能为的是更精深的事业，他的降临是为了更伟大的拯救。有可能我们并不需要这些消息；我们目前尚无病痛，无需畏惧法律责罚，更没有敌人的威胁。即使我们面临以上困境，我们也可能想象借由其他方式得到解脱来宽慰自己。但是救主降临的目的，他的拯救我们都需要；除了他没别人能帮助我们。因此，我们有一切理由为这位救主的诞生而欢欣。

接着，在这一连串短句之后——没人比安德鲁斯能更好地运用短句——在这些短句中，他尝试找到精确的意义，并使该意义鲜活显现，他在继续展开谈论时，轻微但恰如其分地改变了行文节奏：

> 我不知为何，但是当我们听闻救主的拯救或是他的名，脑中即会想到我们的皮囊，我们的凡俗性，我们的肉体，而不会想到其他终将得到赎救的部分。但是，还有一种生命也不容遗忘，这生命比上述这些处于更大的危险之中，它面临的毁灭比以上这些更使人恐惧，我们最好能不时想到它。除了我们的肌肤和肉体，我们还有一颗灵魂，这是我们目前更好的组成部分，它同样需要一位救主；它将从毁灭和它的毁灭者中被拯救，此二者正是我们所思之在。的确，我们主要的思索和关切都在于此；如何躲避神的愤怒，如何从即将来临的毁灭中被拯救，我们的罪将把我们引向何方。正是罪将把我们全部毁灭。

这篇超凡的文章看似时而重复、时而停滞，但它仍以最严谨和最有序的方式展开。文章中时常闪烁一些使人难以忘却的话语。在一个大胆实验语言的时代，安德鲁斯在设法吸引人们的注意力并给人留下印象方面，是方法最为丰富多彩的作家之一。比如“基督不是野猫，汝何谓十二天？”或者“话中有话词，无法言说”，这些佳句我们永不会忘记。在他还没阐明某章节所有的精神含义之前，安德鲁斯早已让我们明确体悟那些句子的指涉意义，那些句子同样地也令人印象深刻。

他论及东方来的贤士时说：

> 这可不是什么夏日的旅程。他们来的时候正是一年中

的寒冷时节，这时节最不适宜旅行，尤其是长途旅行。路途艰险，天气凛冽，昼短日远，正可谓 in solstitio brumali，“隆冬严寒”。

再关于“道成肉身”：

我将继续探讨；谁的肉身？一个婴孩的肉身。啥，Verbum infans[①]——婴孩之言？道之精深，而他竟无法说出只言片语？这算是怎么回事！这他坦然接受。救主是怎样出生，出生后境遇如何呢？是在一座雄伟的宫殿里，躺在象牙摇篮里，身披荣耀皇袍吗？不是；他的宫殿只是一个马厩，他的摇篮只是一个饲料槽，他的衣装褴褛不堪。

为了彻底阐明一个词的含义，安德鲁斯会毫不犹豫地锤炼这个词，改变它的词形，甚至玩文字游戏：

让我们以顺从使此业已使然的时代更加易于接受，而他将会宽慰地从我们的手上接受我们的顺从。[②]

现在我们能更好地理解前面提及的所谓相关集中的含义了，因为从以上已经读过的安德鲁斯的文段，就足以使我们认识到他和多恩的天差地别了。

大家都知道多恩的一篇布道文中的一段，被皮尔索尔·史

---

① 拉丁文，道本无言。

② 原文为“Let us then make this so accepted a time in itself twice acceptable by our accepting, which He will acceptably take at our hands.”

密斯先生冠以“我不全在这里”的题目：

> 我在这里向你们讲话，但是与此同时我也在想，当我讲完之后，你们彼此间会说些什么，你们也不全在这里。你们现在是在这里听我说话，但是你们在想，你们曾经在其他什么地方听到过比这一篇章更好的布道；你们是在这里，但是你们在想，你们也许这会儿能在其他地方听听关于得救预定论和摒弃①等其他教义的更有启发性的清晰阐述；你们是在这里，但是你们正提醒自己：现在，趁大家都在教堂的时候，最适合去秘密进行如何如何的私访。正因为你们可能在那里，所以你们就在那里。

之后，皮尔索尔·史密斯先生又兴味盎然地接上了关于“不完美的祷告”的段落：

> 想起昨天的欢乐，害怕明天的危险，膝下无据，耳畔无宁，眼里晃光，随便什么、没有什么、梦幻、脑中的奇想，这些都在我的祷告中干扰我。所以，当然，这个世界的精神事物中没有什么是完美的。

安德鲁斯从来不会有这些想法。只要他一开始布道，你就能肯定，从头至尾他都会沉浸在他的主题中，对其他事物毫无知觉，随着他越来越深入主题，他的情感也不断加强，最终他

① Reprobation，基督教加尔文派指上帝命定那些没有被选中的人自己承担罪恶的后果，接受永恒的惩罚。

“独自孑然自处”，身处于他力图逐渐紧握的神秘之中。这让人想起阿诺德[①]对纽曼[②]布道的评价。安德鲁斯的情感是纯粹沉思性的；它不是个性化的，而是完全由沉思对象引起的，因而这情感充分适宜；他的情感全部包含于这一对象，能为之所解释。但是在多恩那里总有一些杂质，即皮尔索尔·史密斯先生在他的介绍中所说的“令人不解的东西”。多恩很有“个性”，在这个意义上，安德鲁斯则非如此：人们能感到，前者的布道是“一种自我表达的方式”。多恩一直在寻找一个对象以充分体现他的情感；安德鲁斯则全身心沉浸在对象之中，因而能以适足的情感回应。安德鲁斯具有 goût pour la vie spirituelle[③]，而多恩则非如此。从另一方面来说，如果我们只记得多恩被詹姆斯国王召为牧师并非出于自愿，且他接受圣俸是因为他没有其他谋生途径，那就大错特错了。多恩确实对神学和宗教情感都有独特体悟；但他属于那样一群人，现代世界中总有一两个例子，他们情感汹涌强烈的脾性在别处找不到完全的满足，因而向宗教寻求庇护。他和于斯曼[④]不无共通之处。

但是，多恩并非因此而较不重要，尽管他也因此更加危险。这两个人中，我们可以说安德鲁斯更具中世纪风格，因为他更纯粹，他与教会、传统紧紧相连。神学满足了他的智性，祷告和礼拜满足了他的感性。相对来说，多恩更加现代化——

① Matthew Arnold（1822—1888），英国著名诗人、评论家。

② John Henry Newman（1801—1890），维多利亚时代著名的神学家、教育家、文学家和语言学家，曾为英国圣公会牧师，后皈依天主教，被封为枢机主教。十九世纪二十年代末三十年代初，纽曼与一些青年牧师和学术界人士领导过志在更新国教的“牛津运动”。

③ 法文，灵修生活的悟性品味。

④ Joris-Karl Huysmans（1848—1907），法国作家，天主教徒，文风奇特怪异，讽刺机智中又流露对现代生活之反感与消极。

我们小心严格地使用这个词，不暗示任何价值，也不暗示我们认同多恩比较多，多于我们认同安德鲁斯。两者相较，多恩不那么神秘，他主要关注人。他也不那么传统，与安德鲁斯的思想相比，多恩的思想一方面与耶稣会精神有较多的共同，另一方面也与加尔文教派有更多的相通。多恩多次背离了早期耶稣会影响，也背离他后来对耶稣会文学的研究；这体现在他对人类心灵弱点的微妙理解，他对人类之罪的理解，他诱导和说服变化多端的人们注意神圣事物的技巧，还在于他以毁灭相威胁时的那种微笑宽容。他只对一些人有危险——这些人在多恩的布道文里纵溺情感，或者被“个性”（从浪漫主义意义上来说）深深吸引——他们在“个性”中找到了一种终极的价值，从而忘记了在精神秩序中，有比多恩更高的领域。当然，多恩将永远比安德鲁斯拥有更多读者，因为人们可以随手从他的布道文中抽取一段来读，而且对相关话题不感兴趣的人也能读得下去。多恩有很多吸引读者的手法，能引来各种不同性格和头脑的人，其中就有那些能在某种程度上放纵精神的人。在任何一个世代中，安德鲁斯都不会拥有大批读者，他的文集也不会被列入不朽经典。但是，除了纽曼的一些作品之外，安德鲁斯的文章绝不亚于用同一语言写就的任何布道文。为数更多的没有读过安德鲁斯的人们也得记住他在历史上的崇高地位——在英国国教形成的历史上，他独领风骚。

卢丽安　陈慧稚　译

约翰 · 布拉姆霍尔*

约翰 · 布拉姆霍尔[1]曾任英国国王查理一世时的德里[2]主教，以及查理二世时的爱尔兰首席主教；要为他作传，实非易事。布拉姆霍尔可谓一代风云人物，可惜或者因资赋高深、不为常情理解，或因命运捉弄之故，致身后默默无闻，非但未能享有其应得的青史美誉，而其著作也未能在广大世人间流传颂扬，这确实是大大的不幸。他精力充沛、才能杰出，然而却因为投身事务过于分散，一直没成为其中哪一项的领军人物；更何况他所最为致力奋斗的事业中，有些还早已被遗忘殆尽。身为德里主教，身为温特沃思[3]以及劳德的副手，他不遗余力地推动爱尔兰国教会[4]的改革并奠定其权威地位，主导其与英国国教协调整合；他目睹毕生心力毁于克伦威尔治内；在英国国王查理二世执政初期，布拉姆霍尔出任爱尔兰首席主教，以耄耋之年重振爱尔兰教会事业。如果他推动这项事业的地点是英格兰，而不是爱尔兰的话，或许他早已流芳百世。他的壮年耗蚀在流放生涯中；或可谓，正是他在这些年月里所经营的事业——尤其是他还不断受病患苦恼、人身安危、波折沉浮的纠缠——使他的教会应对他感激不尽。布拉姆霍尔这一篇章是英国国教历史中为众人不知的部分；真正知道在那动乱之时，英国国教几近消亡的人屈指可数；而能意识到如果克伦威尔共和政体还多延续几年的话，英国国教将陷于失序，并且这种局面将无以扭转的人，更是寥寥无几。在他的流放日子里，布拉姆霍尔不愧是安德鲁斯和劳德所打下基础的英国国教传统的坚定继承者。

大教士斯帕罗-辛普森全面地——或者说，详略得当地——陈述了布拉姆霍尔在爱尔兰的事业，以及他在共和国时期时在海外的活动。他留出数章的篇幅仔细回顾了布拉姆霍尔备受争议的著作；尤其值得称赞的，是他在理解消化这些著作之后，能把如此庞杂的信息提炼浓缩至短短二百五十一页的这份文思。关于纯粹的历史事件我无法给出评论，布拉姆霍尔的生平包括了英格兰以及英国国教的一段重要历史。而且，他的著作中仍有许多亟待我们挖掘的启示，其中一些与当代息息相关。他特别重要的著作中有一部分是他与霍布斯的争辩；尽管哲学史家偶或提及这场交锋，但这场思想碰撞的真正意义却未得到应有的关注。就像大教士斯帕罗-辛普森所说的，布拉姆霍尔在这场唇枪舌战中绝非屈居下风，而这场争辩——双方都如此引人注目、立场又如此鲜明对立——彰显了当时哲学与神学的境况；其中最重要的议题有二：自由意志，宗教与国家的关系。

托马斯·霍布斯是文艺复兴时期的暴发户之一，那批人被文艺复兴混沌的洪流抛掷到他们根本不配享有却稳居不下的崇

---

* 《布拉姆霍尔大主教》（*Archbishop Bramhall*），威·约·斯帕罗-辛普森（W. J. Sparrow-Simpson，1860—1952）著，英格兰神学家系列（S. P. C. K.）。——原注

① John Bramhall（1594—1663），爱尔兰主教，英国国教神学家。

② Derry，即 Londonderry，为现今北爱尔兰辖治。

③ Thomas Wentworth，1st Earl of Strafford（1593—1641），英格兰国王查理一世的主要顾问。

④ The Irish Church，英国国教会在爱尔兰的官方姐妹教会，即英国治下的爱尔兰官方国家教会。

高地位。我所谓的文艺复兴时期，指的是起于经院哲学之萧条，终于现代科学之兴起间的历史阶段。霍布斯的决定论其实并无独特创举；但是他把自己的决定论与感官知觉论运用到时事议论里，因而得以另辟论辩机锋，一新时人耳目。而且，通过他的“利维坦”譬喻，他得以为各个关于哲学、心理学、政体论以及经济学的问题提供一个精巧的框架。

霍布斯以令人折服的机智及决心，不懈地利用他的意志论来阐释人类行为的整体以及个别方面。很明显，他最终难逃诡辩之局。然而，在霍布斯和布拉姆霍尔那个时代，甚至一直延续到新近消逝的过去，任何关于意志这个话题的争论都很难一语中的。像霍布斯这样的哲学家，其实看待问题的态度既有哲学的意味，又有科学的成分；而且，他的哲学观已然颓垂，而科学观又止于蒙昧初开。霍布斯的哲学与其说是一种哲学，毋宁说预示了从牛顿到爱因斯坦以来所谓宇宙由受几大运动定律规范的物质原子所组成的科学世界观。因此，在霍布斯的宇宙里，人类意志显然没有任何地位可言；而他没有意识到的是，在他的宇宙里，人类意识——甚至是人类本身——也无足轻重。所以，他唯一的哲学理论是感官知觉论，而他的心理学也没有为他的政体论留下任何空间。他的政体论实无哲学依托：那只不过是一些互不相干的意见、偏见，以及若干对经验的真实思考的集合；这个集合被朦胧含糊的形而上学披上了一层虚假的统一性。

霍布斯对于道德哲学的态度远远没有淡出人类思想，而道德哲学与机械论心理学之间的混淆也是如此。当代有种十分接近霍布斯看法的理论，其谓价值全然体现在自然冲动被条理规束的程度。容我从一位杰出青年心理学家的重要著作里引述以下片断：

> 有价值的事物必能满足某种欲念，而在此过程中不会挫伤其他同等重要或更重要的欲念。也就是说，要打消满足某一欲望的唯一合理理由，就是若这么做的话，必会抵触到其他更为重要的欲望。因此，所谓品行只是审慎周虑之度，而道德规范也不过是个人或是族裔取得的最为笼统的权宜之计罢了。①

此外，伯特兰·罗素先生在其著作《我的信仰》第四十三页中，也高唱此调：

> 由于欲望之间互起冲突——不同的人彼此间的欲望冲突，或是同一人在不同时刻——甚至是同一时刻——里的不同欲望冲突，才导致道德之实际存在必要。人有饮酒之欲，但也希冀隔日不致醉酒误工。如果人采取的行动只敷衍地满足他的整体欲望的话，那么我们可以视他为背离道德。

这些论述②之艰涩，原因在于它们仅仅更进一步抽离掉珍贵的内在特质：就像霍布斯的意志论把自由从被视为心理学对象的个人抽离开来，但他此举其实却暗示了现实状况之下，自

---

① 理查兹（I. A. Richards，1893—1979），《文学批评原理》（*Principles of Literary Criticism*），第48页。——原注

② 另有纯粹彻底的“行为主义”，比如沃森（John Broadus Watson，1878—1958）教授之见，则另当别论。——原注

由意志在社会里展现。容我提醒一句，霍布斯力求把人类法规框限在他那决定论的宇宙里，所以他把法律视为一种遏制力量。他并不认为，假如人类律法是出自于一种需要——这种需要也同时左右着人们在受到法律鼓励或是遏制时的行事选择——那么，这意味着整个体系必会丧失意义，而所有的价值——包括他个人所谓的良好政体的价值——也将因而沦丧殆尽。

切莫以为布拉姆霍尔针对这个立论提出的相左意见，在霍布斯的现代追随者的逻辑面前，能以理服人；然而，就他那些观点问世的时代、地点来说，它们可谓洞烛之见。我指的不是布拉姆霍尔辩证称霍布斯的体系与基督教无法兼容一事；在这一点上，霍布斯的薄弱立场还真被布拉姆霍尔主教以令人赞叹的灵巧给大力抨击了一番。霍布斯无疑是一位无神论者，他自己肯定也意识到这一点；然而，他毕竟不是斯宾诺莎，更遑论会愿意牺牲他在俗世的功名前程，以便成就其辩证思想之一贯条理。因此，在这场辩论里，他始终屈居下风。但这只是一个小细节。布拉姆霍尔也在霍布斯的专长地盘上与他分庭抗礼，各有较量。布拉姆霍尔抨击后者的方式清楚地显示他的心智模式：那不是敏感深奥的心灵，因为它缺乏造就经院玄学家所需的精纯微妙；它也不是英国国教神学博士借以阐扬并解释教规教义的那种心灵。就本质而言，布拉姆霍尔的心灵出自常理人情和正确无误的直觉，这个心灵并没有特殊天赋以挖掘真理，却能坚贞顽固地守护真理。这种心灵正是那个时代最优秀的探索神学意义的心智特点。霍布斯把心理领域与伦理领域混为一谈，这让他真正尝到苦头，而不止失之审慎。布拉姆霍尔则心无旁骛；他虽没探究出霍布斯立场在哲学方面的矛盾，但已然触及这个问题的核心重点。况且，他言简意赅的言论——曰，霍布斯使得颂赞和责备同样沦为毫无意义——更深刻地质疑了后者的观点。“如果某人生而双眼失明或单眼目盲，我们不会因此责怪他；但是如果某人因为他自身的放纵无度而导致丧失视力，我们大可理直气壮地责怪他。”霍布斯最终还是无法回应这个质疑。

我一再强调，霍布斯对于人心的心理分析与他的国体理论之间并无理性的必然关联。可是，当然啦，这其中倒是有情感联系存在。我们可以这么说，这两种学说都自然而然地隶属于同一种脾性，唯物决定论和君主专制政体同属一种生命策划。而霍布斯的国体论展示着如出一辙的失衡，这个失衡正是文艺复兴之后的哲学家的共性，霍布斯只不过是夸大强调出良好国体的其中一面罢了。与此同时，他发展出一种格外可叹的理论来论述英国国教与国家的关系。

毫无疑问，如霍布斯者阐释国教教会与国家体制之关系——再也没有比这更不恰当的了，因为他思绪专走偏锋，而在这个问题上，偏激之见必然毫无正确可言。就教会与国家的关系来看，一个极端的信条很可能转化成其自身的对立面。霍布斯就跟苏亚雷斯①颇有相似点。

布拉姆霍尔在这一议题上的立场揭示出他对现实的掌握和他拿捏权宜尺度的卓越能力。他同时也具有霍布斯所缺乏的特质：历史感。这股对历史的敏锐感触不但体现在历史学家身

① Francisco Suárez（1548—1671），西班牙耶稣会修士、哲学家、神学家，被认为是继圣奥古斯丁以来最博学的经院派代表。他反对君权神授说以及由此衍生出来的威权政体；他认为人民的社会性与立法权是上帝授予的；在成立政治社会时，人民把此权托付给统治者；统治者若不得民心，人民可回收此权，但人民无权伐戮统治者。或者正是此近似社会契约论的观点使得艾略特说苏亚雷斯与霍布斯的思想虽看似迥异，实则近似。

上，也是具有滔滔雄才的律师、政治家甚至神学家的特质。打一开始，布拉姆霍尔针对英国国王与教皇制度两者之关系的论述，以及他从欧陆历史里择选出来的类比事例，都展示出其学识之渊博、辩才之敏捷。他的思维是中庸之道的绝佳范例，而中庸之道正是所有道路中最难遵循的；要坚持这一道路的话，自律自制在所难免，同时还必须具有对现实的想象与掌握。在一个衰颓如吾世的时代里，有能耐奉行中间政体路线的人少之又少；对于惰散或疲惫的心智而言，选择只有盲从极端或是怠漠冷淡：专政制或是共产制——要么振臂投之以赤诚，要么掩面视而不见。一位能干的保守党作家，基思·费林先生[①]，在其著作《都铎与斯图亚特王朝时的英国》中，称霍布斯为“该时代最具洞察力的思想家”。若此言当真，那么我说霍布斯是他那个时代思想特别散漫的思想家的显著代表，这话也不为过。再怎么说，不管在英国或法国，那个时代之所以能成就辉煌，很大一部分要归功于那些与霍布斯截然不同的思想家。

法王路易十四时期的法兰西教会（“是时，法兰西教会信者众，詹森派昌”）的情况在许多方面都十分接近斯图亚特王朝时的英国国教。这两个国家都是由强势的专政公民政体搭配强势的民族国教会所主持，而各自国内又达成某种权力平衡：在法国，权力在君权与教皇制间达成平衡；在英国，这个内在平衡点则是在强势的时代俊杰之间流转。布拉姆霍尔与波舒哀[②]其实有不少相似之处，但布拉姆霍尔与霍布斯就毫无共鸣可言。就表面来看，他俩的君权论看似互有共通之处：他俩都强烈排

① Keith Feiling（1884—1977），英国历史学者。

② Jacques-Bénigne Bossuet（1627—1704），法国主教，神学家，路易十四的宫廷传道士；他强力推崇专制政治与君权神授说。

斥任何形式任何程度的民主制，他俩都坚信君主必然享有至高绝对的权力。布拉姆霍尔肯定君权神授论；而霍布斯虽然拒绝这种高贵的信念，实际上他强调，不管获得权力的方法为何，权力必然具有神圣托付的性质。但细究之下，布拉姆霍尔的看法并不是那么荒谬地流于虚幻，霍布斯的观点也并非它看上去的那么切合道理。对布拉姆霍尔来说，君王实为一个象征，而他所以宣扬君权神授，目的就在于要使君主意识到他有双重责任。这也就是说，君主对其臣民不但有社会民生方面的责任，还有宗教道德的义务。而且，布拉姆霍尔的君权观并没有霍布斯的君权观来得专制绝对。霍布斯认为教会只不过是国家体制下的一个部门，全然凭由君王之主观好恶来掌管。虽然布拉姆霍尔没有清楚告诉我们，一旦君主背离或推翻基督教信仰的话，公民个人有何责任可言，但是他明确地为公民抵制或反抗之合理合法性预留了宽阔的权宜空间。耐人寻味的是，就如大教士斯帕罗-辛普森所察，霍布斯构思的体制非但坚持专政专制之存在，还容许不合法理的革命发生。霍布斯的理论在某方面上十分接近马基雅维里之论，只不过——显然——他毫无后者之深刻观察，更没有后者之务实智慧。能检验并证明他的思想之合理性，到最后，唯有物质成就这一角度。霍布斯认为，所有的善恶标准必然都是相对而论的。

像霍布斯的哲学这般具有本质上的革命色彩，又如此近似当代俄罗斯思想的观点，居然会被长期视为巩固了英国拥皇派保守主义，这真令人惊讶。然而，正是这种思想之模棱两可、暧昧不明，才造就其影响深远。就思想而论，霍布斯是个革命分子；但是就行为而论，他是个胆怯的保守主义者。他关于政体的阐述构思恰恰折射出他的性格——他虽出于慎重顾虑而行为流于保守，然而在骨子里却不折不扣地淌着革命梦想。这种个性并非不常见，从霍布斯身上我们可以看到些许尼采的影子：比如，他对暴力的信仰也是对软弱的自白。霍布斯的暴力形式向来能挑动温顺者的心弦。他把一个简明易懂的感官知觉论与一个也同样简单直白的政体论统一起来，而能得到一种貌似有理的效果，这理论深得人心，原因就在于它看似有智识特质，但实则其内蕴的情感色彩特别能抚慰懒惰的心智。

布拉姆霍尔的思绪与辩才之敏，最鲜明地表述在《英国国教公义证》里。关于布拉姆霍尔的语言特色，我认为大教士斯帕罗-辛普森并没有完全客观公允地阐述出来。我同意布拉姆霍尔在遣词用语上的确偏好拉丁文式的花头，可是，大教士斯帕罗-辛普森给出的部分此类用语明细表却会让人误以为布拉姆霍尔句句都如此艰涩拗口。尽管要读懂布拉姆霍尔并非易事，但是他的行文绝对澄澈切要，不时还透出语句律动之美。从那个时代的英语散文来看，神学家博学善思如布拉姆霍尔，其学问与风格都继承了安德鲁斯主教，要不写出优美出彩的散文实在是不可能。

> 在基督徒当中，任一突然涌至的激愤、曲解或是对仁慈的动摇——就连在国教会的主要传教者群里——绝非必然意味分裂。比如《使徒行传》中的圣徒保罗与巴拿巴①——谁敢说他俩哪一个图谋分裂？再如圣哲罗姆②与鲁菲努

① Barnabas，原名利未人约瑟夫（Joseph the Levite），公元一世纪基督教早期传教士，与保罗一同传教时发生严重对立而分离。

② Saint Hierome，或称 Saint Jerome（约 347—419），早期基督教会中学识最渊博的教士，曾将《圣经》译成拉丁文。

斯[1]，他俩互相指责对方散播异端；又如圣克里索斯托[2]和伊皮凡尼乌斯[3]，这两人无法共处同一个祈祷式：圣克里索斯托祈愿伊皮凡尼乌斯不得生还家园，而伊皮凡尼乌斯祷盼圣克里索斯托死前被剥夺主教勋荣。上述诸例，蒙全能的主公义处置，都是滋生于这些圣洁神父的情感激动与间隙嫌怨当中。虽然突发的激越情绪会短暂消减他们心中的其他善念，即便如是，他们心中仍然深植着基督徒应有的仁慈。

行文如此，指涉深远，实非易懂；虽然大教士斯帕罗-辛普森提出批评诸如"深植"[4]之类的艰涩字眼，可是总体来说，布拉姆霍尔的文体文采斐然。不论是在散文语体或是神学体系上，布拉姆霍尔都是安德鲁斯与杰里米·泰勒这两代才人之间的桥梁。布拉姆霍尔的散文是不朽的美文，其意义仅仅在于，它是那个伟大时代里的光辉巨作。我本人并不认为他算得上是个伟大的传道师。安德鲁斯、多恩以及泰勒都具有一种诗性的感悟，他们具有记载并汇总针对某一神学观点而发的许多短暂但普世的情感所必须具备的那股敏锐慧悟。他们的言语能在人们心中久久缠绕不已，而这一点是布拉姆霍尔做不到的，读者只要一转离他的主题，他的话马上就被抛离耳际。

但是单就布局与逻辑条理来看，就掌握与主题相关紧密的事实这一点来看，能超越布拉姆霍尔的只有胡克；不仅如此，

---

① Ruffinus（约 345—410），罗马基督教教士。曾与圣哲罗姆一起卷入非正统的奥利金学说论战，后来发生激烈争吵。

② Saint Chrysostom（约 347—407），君士坦丁堡大主教。

③ Epiphanius（约 315—403），早期基督教教士。

④ 原文为 radicated。

我深信在《英国国教公义证》一书上，布拉姆霍尔甚至为胡克所望尘莫及。这部作品绝非古奥之作，任何觉得国教会与国家两者关系是真实、迫切的问题的人，都必须仔细研读这部作品。拿十七世纪前半期的局势与当今情况相比的话，这其间差异可谓南辕北辙，相去甚远。但是这些差异只会让布拉姆霍尔的功业更切近吾辈面临的问题，因为这些差异牵涉的是布拉姆霍尔思想及其代表的精神立场，以及我们当下这两者之间的基本统一问题。

卢丽安　译

兰贝斯会议*有感

英国国教喜欢家丑外扬。考虑到方便和扼要，我以这个比喻性的陈述开头。同其他一些民间或教会组织相比，英国国教的家事的确是公之于众了。有料宣扬是一回事，而断言自家无不可告人之事则未免有点夸海口的味道。兰贝斯会议报告（一九三〇）的读者若是对英国国教的脾性没有一点了解的话，恐怕会觉得这一文献不仅难读，而且在某种程度上还有误导之嫌。要读懂这份报告，得先要读一读先前的会议报告，并且要对英国国教这个最最古怪的机构组织有一定的了解和认识才行。

会议本身当然要比任何关于它的报告重要。我是说，在整个兰贝斯会议的历史上，每届会议都有其地位，而且这次会议体现的宏观方向和趋势要比任何时候根据得出的结论所制订的方针都重要。说能够发现某个重要的方向并不意味着要去赞赏没有目的的变迁。但我怀疑，很多本次会议报告的读者——尤其是那些游离于圣公会团体之外的读者们——会打算发现（或者说准备来谴责，因为他们知道自己是找不到的）罗马教皇教谕所传达的清晰明确的裁决。乔治·马尔科姆·汤姆森先生就是一例，在他的一系列手册[①]里，汤姆森生动的文笔触动我许多思考。兰贝斯会议报告和教皇通谕，这两者实无相似之处，在写作意图上存在着根本差别。也许“通谕文件”，这个会议报告一开头就出现的、表示指导大主教辖区交流的术语，它本身就有误导作用，因为在许多人看来这词儿暗示了 de fide et moribus②的最高权威声音；而对于那些希望听到绝对意见和严密精确话语的人来说，这些建议和虔诚的期望难免会令他们备感失望。像汤姆森先生一样的许多人会声称，他们从报告中读出的只是陈词滥调、自相矛盾和模棱两可的言论。兰贝斯会议报告不应被视作在信仰和道德问题方面的绝对教令，就这点而言，报告中表述的意见在未经教士会议批准之前并无强制力。作为整体来看，此报告是对教会今后发展方向的描述，而非在信仰和行为问题上对信徒的一种训导。

在冒然评论这份报告之前，还有一个因素我们应加以考虑，那就是这份报告的构词行文。我毫不迟疑地承认，报告中有些地方在我看来纯粹是冗长的赘语；一些地方有点含糊其辞；还有一些地方表达拙劣，至少在那些没有这方面知识的普通读者看来如此；有一两个建议是我不敢苟同的。三百个主教聚集一起，针对最重大的事情融汇交流意见，最终结论却略带无稽——这个结果不容我们幸灾乐祸。我不想就任何主题对任何意见——尤其是我所认识的二百九十九个人的意见——发表看法。让我们想想在每个出版高峰季节，一些时下著名的科学家、教授和文人，他们中的每一个人将产出多少无用之作。让我们想象一下（如果我们能想象这些人意见相投到如此程度的话）一封由以下这些人——比如，赫·乔·威尔斯先生、萧伯纳

---

* The Lambeth Conference，由坎特伯雷大主教召集圣公会全体主教举行的十年一次的会议，第一届会议于 1867 年召开。1930 年召开的第七次大会颁布四项决议：在有限情况下，允许避孕；反对以战争作为平息国际争端的手段；宣布对堕胎的憎恨；反对教会内种族隔离。

① 《兰贝斯会议》（*The Lambeth Conference*），由乔治·马尔科姆·汤姆森（George Malcolm Thomsom）先生编写，收入标准文集（Criterion Miscellary）。——原注

② 拉丁文，关于信仰和道德。

先生和罗素先生，或者怀特海教授、爱丁顿[①]教授和金斯[②]教授，或者弗洛伊德博士、荣格博士和阿德勒博士[③]，或者默里先生、福塞特先生、赫胥黎兄弟和美国的牧师波特博士——所合力写就的教谕信函，会有多么荒唐吧。

考虑到这个对比后，我想，先对付报告中最乏味的章节，然后再讨论最受关注的章节会比较有帮助。令我遗憾的是报告中一些在我看来最精彩的部分，如"基督教的上帝观"这一章被读者忽略，而那些最容易引起小报读者激动的章节却大受追捧。但假如你要写关于这份报告的评论，你势必得就这些已经被说得没有新意的章节发表自己的见解。关于"年轻人及其天职"这部分的报告表明主教们听从了平庸大众关于该话题的胡言乱语，或者关于主教们该相信什么的市井杂谈。主教们一开篇就提出声明，而这声明在任何一个聪明的读者看来都是没有必要的。"我们一开始就强烈反对以下说法，其谓，和过去的几代年轻人相比，今天的年轻人整体上在道德和宗教方面都要略逊一筹。"今天的年轻人"整体上"在任何方面都不比过去那几代要来得好或者来得差，这点应该是显而易见的。那个声明没有多大意义，因而无需占据我们太多注意力。"在年轻一代中存在着知性迸发的迹象。"这句话里新闻语体特有的夸张口吻要是收敛些就好了。整一代人当中几乎不可能有什么知性的迸发，因为无论哪一代人，真正能在知性上大受激发的，总是并且在任何地方都是凤毛麟角。我想，公正地来讲，主教们可能说的是这个意思：我们的确是可以在某些受过教育的年轻人当

① Arthur Stanley Eddington（1882—1944），英国天文学家、物理学家和数学家。
② James Hopwood Jeans（1877—1946），英国物理学家、数学家。
③ Alfred Adler（1870—1937），奥地利精神病学家。

中找到一种对教会的尊重，这种尊重源于对历经两千年才形成的知性能力的认可。对哲学感兴趣的人总是少数。二十年前喜欢思考形而上学问题的年轻人通常漠视神学，但同我那一代年轻人相比，我相信今天有着同样爱好的年轻人更愿意相信神学是一门男性化的学科。就算人们接受信仰的能力没有增长，那么，起码反对信仰的偏见有所减少。在艳羡时下青年能有此正面转变之前，我们也不妨祝贺他们生逢其时。报告中说，“众所周知，这一代年轻人……公然拆去帐篷，开始前进”——我希望此刻那五十个赞成这个消极比喻的主教当中能有相当一部分人持反对意见。这就是我们这个时代的一大麻烦：不仅是年轻人，连中年人也在前进；每个人都在前进，至少在舰队街[①]看来是如此；目的地是哪儿并不要紧，可耻的是坐着不动。

当然，从某角度来看，年轻人不过是中年人思考和议论所得结果的表征。我注意到那五十个主教谨慎地提到“一些有着公认才能和地位的作家所发表的作品不恰当地支持了与基督教教义起正面冲突的两性关系的观点。”我倒是希望他们能提一下这些作家的名字，因为不幸的是，在英国有着“公认才能和地位”却不被官方认可的作家仅有两位：詹姆斯·乔伊斯先生和戴·赫·劳伦斯先生。在不戳破的情况下，这五十个主教错过了跟针对这两位极其严肃且日益精湛的作家的非难撇清关系的机会。[②]然而，如果那五十位主教心里想的是伯特兰·罗素先生或甚至是奥尔德斯·赫胥黎[③]先生的话，那么，他们为之忧虑

① Fleet Street，位于伦敦中部，直到上世纪八十年代一直都是英国许多报纸的总部。
② 不久前，在布伦特福德勋爵（Lord Brentford）任内，我曾建议，假如我们终究要有一个审查制度的话，那么就应该把它设在兰贝斯宫；但我估计那些为数不多的看过我建议的人以为我是在开玩笑。——原注
③ Aldous Huxley（1894—1963），英国小说家、评论家，代表作有《美丽新世界》等。

的事在我看来倒是值得欣喜的事。因为，假如年轻人的精神散漫如山雀、头脑愚钝如呆鹅，他们就不会满怀热情地呼应这两位抑郁的生命拥护者了。（我不是说赫胥黎先生和罗素先生有许多共同之处——尽管前者在某种程度上是通过阐述一个没有哲学的世界将是多么的糟糕而一举成名，可是在他的作品中我没有发现任何哲学的印记。)我丝毫不遗憾罗素先生的观点——或者说，他那些我们可称为残弱的“幸福之道”的观点——能被公然地阐述和维护，我反而为此感到欣慰。这些观点让我们明确了并没有什么公正的道德可言，而这正是整个十九世纪极力想遮掩的。对任何头脑清楚的人来说，他的信仰如何，他的道德也将如何。假如我的宗教信仰和罗素先生的相同，那么我的行为观念也很可能会同他的一样。有一点我自己心里很清楚：我之所以选择了我的信仰不是为了用它来为我的行为观念辩解，而是用以改变我的行为观念并使之符合我所理解的我的信仰的内涵。真正的冲突并不在于一套道德偏见和另一套道德偏见的冲撞，而在于有神论和无神论信念的不同，而这种分隔的界限应该划分明确，这对所有人来讲都是有好处的。当我年轻的时候，解放一念颇是吸引喜欢冒险的心灵；并且，在我上一代人看来，它一定是非常激动人心的。但主教们口中的年轻人如今已经白发苍苍了，解放在变得令人尊敬的同时也失去了它的魅力。的确，已入中年的罗素先生所宣讲的幸福之道，在我看来是如此平庸，是如此高尚而一本正经，以至于它根本无法打动年轻时候的罗素先生本人。对于那些初入这个由罗素先生和其他人创造的世界的年轻人，所谓幸福之道实在没什么启迪。年老的一辈因能摆脱偏见而感到自满；所谓摆脱偏见，就是说服他们自己相信只有他们的行为举止才是唯一合乎道德标准的行为举止，但对那些本来就没有偏见可抛的人来说，这话就没有多大意义。基督教道德观之所以能够在内涵和自由上取得不可估量的丰富和完善，是因为它被视作基督教信仰的结果，而不是强加专横非理性的做法之故。这种新的自由所剩下的是它匮乏的情感生活，最终能拥有多彩、优雅和深刻的生活乐趣的还是基督徒，时间会证明这一点。

在结束年轻人这个不怎么有意义的话题前，我必须谈及另一个方面，也就是今天的年轻人较之他们上一代人有优势的方面，这和我们的话题不无关系。（我不喜欢"一代人"这个词，它在过去十年里成了一种护身符。我写了一首叫《荒原》的诗之后，一些对该诗较为满意的评论家称我表达了"一代人的幻灭"，这简直是一派胡言。我可能代替他们表达了他们自己的幻灭错觉，但这和我的写作意图毫不相干。）自十八世纪以来，对教会发展起最大消极作用的影响因素之一，是社会的上层、中上层和崛起的阶级把英国国教视为政治力量和社会地位的必要条件。有迹象表明，今天的情形和过去大相径庭。例如，几年前，我出版了一本题为《兰斯洛特·安德鲁斯》的散文集，一位匿名评论家在《泰晤士报文学增刊》上刊登了我只能描述为逢迎讨好的讣告模样的评论。他用一些非常严肃而又极其诚恳的言辞指出我突然止步不前了——我不知道他认为我该往哪里前进——而且，让他大失所望的是我无疑是朝着一个错误的方向前进。不知何故我失败了并且承认了自己的失败，我即便不是一个迷失的头领，也至少是一只迷失的羔羊。更甚者，我还是个叛徒，那些跨越荒原来到希望之地的人们可能会因没在新圣人的名册中见到我的名字而潸然落泪。我想恐怕只有少数几个人觉察出这一观点的古怪，然而这观点的出现——

在不仅是我们最好的也是最受推崇、最有名望的文学期刊上的亮相——让我看到了时代的希望。因为它意味着英国的正统信仰最终摆脱了尊贵体面的重负，一种新的体面的出现承担了这个重负。那些一度被视为智识上的漂泊者的人，现在却成了虔诚的朝圣者，兴高采烈地踏着脚下那条不知从哪儿开始也不知通往何处的道路，吟唱着他们的圣歌，沾沾自喜着自己"在前进"。

改变后的这些情况是如此盛行，以至活动于知识界与宗教界的人都会感受到一种奇怪而又令人异常兴奋的隔离感。当然，新的正统信仰有许多种形式，而且一个宗派成员有时可能会贬低其他形式的信仰，但不管如何，体面尊贵的轮廓非常分明。米德尔顿·默里先生[①]——一直传闻，说他那备受推崇的新宗教信仰"在前进"，尽管尚未普及到我们[②]——的一家之言曰："言语并不重要。如果我们能重新创造意义的话，所有宗教信仰的所有言语就可以任我们使用，而且我们不会再想去用它们。"我很想指出，默里先生手头已经有这么多词语供他使用，其中包括他自己创造的，他根本没必要引用他人的言语。一位比默里先生更有名望的作家，因为他是一所美国大学的教授，叫诺曼·弗尔斯特——他是人文主义的领军人物，一个坦率地承认自己除了已与之断绝关系的新教教义外，对基督教知之甚少的人——他推崇人文主义，因为它对那些"没法在自身找到精神谦卑的召唤的人"有吸引力！但弗尔斯特丝毫未意识到这一说法和所谓伴侣婚姻"对那些无法在自身找到精神节欲

---

① John Middleton Murry（1889—1957），英国作家，与劳伦斯、福斯特及布卢姆斯伯里智识圈友好，他首任妻子为短篇小说家凯瑟琳·曼斯菲尔德。默里于上世纪三十年代主编杂志《埃德尔菲》（*The Adelphi*），力倡浪漫主义自由思想，与艾略特主编、力倡传统信仰的《标准》（*The Criterion*）时有交锋争辩。

② 也就是，在1931年。——原注

的召唤的人”有吸引力，其间并无二致。从他下一段所论述的内容来看，的确在潜意识里他对“精神上的谦卑”和纯粹的“谦卑”只有些许模糊的区分，但这种区分，即便他有所提及，也没有作出进一步论述。现在，即便不理解“召唤”这个词的宗教含义和“谦卑”这种美德的神学意义，你照样可以当一个有名望的教授，更可以是一位职业伦理学家。以上美德，在当今的文人中的确不多见。今天我们拥有为数众多不亚于上个世纪的任何年代的预言家，他们神圣庄严且衣着华丽，以一种更高级的“宗教”的名义——或者更多时候，是以所谓比以前更高级质朴的“宗教”之名——来非难基督教，这俨然已成为一种时尚。

无论我对年轻人多么不怀好感，我不相信他们能长期被“宗教”这个空洞的言辞蒙蔽。新闻界借这个或那个宗教之名对广受欢迎的名人进行大捕杀，这样的做法会持续一阵子，因为新闻界总是落后于时代的；他们会挑动那些人发表一些有关“宗教”复苏或者衰落的胡言乱语。宗教不可能复苏，因为它不会衰落。从最低的层次来看，宗教消失对任何人都没有好处。假如它消失的话，许多排字工人会面临失业，我们最畅销的科学著作将会失去读者，赫胥黎兄弟的打字机将停止工作。没有了宗教，整个人类将会灭绝。根据威·哈·里·里弗斯①的说法，一些美拉尼西亚部落之消亡，全因无所寄托、无聊之故。宗教若真衰落，每个人都会因此受到影响，无论是星期天经常开车去兜风、打高尔夫的人，还是一丝不苟的礼拜参加者。西格蒙德·弗洛伊德博士以他惯有的微妙的口吻提醒我们“把天

① W. H. R. Rivers（1864—1922），英国医学心理学家和人类学家。

堂留给天使和麻雀”，遵照他的暗示，我们可以毫无后顾之忧地把“宗教”留给朱利安·赫胥黎[1]先生和弗洛伊德本人。

写到这里，我可以从年轻人这个话题过渡到报告中的另一点，我觉得即使在这点上主教们仍将他们的关注点放在年轻人身上。在第十九页上写道：

> 也许最引人注目的是，我们这个时代的科学和哲学思想里有许多能提供比前几代里更有利的氛围来支持对上帝的信仰。

我真希望这些主教在对我们的流行畅销书大唱赞歌前，先咨询一下教会内的资深神学家和哲学家——比如阿·爱·泰勒[2]，他在《神学》上发表了一篇关于“怀特海的上帝观”的文章，十分出色。我并非不同意我刚才所引用的那段话的字面意思，也许我所贬斥的是它那过于温和的语气。我觉得人们对这些科学家的态度应该是把他们视作是为上一代科学之罪行而忏悔的人，而不是像新朋友或者新盟友那样拥戴他们。尽管我这观点可能让我显得太过严厉或者太过麻木，但要我像上述言论所允许的那样看待这时代的氛围，我办不到。我并不想贬低怀特海和爱丁顿等人提出的观点所可能具有的价值，但有一点应该明确，那就是这些作家不可能增强任何人的信仰；他们充其量只能发挥一下从那些没有信仰但可能确立信仰的人的头脑中去除偏见的实际作用：这个区别在我看来是至关重要的。

---

① Julian Huxley（1887—1975），英国生物学家、哲学家、作家。
② Alfred Edward Taylor（1869—1945），英国哲学家。

这些科学界的宗教卫士们有一个特点增强了我的怀疑，那就是他们都是英国人，或者至少都是盎格鲁-撒克逊人。我见过一些记录了从爱因斯坦、薛定谔和普朗克等人口中说出的关于宗教和哲学的言论；身为智识名流，他们起码都具有接受沙利文[①]先生访问的条件。那些言论大多都很有意思，因为它们揭示了那些有趣的科学家们的内心世界，就像沙利文先生期待的那样；这些人中至今没有一人写过一窥实在之妙境的畅销书。我怀疑大多数生活在英语国家的我们身上都有赫·乔·威尔斯的影子，我们喜欢从一些特定的规律中得出普遍性的结论，把我们在某个领域内取得的成就用作描述世界这个整体时的依据。我们喜欢持有并传播个人和私人的宗教信仰，这又是盎格鲁-撒克逊人的另一弱点。当一个科学家在宗教领域被给予充分自由后，他所能做的仅是给予我们他因科学知识和思想而对他日常、平庸、个人且隐私的想象所产生的想法。[②]

---

① Ed Sullivan（1901—1974），知名美国娱乐新闻作家兼电视节目主持人，在其访谈节目中访问当代精英，如本句提到的三位科学家。

② 我在1931年12月6日的《泰晤士报》上读到标题为“宇宙的本质：爱因斯坦教授改变了主意”的报道，以下新闻来自纽约：

“昨天，爱因斯坦教授在位于帕萨迪纳的卡内基研究所为一群物理学家和天文学家举行关于他统一场论的讲座，在九十分钟的讲座临近尾声时，爱因斯坦教授震惊了他的听众，他微笑着称道：‘宇宙不可能跟那个对称球体宇宙的旧理论有任何相似之处。’

“他说那个理论，在新的等式下是不可能成立的。就这样，他把他先前关于宇宙和它所占的空间是静止且匀质的假设和他的荷兰天文学朋友德西特（De Sitter）关于宇宙是静止但不匀质的观点统统推翻。后者的观点是基于这一假设：不是物质决定空间，而是空间决定物质，故而决定宇宙的大小。

“听爱因斯坦教授宣布他的新理论的天文学家们说，这表明教授接受了两位美国科学家的观点。一位是在威尔逊山天文台工作的天文学家埃德温·鲍·哈勃博士（Edwin P. Hubble），另一位是加州理工学院物理学家理查德·托尔曼博士（Richard C. Hace Tollman），他们认为宇宙是运动的，尽管在空间上是均匀分布的。按照哈勃博士和托尔曼博士的观点，宇宙在不断地膨胀，物质在不断地转化为能量。”

关于科学对宗教的态度的启示的下一篇章，我相信，将会出自哈勃博士和托尔曼博士。——原注然而，即便是在有关年轻人的这一章节里，如果我们耐着性子去找的话，还是会发现一些睿智而且真实的言论。我们被告知“在社会的每个区域，在世界上的每个国家，年轻一代中最优秀的人在寻找的不是被掺水冲淡或是被剥夺了其应有之严肃性的宗教，而是一个不仅会给予他们攸关道德的坚定磐石和最终许可，同时也会赋予他们力量，让他们坚持不懈地去追求他们心底里所认为的最佳理想的宗教”。我希望这番话能表述得更精辟些，但它的意思却是到位的，而且重申再多次也不为过。使基督教变得简单且迎合人意是没有好处的，“年轻人”，或者说他们当中比较优秀的群体，更有可能接受一个深奥——而非浅易——的宗教信仰。有的人强调知性的理解方式，所以在非宗教执守圈里我们的确需要更具智性的信仰探索者。对于他们以及其他人而言，要强调的是克己自制、禁欲自律的方式，因为，即便是最最普通的基督徒也可以，而且必须，过一种在当今世界相对节制的生活。在当今世界，克制情感比起约束心智更罕见、更困难，一些著名的外行布道者只把“自制”理解为约束心智。反思、学习、禁欲、奉献：我们应该灌输给年轻人的正是这些观念——这一代年轻人和其他时代的年轻人的区别仅在于他们身后的那一代中年人有所不同。如果你把基督教变得容易，你就不可能吸引年轻人；但许多人却可能会因为它的深刻严格而被吸引：这深刻严格不仅是对纷乱无序的心智而言，同时也是对桀骜不驯的情感而言。

在这里，带着几分勉强但同时也带着坚定的信念，我要提及经常被谈论的有关婚姻和计划生育的第十五条决案。就这个问题来看，在一九三〇年十二月的《神学》期刊上，圣体学院院长发表的论文已经分析得十分精辟出色。对于那篇陈述我只有一个建议要补充，但我并不想谈及有关诡辩的问题，这一点圣体学院院长已经非常巧妙地论述过了。我觉得，首先，会议能就生育这一话题表达完全不同于罗马天主教会的观点，这个举动既正确又勇敢。再者，会议所采取的态度要比这个问题本身更重要（尽管问题也是重要的），并且也表明了英国国教同罗马天主教在其他事务上所持的截然不同的观点。然而，遗憾的是，在立论上主教们太过依赖个人的良心道德，这样一来就损害了他们自己的独立地位所具有的优势。当然，无论什么人，只要他心存诚意和纯洁，都会从圣灵那里获得指引，但我们当中又有谁能永远保持完全的真诚，尤其是当我们本能的驱使强烈得足以冒充圣灵之声呢？

这条决案非常清楚地体现出报告的优点和弱点，以及英国国教的优点和弱点。我很肯定地认为，承认避孕和向“现代”意见妥协完全是两码事。承认避孕节育之必要是坦然面对生理常识的举措，也是在英国国教组织范围内唯一能处理这个问题的方式。但在以这样的方式断言英国国教的显著特征前，主教们必须缜密考虑前因后果——这就让人讶异了，他们的深思熟虑居然不够周全——而不是进而发表在我看来近乎于自取灭亡的声明。因为如果允许“每对夫妇”只有在头脑困惑的时候才想到要征询节育意见，这就无异于交出整个教会大本营。鉴于人类不诚实之极端——在历经数千年后，这一点对所有人来说都已再明显不过——只有极少数的人会感到“困惑”，这一事实几乎是不容置疑的。再鉴于主教们的这番言论，以下这点也几乎可以肯定：那些听取“有效建议”的诚实的少数人（我注意到话的顺序是“医学和精神信仰”）将不得不求助于一位和他们一样困惑的牧师，或者比罗马天主教神父更顽固地因这句话毫无意义而钻牛角尖。

总之，整个决案体现了英国人对常识的热爱，这点是值得尊敬的，但同时也暴露了英国国教喜欢以常识的名义颠倒是非的习惯，这点是可鄙的。在作出任何宣告之前，需要审视和分析的正是“精神信仰建议”这个问题，如果有必要，审视分析个几年也不为过。原则很简单，尽管要成功地实施可能需要时间。我并不是说要把全套忏悔和赎罪的圣礼仪式强加给教会内每个领受圣餐的人，但作为教会，它应该有能力告诫全体领受圣餐者在一些人生的具体问题上听取精神信仰上的建议，无论是神职人员还是教区居民都应认识到这种咨询的严肃性和责任。我并非没有意识到目前随着观点和理论的变化，那些寻找方向的人总能找到他们所要找的方向，假如他们知道该向何处寻找的话；这种趋势是必然的。但如果说，在某个方面个人的道德良心不能提供可靠的引导的话，那么这个方面肯定便是节育避孕一事，所以精神信仰指引应该是强制的，而且应该被明确地置于医学建议之前——当然，在这个领域，观点和理论也是不确定地变化着。简而言之，教会可能已经制订了一个极其重要的指导原则，其重要性超出对该问题本身的运用处理；然而，对该原则的宣布却被略去了。

坦白说，但我并无冒犯之意，罗马天主教会的观点在我看来大体上是这样的：所谓原则必须能明确定义且不容许有例外；此后，如有例外，可以在不改变原则的基础上来处理。我相信，英国人的观点自然而然是，原则的确立必须将所有能被允许的例外考虑在内。这样势必导致：罗马天主教会必须公开宣称原则固定不变，而英国国教则公开宣称将对情况的变化予以考虑。我希望没有必要澄清如下事实：我并不认为罗马天主教会的思维方式有失诚信，我也不支持任何指责该教会表里不一、口是心非的低劣嘲讽；它不过是人类本性的另一种诠释观念，总的来说，它是一种欲使最大多数灵魂得到拯救的方法，但这两者的差异不止于浅表。Prudenti dissimulatione uti① 这一训导对盎格鲁-撒克逊人的神学没有吸引力。在此我们又可以看到，英国国教能承认在理论和实践方面的民族（我不是指民族主义的）差别，而罗马天主教这个较之更为正式的组织却不能做到这点。在英国，怎样才算是个人自由和纪律、个人责任和服从、主动合作和被动接受之间的正确平衡？信仰和实践的分歧能被允许的极限程度为何？这些问题是作为一个英国人必须自问的。问题的答案，就算要经历迟疑和困难，也只有通过英国教会才能得到。承认矛盾的存在——有时这被讥讽为是对逻辑和一致性的漠视，是英国人的心智常见的通病——在很大程度上，其实就是承认生活本身所固有的内在矛盾，承认想要通过强加一种生活所无法驾驭的一致性来克服矛盾是不可能的。

然而，即便英国国教确认——我觉得它应该确认——精神信仰指引必须包容例外，主教团仍然有责任给指引者一定的指示。在这里我不禁要怀疑罗马天主教教义，就我见它所被阐述的程度来看，它和英国国教一样让我们有些摸不着头脑。比如：根据罗马天主教教义，哪种做法更可取——在婚姻中是采取审慎的禁欲为好，还是应不限生育、自然到达母亲的生育能力极限为止？如果是后者，那么在我看来教会似乎有义务为这

① 参见《神学》（*Theology*），1930 年 12 月，第 307 页。有人向我指出这里 dissimulatio 应该翻译为“圆通”（tactfulness）而不是“掩饰”（dissimulation）。但所谓圆通，即不要问笨拙的问题，这在我看来跟冒充和掩饰没什么区别。——原注

拉丁文，审慎的掩饰。

样一个做法所引起的经济问题提供解决方案，因为假如你制订了一条道德法规，它在实际操作中导致不良的社会后果——例如人口过剩或者贫穷——你就有责任为这些后果提供解决方案，这点是不容置疑的。如果是前者，什么样的动机才算是正确的动机？最新的罗马教皇教谕看来是对决案十五里提出的问题有着最终的解释决定权——以悬而不决个人问题作为代价。决案十五本身同样不尽如人意，尽管可能没有更让人不满。罗马天主教的声明并没有解答以下这些问题：什么时候限制家庭规模是对的？什么时候不限制是错的？英国国教的声明则没有解答这些问题：什么时候限制家庭规模和通过禁欲的方式来限制家庭规模是对的？什么时候通过避孕来限制家庭规模是对的？

另一方面，以我的理解，决案第十五条之错主要在把一个问题隔离并独立对待。这个问题本应作为一个更普遍并应被首先讨论解决的问题——有关精神指引和权威的问题——所包含的细节来看待。我认为这个事实说明了一个导致软肋反复出现的原因。当主教团发现一个不言自明并称合心意的做法时，它往往倾向于首先考虑如何把它引进教会，而不是去寻找神学依据以证明其合理。在有关统一和博爱的建议中，这种热情的痕迹随处可见。例如（报告第一一七页），报告建议，主教有权鼓励那些与国教教会不同派别的、受过洗礼的圣餐接受者“可在他们无法亲受自身教会仪式时”，参与所处主教教区内的英国国教教会仪式。只有在特殊和临时的当地条件下才这么做，这点是没错，而且我也无意质疑，在这种主教们势必已有预见的条件下，不同教派之间在圣餐仪式上是否可行。但这个建议暗示了什么？显然，一谓非国教教徒永远不应该在英国国教教堂接受圣餐，或曰在某些特定情况下应该鼓励非国教徒与英国国教徒交流，该建议暗示了两种截然不同的有关圣坛圣餐的看法。对于提出的创举，我们需要给出神学上能证明其合理的依据，我们需要的是某个关于圣餐仪式接受度的理论以及关于由未经主教团任命的神父来主持圣餐仪式之有效性的论证。因此，我反对的并不是接受非国教教徒领受国教圣餐礼这种做法——我并不想去攻击尚未经过辩证的理论；我反对的是尚未在神学上阐明论证其合理依据之前，就对这种做法进行传播的行为。也许神学就是布拉德利①所谓的哲学："替我们本能相信的事物寻找的拙劣借口"，但我觉得神学也可以是替我们本能相信的事物寻找合适的理由。可是，如果英国国教会无法找到这样的理由并让它们被信徒当中具有较高哲学素养者所理解，它还能做什么？

在我看来，同样的危险还出现在关于历史上主教团的声明。我怀疑，马尔科姆·汤姆森先生意在寻找罗马天主教观点，或者能站得住脚的罗马天主教观点之一（外行人自然会这么做）而不得后，选取并夸大了一种可能对该教会观点的曲解，从另一方面看，他的确指出了一个我们应该意识到的危险。他引述报告中的文字：

> 尽管我们支持历史上的主教团作为英国国教应该参与的任何统一形式中的必要部分……我们不要求别人接受这些理由，或者接受任何把主教团作为统一条件的理论和解释。

---

① Francis Herbert Bradley（1864—1924），英国唯心主义哲学家、逻辑学家，新黑格尔主义的代表。

主教们支持这个严正声明，我很肯定是基于以下这样的考虑：教会对主教团的性质从不是持着单一僵化的论调。即便是罗马天主教，以我的理解，也至少有两种能站得住脚的理论。但这种神学上的微妙之处一般外行人是不会注意到的。汤姆森先生那本有趣的册子的最大价值，在我看来，就是揭示了报告的某些行文措辞可能会引起歧义。在下面这点上我同意他的观点，就是“我们不要求别人接受这些理由”这段文字可能会被误解为“我们不要求别人接受任何除了权宜之计以外的理由”：换言之，为了达到一种团结的假象，我们恳请非国教徒接受主教团，把它视作一种无损大体的形式。

我从来也没有想过英国国教和自由教会[①]之间的“对话”在我们这个时代会产生任何成果，我宁可它没有，因为这个收获的任何成果都会是过早采摘的不成熟的苦果。但同时我也无法附和那些声称教会举棋不定的指责，说教会对黎凡特人[②]和瑞典人是一种说辞，对卫理公会派又是另一种讲法。对任何最终无法落实大统一方案的任何统一形式的设想都是缺乏远见的领导；尽管局部的统一能让我们暂时高兴，但只有“全面统一”才是唯一可靠的理想。当然，对卫理公会派教徒而言，英国国教欠他们一个沉重的责任，就好像罗马天主教会欠我们一个交代一样。当英国国教的主教们意图与乌普萨拉以及君士坦丁堡结成联盟之际，却浑然不顾让当初脱离国教会出走的人的子孙后代归返回国——我相信，如果以前的十八世纪与当下的二十

① Free Churches，基督教内主张政教分离的支派，坚持国政与教政不可重叠甚或交互授予。部分苏格兰以及北爱尔兰的长老教会也冠以自由教会之名。

② Levantine，来自地中海东岸区域的人，尤指今黎巴嫩、叙利亚附近中东地区的基督徒。

世纪二三十年代一样的话，当初的那些人根本就不会离开国教会——这种轻忽淡忘的行为简直是厚颜无耻。在这样艰难的谈判中，教会的确名正言顺、尽职地棋下两边：这点正好说明了在眼下这个关键时刻，英国国教正是被委以努力实现基督教统一重任的教会。在实现这个重任的过程中也存有风险，这些风险在还只是潜在可能的时候就已经被当作真实情形：英国国教面临在同东正教教会和波罗的海教会谈判时可能被东正教同化的风险，以及和非国教徒谈判时可能被福音派新教会同化的风险。但我不相信那些主教会像报告所言的那样向英国的非国教徒允诺东部教会权威所痛斥之事。相反，在我看来，那些著名的非国教徒，在他们的反对声多于支持声的态度中，显示了主教们的做法恰如其分。我们和其他东正教会的分歧点简单又直接，而且几乎已经就要弥消了。要赞同一个和你血统不同而信仰稍异的人要比赞同一个和你血统相同却想法不同的人来得容易，因为那些有着相同血统的人之间不相关的分歧比那些有着不同血统的人之间的相关分歧更不容易解决。由英国国教徒和自由教会教徒之间的分歧造成的问题要比（我们还是承认为好）英国国教徒和瑞典教徒之间存在的问题复杂得多。我们和自由教会的教徒们在教义上的难以调和在社会、当局和政治分裂的环境下以及双方所持偏见的传统中变得更为复杂，很可能要经过好几个世代的努力，神学和等级制度的问题才能被剥离出来并受到正视。一九三〇年的兰贝斯会议在这个方向上取得了如下成就：它确定了英国国教在面对自由教教徒时所不能越过的限度；国教会任何超出这个限度的让步都是自取灭亡——任何让步都会导致将可能的最重要的成员纳入一个由自治教派组成的、既没有稳定性又没有重要性的松散联盟。

然而，想要实现和东正教会达成统一的圣餐仪式的这个想法，其价值远非表面所彰显。随此举而来的是一种更宏伟的稳定希望，而不是从前那种虚实难分，那种鲜明地标识着体制特性的稳定。至于教义方面的问题，对英国国教的主教和东正教代表之间讨论的总结（第一三八页起）意义尤为重大，尤其是第十一段：

> 英国国教的主教声明，在圣餐仪式上“基督的身体和血在上帝的晚餐中确切无疑地被信徒分享”，“基督的身体只有以一种神圣宗教的方式才得以在晚餐时被给予和分享”，而在圣餐仪式后，被作为献祭的剩余部分，按照圣礼的讲法，应被视为是基督的身体和血。而且，英国国教传授有关圣礼献祭的教义，这在坎特伯雷和约克大主教在英国国教神职授任问题上对教皇利奥十三世[①]的回答中有解释：在供奉圣餐祭品时，英国国教教众祈祷“通过您儿耶稣基督的美德和死亡，通过对圣血的信仰，我们和您所有的教众都将得到赎罪以及由他的受难所带来的益处”，包括全体信徒，无论活着还是已逝。

对一个其地位在国民生活中不断变化的教会来说，英国国教和东方教会的统一至关重要。我们仍然而且正当地把英国教会视为“国教”，但“国家”这个词在这个语境中已经不再表示它从前的意思了。我完全赞同马尔科姆·汤姆森先生，或是任何苏格兰人、爱尔兰人或者卫理公会派教徒反对把圣保罗大

① Pope Leo XIII（1810—1903），意大利人，1878 年任教皇。

教堂仅仅乏味地描述为“大英帝国的教区教堂”。这个“帝国”教会，也许受到罗瑟米尔勋爵①、比弗布鲁克男爵②、里德尔勋爵③和卡姆罗斯勋爵④这四位帝国主义福音使者的拥护，会成为比十八世纪埃拉斯都派教会⑤更令人憎恶的教会，因为前者比后者更低俗。我宁可相信国教教会正步步趋近我所想象的那种教会：不是“英国教会”，而是全国性的“在英国的天主教会”。

在过去的三百年里，教会和政府之间的关系不断变化着。我并不打算在本文中讨论政教分离这个难题，在过去几年里使得教会和政府问题变得更敏感的实际困难和反常现象并不是我此刻关心的问题。我也不打算预测两者未来的关系，或者为如此复杂的一个问题轻易提供任何答案，或是在教会本身的范围内讨论今后的教令。对于政教分离这个话题，我不打算发表任何看法，首先因为我还没有决定这么做，其次是因为在我看来，一个对此话题没有任何深究的外行人要就此公开发表自己的看法有些不合适。我只考虑在过去三百年里发生的政治和社会变化。早期查理时代意义上的国家教会取决于国王、强势的大主教和首席牧师之间微妙的和谐关系。也许劳德派教会来得太迟，以至于对我们而言它不过是徒有等级形式的教会罢了。十八世纪政治和社会意义上的国家全能论也已过时，不会再有霍德利⑥之辈了。现在，

---

① Lord Rothermere（1868—1940），英国现代报业大王，《每日邮报》（*Daily Mail*）、《每日镜报》（*Daily Mirror*）等的经营者。

② Lord Beaverbrook（1879—1964），英国报业巨富，执掌《每日快报》（*Daily Express*），并于两次世界大战期间担任英国内阁成员，为保守党决策者之一。

③ Lord Riddell（1865—1934），英国伦敦报业巨头。

④ Lord Camrose（1879—1954），英国伦敦报业巨头。

⑤ Erastian Church，由埃拉斯都（Erastus，1524—1583）而得名。该教派把教会视为一种社团，乃是照国家所订的规章而建立。

⑥ Benjamin Hoadley（1676—1761），英国主教，因班戈之争而著名。霍德利拒绝承认教会在信众个人的圣餐仪式选择上具有绝对权威，此观点引发英国国教内部高低教派（即亲罗马派和亲清教徒派）的争论，并导致低教派的“宗教自由”主张占上风。

从事神职并没有太多经济或社会优势；只求稳定牢靠的小人物会谋求公职，而稍有野心的则到城市寻找成功的机会。从事神职对人们越来越没有吸引力，那纯粹只是一种天职罢了。我猜想首相的权威恐怕也在缩水：我相信现在没有一个首相——可能除了罗瑟米尔勋爵以前提名过的布伦特福德勋爵[①]以外（幸亏上帝庇护，没让他成功）——敢冒险把自己的选择强加于教会的主教任选，或者做出任何未经咨询最妥善权威部门的事来。下议院曾将国教教会视为它在英国唯一还有一点控制权的最后现实而紧抓不放，但最后却也不得不放弃这个滞后的权力阴影。唯一剩下的权力是那些我们必须认真对付的——财政部和英格兰银行的高管。

无论是确立国教之官方巩固地位，还是采取政教分离，英国国教都不可能沦落到仅仅是某局部教派的地步，除非它采取非理性的自杀行为。比如，罗马天主教在英国就是一个教派——即便在这层意义上，英国国教也不可能沦落至此，我说这话并无冒犯之意。英国国教被天主教同化，要比在英国的罗马天主教被英国化要来得容易；如果英国国教因罗马教会的分裂势力而受损，那么罗马教会也会因英国国教教会的分裂势力受影响。如果英国要在明确可感的程度上皈属基督教的话，这只有通过英国国教才能实现。

回到本文第一段所谈的话题，英国国教教会的形象很容易被歪曲，不是被美化就是被丑化。对英国国教祈祷书的突发热论，布伦特福德勋爵和卡申登勋爵[②]的鼓劲参与，发生在圣保罗

① Lord Brentford（1865—1932），英国保守党阁员、政治家，曾任英国内政大臣。
② Lord Cushendun（1861—1934），英国保守党阁员、政治家，曾主掌外交事务。

大教堂的“争执”，伯明翰主教辖区的波折，新闻界意识到教会事务中有时也会存在好材料，有关英奇教长[①]的新闻报道，大众神学文学的畅销等等；所有这些都显示了人们今天对教会所表现出的浓厚兴趣是历史上从未有过的。同样的分歧意见也可被理解为教会濒临分裂瓦解的标志，或是教会内短缺神职候补者和资金，或是教会和政府之间反常且令人汗颜的关系，或是被大众称作“新道德派”的造反，以及英国的多数男女信众虽然尚未抛弃信仰却对信仰所要求的义务视若无睹这一明显的事实：这些迹象似乎都暗示了教会即将垮台或瓦解。

在极大程度上，我把这种现象理解为不外乎是时势变化所伴随而来的症状，不仅是英国国教，全世界的普世教会都存在这种症状。正如我前文已提过的那样，英国国教不再是，也必须不再是旧的民族主义或者埃拉斯都派的国家教会。它那貌似丧失殆尽的崇高权力或是邪恶的权力，不然就是日渐过时的权力，是权力的阴影罢了。来自外部的政治压力，一种在十六、十七世纪时起到凝聚作用的政治压力，现在除了以人们对天主教会的恐惧这种形式存在之外，早已荡然无存。对于内部分裂产生的社会瓦解后果的恐惧也已不复存在，因为分裂瓦解早就发生了，而且对它的恐惧已经被一种对重构所抱的微弱希望所取代。政教关系的问题——在此我并不只想到英国国教，同时也想到了任何国家的教会会众，以及关于圣座的那些多重复杂的问题——像以往一样敏感，而且总是以新的形式出现。我相信，尽管面前横着这些看似无法解决的问题，英国国教正在巩

① William Ralph Inge（1860—1954），英国基督教新教神学家，于 1911 至 1934 年任圣保罗大教堂教长。

固自身作为天主教会分支的地位，作为英国的天主教会的地位。此刻我想的并不是教会中某一教派发动的蓄意争斗，而是一系列非由人手掌控的必然事件。

写到这里，我必须先暂时转移一下话题来抗议马尔科姆·汤姆森先生的一些假设。这些假设不光为他所有，那些只有在读报时看到报道才对教会事务感兴趣的人同样也会持有这些假设。汤姆森先生在撰写他慷慨激昂的手册《苏格兰教会能否存活》①时，对英国国教中天主教徒、福音派教徒和现代派教徒这三者间众说纷纭所显示出的活力大为赞赏。如果只是作为一种打击长老会教徒的手段，他可能出于形象的考虑略微夸大了这些分歧。我认为他在看待兰贝斯会议上的主要错误在于他在谈论报告时脱离了英国国教发展的历史背景，并且把报告当作某个个体之智慧所造，而非三百众人智慧之集合。在一些问题上，他不仅缺乏远见，还明显有误导的倾向。汤姆森先生是一个非常喜用比喻的人，他的心里满布着各种影像隐秘暗道（很短的通道）、摆渡、驳船以及其他从坎特伯雷到罗马的简便交通工具。例如他谈到：

> 数位著名英国天主教徒的职业起到了增强公众猜疑的作用。因为他们有这样一个习惯，就是把英国国教当作一个接点而不是终点。

我看不出单凭“数位”怎么能形成一种习惯。除非汤姆森先生

① 海豚出版社（The Porpoise Press），爱丁堡。——原注

想暗示，单凭诺克斯神父和弗农神父[①]就形成了脱离英国国教的“习惯”。我倒想知道那些转变信仰的“为数不多的著名作家”的名字：我很怀疑汤姆森先生的名单里会有许多我不认识的名字——他的一两个改信者可能皈依了长老教；而且，基于那些我所认识的名字来看，那些人的名气并不响。我猜，一个英国天主教徒改宗罗马天主教，会比一个低教派徒改信罗马天主教更轰动、更有炒作价值。我承认，对于一些人来说，他们的灵魂在罗马之外无法得到满足。假如英国天主教成功地帮助了少数这样的人找到他们的归属，我为此甚感欣慰；但假如英国天主教帮助了一些在罗马那片土地同样会感到不安适的人脱离英国国教，那么，我相信它同时也帮助了更多的人——恕我无法举出反证数据——留在英国国教内。比如，为何哈利法克斯爵士[②]不干脆改变自己的信仰，为自己节省点麻烦、辛劳和失望？为何布伦特福德勋爵和卡申登勋爵没有受其他教派的影响各自皈依循道宗和长老派？根据报纸的定论，英国国教应该要么被分成天主教徒和现代派教徒，要么是天主教徒和福音派教徒，或者有时被分为天主教徒、现代派教徒和福音派教徒。假如区分果真如上述那样清楚，那么就干脆可以自动划清界限。对于会把英国教会和布伦特福德勋爵、伯明翰主教以及《教会时报》联系起来的那些人而言，英国国教之所以还存在，是惰性使

① Ronald Knox（1888—1957），英国神学家、侦探小说作家、圣公会牧师，1917 年改信天主教，以重译《圣经》闻名。二十世纪二十年代，英国有数起知识分子以及英国国教教士改宗罗马天主教的事件，弗农神父（Father Vernon Johnson）与诺克斯神父即在此列。

② Lord Halifax（1839—1934），毕生致力全基督教运动，并倡导在英国国教系统内重行修道院制度，欲弥平英国天主教与罗马天主教之嫌隙，力促卡尔莱尔修士（Father Aelred Carlyle，1874—1955）设立修道院，不料数年后卡尔莱尔修士偕同多名修士改归罗马天主教，引发社会热议。

然，是基于种种原因而不愿废弃这个庞大的机器工厂之故。

对于像马尔科姆·汤姆森先生那样从相对安定的爱丁堡、拉萨或罗马来到英国的事不关己的旁观者而言，英国国教的混乱看似致命。当一位主教写信给《泰晤士报》[1]而引起牧师们赶忙给予严肃回复时，当甚至像我这样普通的人都能引用像布伦特福德勋爵和伯明翰主教这样的名人作为逗趣消遣时[2]，我们至少还有误解的机会。当然，我们必须注意：这样的言论自由和意见分歧万万不能超过限度——而这个限度，我认为，已经被超过了；但重要的并不是礼拜仪式的统一性，而是教条的稳定性。当然，有些意见分歧的性质是根本和永久的，但要说这对教会本该拥有的智性生命不是一件好事，我可不敢苟同。当这些不同意见在报纸杂志上公之于众时，它们通常是以两种或更多被严格管制、相互敌对的势力所代表的清晰明确且不可调和的观点之形式出现的。但实际上，每个被划分的教派内部也有分裂，而且教派之间的分界线相当模糊。你无法界定一群人是“现代派教徒”：有天主教徒会称自己是“现代派教徒”，也有福音派教徒会这么称自己；还有一些人，对他们而言，现代主义不过是混乱的思想。我认识一些福音派教徒，对他们来说，巴恩斯博士[3]的名字要比哈利法克斯爵士的名字更令人反感。有人并不总是认同《教会时报》的编辑，《现代教士》中的文章有时会感动我，让我赞赏。因此，在很大程度上，英国国教内部的分歧是一个有机体健康的征兆，它们的存在在同等程度上使

① 一封由达勒姆主教（Bishop of Durham）写的惹人注意的信，刊登在 1930 年 12 月 2 日的《泰晤士报》上，回复极少。——原注

② 当我用“逗趣”（comic）这个词时，我指的是它的本质而不是作用。——原注

③ Ernest Barnes（1874—1953），英国数学家、神学家。

英国国教成为承担统一重任的不二人选。

一九三〇年的兰贝斯会议在这个方向上标志着一个重要阶段，超出了前几次会议的成果，确认了英国国教的包容性。尽管在细节方面有些缺陷和模棱两可的声明，但是，兰贝斯报告还是会起到加强教会内部和外部力量的作用。它更进一步明确了英国国教对不信奉国教者包容的限度以及对东方和波罗的海地区教会的接纳程度。这一进步，对这个在基督徒和非基督徒日益分化的世界，有着不可小觑的重要性。今天，在我看来，普世教会要比异教罗马以来的任何时候都更普世。我不是说我们这个时代特别腐败，每个时代都有其腐败之处。我说的是，在可测定的时间里，基督教不是——也不可能仅仅只作为——“官方”宗教，尽管在特定当地限定情况下曾是如此。这个世界正在尝试创造一种文明的、非基督教的意识心灵。这个试验将会失败，但我们在等待它失败的时候得非常耐心；同时，我们得赎回时代，这样信仰才能幸存于我们眼前的黑暗时期，才能复兴并重建文明，才能遏止世界自取灭亡。

卢丽安　黄星烨　译

玛丽·劳埃德

在很多有一技之长的人中间，有的超群拔类，探究其原因还得费一番工夫。当一个人才艺出众而又极受欢迎时，要把优秀与盛名分别开来是不大容易的。我素来钦佩玛丽·劳埃德，但是我并不认为我以前总是能够欣赏她独特的天才。我不曾料到她的逝世会引起如此巨大的反响。玛丽·劳埃德是她那一代英国最伟大的杂耍剧场[①]艺术家，她也是最受大众喜爱的。她的造诣固然是她深得人心的原因，但还有一种比成功更重要的东西，即她在很大程度上代表并表现了英国国民中也许是最有活力和生趣的那一部分人。

杂耍剧场的演员人数有限，所谓的下层社会熟悉他们的名字。在所有这些演员中，玛丽·劳埃德深受爱戴，无人可比。观众对玛丽·劳埃德的态度不同于他们对其他任何走红的演员的态度，这差别表明的恰恰是她的艺术与众不同之处。玛丽·劳埃德总能引起观众的共鸣，她通过这种情感交流将观众置于自己的控制之下。当今的杂耍艺人中，最能左右观众的是内莉·华莱士。我曾看到坐满一包厢的伦敦东区居民[②]用嘲笑和恶意的评头品足来打断她，只见她照样演出，脱口回敬了一句，说得那些存心要她难堪的人到终场一声不吭。我从未听说玛丽·劳埃德碰到过这样的敌意。无论如何，绝大多数观众都明显偏向她，没有人胆敢提起嗓子来与她过意不去。玛丽·劳埃德与其他演员的差别就在于别人也使观众开心，甚至比她有过之而无不及，但是没有人能像她那样淋漓尽致地表现观众的生活，并将它升华为一种艺术。我认为，玛丽·劳埃德的独特性来自她那种表现民众灵魂的能力，她的观众在与她同声歌唱的时候与其说是在欢闹，不如说是感到幸福。

就表演的细节而言，独具风格的玛丽·劳埃德在英国女演员中可以说是最完美的。她的演出没有拍摄下来供电影院播放，她从来不屑于用这类方式赚钱。她最细微的动作也极富表现力，没有纪录片留存下来毕竟是一件憾事，不然她的崇拜者还能重睹她的风采。然而使她不同于其他喜剧演员的不是她精湛的演技，而是她的艺术目的。她的表演绝无滑稽古怪的成分，她的喜剧魅力完全不是来自夸张；她有选择的眼光，善于突出重点。依我之见，杂耍剧场舞台上剩下来的人中，最了不起的要数内莉·华莱士和小蒂奇[3]，但是她们都有一点滑稽古怪，戏仿嘲弄起人类的弱点来毫无节制。要欣赏这些艺术家并不需要对身边的环境有丰富的知识。要欣赏玛丽·劳埃德则不然。例如，看她最近出场的一个小节目，人们应该知道属于打杂女工阶层的中年妇女会在提包里放些什么，她寻找起包里的东西来会是怎么个样子，她历数包中物件时又会用什么语调。这只不过是玛丽·劳埃德最后一首歌《经克伦威尔破坏过的古迹》中表演的一部分而已。

我希望将来会有比我更合格的剧评家来讨论玛丽·劳埃德

---

① music-hall，一种由歌唱演员、喜剧演员、舞蹈家、耍把戏者、杂技演员和魔术师相继表演的娱乐节目。

② 伦敦东区多工人住宅，居民社会地位较低。

③ 并不代表对年轻一代的歧视。——原注

的艺术。我主要想说的是，我把她高于其他演员之处视为一种道德上的优秀：她对民众的了解与同情。民众认识到，她象征了他们在私人生活中真正看重的美德。正因如此她的死才引起巨大的悲痛。玛丽·劳埃德的逝世是英国历史上重要的一刻。我在前面说过，她是下层社会的极富表现力的人物。其他阶层没有如此擅长表现的人物。中产阶级没有像她那样的偶像。中产阶级在道德上是腐败的，也就是说，他们自己的生活无法产生出一位玛丽·劳埃德来表现那样的生活，他们也没有任何独立的美德使他们作为一个有自觉意识的阶级获得尊严。民主制度下的中产阶级，不论是在英格兰还是在其他任何地方，在道德方面都是仰赖贵族的，而贵族又从属于正在逐渐吸纳并消灭他们的中产阶级。下层社会依然存在，不过日子大概也不会长久了。在杂耍剧场的喜剧演员身上，下层社会的观众发现，自己的生活得以表现并有其尊严。这在精心制作而又十分昂贵的时事讽刺剧[①]中是见不到的。在英国，这类串演毫无表现力可言。不过杂耍剧场现在已经在走下坡路了，在便宜并迅速发展的电影院的侵蚀下，下层社会的成员将会沉沦到一种与中产阶级一样的原生质状态，没有新鲜活泼的思想感情，只有生存的本能。到杂耍剧场去看玛丽·劳埃德并一同引吭高歌的工人自己就是演出的一个组成部分，他参与了观众与艺术家的合作，这种合作在所有艺术中都必不可少，戏剧艺术尤其如此。他现在要去的是电影院，在那里，连续不断、毫无意义的音乐和大脑难以作出反应的一连串动作使他的心智昏昏欲睡。他只是接

① revue，一种轻快的戏剧形式，由唱歌、舞蹈、滑稽短剧和独角戏等组成，常常讽刺时事。

受，没有贡献，然后就像中产阶级和上层社会的人那样，对带有艺术性质的娱乐消遣提不起精神，漠然视之。他对生活的兴趣也会有所减损，也许这是必然的结局。在《论美拉尼西亚人口减少现象》一书里有一篇很有意思的文章，心理学家威·哈·里·里弗斯在文中写道，有证据使他相信，生活在那个不幸的群岛上的原住民在渐渐死去，主要原因是强加于他们的“文明”剥夺了他们对生活的兴致。他们纯粹是因百无聊赖而死去。当每一家剧场都由一百家电影院取代，当每一件乐器都由一百架留声机取代，当每一匹马都由一百辆廉价小汽车取代，当电机工程的奇妙发明使每一个孩子都能在床上听无线电喇叭讲故事，当巧夺天工的实用科学穷天下之物力使生活尽可能有趣，那么，整个文明世界的人口很快就要步美拉尼西亚人口的后尘了。①

陆建德　译

① 这几行文字写于九年前。——原注

威尔基·柯林斯和狄更斯

关于情节剧的历史和美学，希望我们现在这代人中能有一位兼具学养和哲辨的批评家受使命的感召撰写出一部相关的著作。情节剧的黄金时代出现在上世纪中叶，毫无疑问，这个时代已经过去，不待当时的人们意识到情节剧的存在便已一去不返。不过，活着的人当中仍有许多人，他们不算太年轻，所以大都能记得上演情节剧的戏台被电影院取代之前的样子，记得自己常坐在乡镇剧院的正厅前座，痴醉着迷地观看台上表演的某个版本的《伊斯特·林恩》[①]、《白奴》[②]或《无母可恃》[③]；但他们还不至于太过老迈，所以也能满含好奇和兴致，去看待电影银幕上的情节剧如何取代戏台上的情节剧，三卷本的旧情节小说的要素又如何剥茧抽丝，分解为三百页长的各种类型的现代小说。人们若是从“严肃小说”“惊险小说”“侦探小说”这些术语问世之前的时代走过来，便会发现：情节剧乃是常青不败的文学体裁，世人渴盼情节剧作品的热情向来长盛不衰，必须予以满足。假若出版商呈于我们的“文学作品”无法满足这种热情，我们必然会转向所谓的“惊险小说”，并且越来越会对此选择不加遮掩。不过，在情节剧小说的黄金时代并无如此明显的区分。当时最好的小说也往往带有惊险性；当前如此这般深刻的“心理”小说和如此这般精巧的“侦探”小说——两者在所属的文学类别上的差异，要大于《呼啸山庄》乃至《弗洛斯河上的磨坊》与《伊斯特·林恩》之间的不同。《伊斯特·林恩》当时一经发表便“立即引起巨大轰动，并被翻译成各种已知的语言，包括帕西语和印度斯坦语”。我们相信当代也有几本小说已被“翻译成各种已知的语言”；不过我们以为这些小说与《金碗》或《尤利西斯》乃至《包尚的事业》④之间的共同点，不如《伊斯特·林恩》与《荒凉山庄》之间来得那么明显。

要欣赏并评价威尔基·柯林斯的作品，我们必须能够把现代小说中那些被割裂开的要素重新汇整起来。柯林斯是狄更斯、萨克雷、乔治·艾略特和查尔斯·里德⑤的同代人，与马里亚特⑥上校也几乎处在同一时代。他与这些小说家都有某种共同之处，但与狄更斯的共同点则较为独特且重要。柯林斯是狄更斯的朋友，两人有时也合写些东西，他们的作品应放在一起进行研究。遗憾的是，文学批评者现在还找不到一本威尔基·柯林斯的全传，而从这点来说，福斯特⑦的《狄更斯传》实在难以差强人意。福斯特是位杰出的传记作家，但若说到对狄更斯作品的批评，他的观点不免显得过于褊狭。大凡知道狄更斯与柯林斯之间的交情并研究过两人的作品的，都会觉得他们之间的

---

① *East Lynne*，英国作家亨利·伍德夫人（Mrs. Henry Wood，1814—1887）的小说。

② *The White Slave*，美国作家理查德·希尔德烈斯（Richard Hildreth，1807—1865）的小说。

③ *No Mother to Guide Her*，美国作家安妮塔·露丝（Anita Loos，1893—1981）的作品。

④ *Beauchamp's Career*，英国作家乔治·梅瑞狄斯（George Meredith，1828—1909）的小说。

⑤ Charles Reade（1814—1884），英国小说家和戏剧作家，著有《教堂和炉边》（*The Cloister and the Hearth*）、《亡羊补牢未晚》（*It Is Never Too Late to Mend*）、《现金》（*Hard Cash*）等。

⑥ Frederick Marryat（1792—1848），英国航海冒险小说作家，著有《新福利斯特的孩子们》（*The Children of the New Forest*）等。

⑦ John Forster（1812—1876），英国传记作家、批评家，狄更斯的生前密友。

关系和相互影响是重要的研究主题。对他们两人的小说进行对比研究，将十分有助于阐明小说的戏剧特点和情节剧特点究竟有何不同。

狄更斯“最好的小说”可能是《荒凉山庄》；这是按照切斯特顿先生的说法，在世的研究狄更斯的批评者中，还没有人能胜过切斯特顿先生。柯林斯最好的小说是《白衣女人》，即便谈不上最好，它至少也是柯林斯唯一家喻户晓的小说。《荒凉山庄》可以说是最能体现狄更斯与柯林斯相近的小说（仅次于《荒凉山庄》的应是《小杜丽》和《马丁·瞿述伟》的部分章节），而《白衣女人》又可说是最能体现柯林斯与狄更斯相近的小说。狄更斯善于人物的刻画，他所塑造的人物的个性要比常人突出许多。而柯林斯的强项并非在塑造人物上，但他精于构思情节和创设情境，凡在情节剧中必不可少的戏剧要素，他都能运用自如。《荒凉山庄》为狄更斯结构最巧妙的作品，而《白衣女人》则有柯林斯最真实的人物刻画。对福斯科伯爵和玛丽安·哈尔科姆，大概没有人不熟悉，但若说到柯林斯作品的其他人物，即便是最忠诚于他的读者，也才能记住六七人的名字。

在我们眼里，福斯科伯爵和玛丽安堪称是真实的人物，他们的“真实”不逊于那些地位更重要的小说人物，不逊于蓓姫·夏普和爱玛·包法利。与狄更斯的诸多人物相较而论，他们缺的只是那种近乎超自然的真实性，那种似乎不是人物与生俱来，而是因为某种启示和恩典方才降至其身的真实性。柯林斯笔下最完美的人物，都是他当着我们的面用最精纯的技术虚构出来的；但在狄更斯最完美的人物身上，我们却寻不着循序而行、深思细谋的痕迹。狄更斯的人物属于诗的范畴，就如但丁或莎士比亚笔下的人物；只消自己或别人口中的片言只语，这些人物形象就能完整呈现于我们眼前。柯林斯不会这样的“片言只语”。狄更斯用寥寥数语就让人物的血肉丰满起来——“这小贝利可是什么命啊！”[①]；与此类似的有但丁的法利那太：

> 你的祖上都有什么人？[②]

还有莎士比亚的克莉奥佩特拉：

> 有一次我见她
> 穿过市街时连奔带跳四十步。[③]

狄更斯的人物之所以真实，是因为他们与众不同；柯林斯的人物之所以真实，是因为作者刻意让他们显得前后连贯，栩栩如生。狄更斯介绍重要人物出场时，经常漫不经心，我们直至故事进展颇多时，才知道我们适才打交道的可是举足轻重的人物；与此相反，柯林斯总会将戏剧效果运用到极致，至少在介绍《白衣女人》中那两位人物时是如此。我们对玛丽安的大多印象，正是阅读作者介绍她出场的文字时留下的：

> 我的目光刚落到她的身上，便被她那优美异常的身段和落落大方的态度打动了。她的身材修长而不过于高挑，体态丰腴雅致而不肥胖，她的头端正地立于双肩上，透出

① 出自《马丁·瞿述伟》（*Martin Chuzzlewit*）第49章，小贝利为小说中一位经历曲折的小人物。
② 出自《神曲·地狱篇》第10歌，法利那太（Farinata degli Uberti，1212—1264）为但丁时代佛罗伦萨吉伯林派（保皇派）的首领，伊壁鸠鲁派信徒，性格高傲冷峻。
③ 出自莎剧《安东尼和克莉奥佩特拉》第2幕第2场。

一种安详和柔顺。她的腰部“适得其所”，曲线自然，并不因穿了紧身褡而变形走样，在男人眼中可谓是完美得无可挑剔。她没听到我进房间的声音，我就趁机将她好好欣赏一番，过了一会儿才移了一下身旁的椅子，以便她注意到我，同时又尽量不显得尴尬。她立即转身从房间的另一头朝我走过来。没走出几步，她优雅自然的腰肢摆动便让我不由地心旌摇荡，还急切地想看清楚她的脸蛋。她离开了窗边——我在心里对自己说，这位小姐很黑。她向前又走了几步——我在心里对自己说，这位小姐真年轻。她走得更近了，我在心里对自己说（此时心中的震惊，我无法用语言来表达），这位小姐真够丑的！

关于福斯科伯爵的出场，作者因需要用了大量笔墨进行更细致的描画，这部分过长就不在此全篇引述；不过我们必须注意到，作者安排玛丽安·哈尔科姆出场在先，我们见到的福斯科伯爵，其实是玛丽安对他的印象，也正因为这样，我们对他的印象才深刻了不少。

　　他的容貌、着装、消遣的法子，无不显得古怪，要是换作他人，我肯定会毫无忌惮地数落他一顿，或者毫不怜恤地嘲笑他一番。到底是什么力量让我没法狠起心肠来数落或嘲笑他身上的这些东西呢？

在这之后，谁还能忘得掉福斯科伯爵的白鼠和金丝雀，忘得掉他如何安抚珀西瓦尔爵士那头凶狠的猎犬？如果说《白衣女人》是柯林斯最杰出的小说，除了玛丽安和福斯科的存在之外别无他因。如果我们撇开这两位人物来细看整本书，我们不得不承认《白衣女人》还不算柯林斯结构最工巧的作品，更能体现他巧设情节剧的奇特禀赋的，是他的其他一些作品。《白衣女人》正因为这两位人物的存在才具有了戏剧性，这种戏剧性真正有别于小说的情节剧特性。珀西瓦尔·格莱德爵士是个硬纸板剪成的不真实的人物，以他为中心的整个谜团和阴谋几乎怪异到了荒诞的地步。柯林斯作品中结构最完美的，情节与人物协调得最好的，应是《月亮宝石》。而在情节剧效果方面达到巅峰的作品，当推他的《阿马达尔》。

《月亮宝石》是英国第一部，也是最优秀的一部侦探小说。这里之所以说“英国”，是因为爱伦·坡也写过侦探作品，不过他感兴趣的是纯粹的侦察探访。他创作的侦探故事，犹如一道象棋题，需要专业知识与高超智力才能破解；而最好的英国小说往往不倚赖这种算数题之美，却更多地依托无形无迹的人际因素。要说英国的侦探小说胜于他国未尝不可，但这只限于柯林斯而非爱伦·坡所开创的侦探小说类别。在《月亮宝石》中，谜底最后的揭开靠的不全是人类的聪慧，相反大多靠的是巧合。自柯林斯以后，英国侦探小说中塑造最成功的主人公多数与卡夫探长一样，都难免要犯错误，他们在解开真相的过程中起的是必要而非充分的作用。歇洛克·福尔摩斯并非典型的英国式侦探，他可算是部分的例外；他的形象之所以能保留下来，并不全在于他的本领如何超凡，而主要在于他属于本·琼森所说的那种“气质人物”，如他注射药物成瘾，善打拳击，会拉小提琴。我们现今生活中所充满的虚构侦探人物，多属于和蔼亲切、高效专业但难免不犯错的类型，与福尔摩斯相较而言，卡夫探长更像是此类健康阳光型的侦探的鼻祖。再说《月亮宝石》，虽然这本书的长度是当代大师所写的“惊险小说”的两倍，但书中的悬念和能勾起人的兴趣的地方无时不在。柯林斯能取到这种效果，是因为采用了类似狄更斯的手法；如果撇开他自身的优点不论，柯林斯便可说是缺失了“神魂”的狄更斯。《月亮宝石》属于气质喜剧。弗兰克林·布莱克先生的古怪反常，叙述者对戈弗雷·埃布尔怀特的假仁假义的讥诮（更不用提他对《简·安·斯坦珀的生平、书信和工作》这本书的讽刺了），贝特里奇和他爱不释手的《鲁滨逊漂流记》，还有他的女儿佩内洛普，这些都促成了小说中类似气质喜剧的叙事。柯林斯常让不同的叙述者轮流讲述故事，并用遍了各种书信和日记手法，不过这些技巧在他的其他小说中就用得有点无趣，甚至不可信（譬如，《阿马达尔》中的超级恶棍格威尔特小姐将自己的心声倾吐于纸上，就显得过于频繁，过于袒露无遗）；然而在《月亮宝石》中这些技法却取得了成功，每次在我们的阅读兴趣将要消耗殆尽的时候，它们都能适时地重新激起我们的兴趣。

柯林斯还成功地借助“气氛”在《月亮宝石》中发挥的作用；不过，狄更斯，还有勃朗特姐妹，所营造的“气氛”都能显示其内在的“神魂”，而柯林斯的作品却独独缺少“神魂”这一样。不过就达到他的目的而言，柯林斯的表现还算不上失败。在读《月亮宝石》中发现罗莎娜死于“颤震沙滩”上的片断时，请注意作者在舞台调度方面事先做了怎样精心的准备，同时将这个片断与《大卫·科波菲尔》中斯梯福兹遇船难的情景进行对比。我们或许会说：“两者不具可比性！”但其实两者是可比的，不管比较的结果对柯林斯如何不利，但至少会使我们对他的文学技巧的评价更上一层。

使威尔基·柯林斯与狄更斯更为相近的，还有一个特点，它对情节剧的展开具有非常大的意义。将柯林斯的作品和前面提到的亨利·伍德夫人的作品进行对比，我们就会发现它的存在与否对于情节剧是多么的重要。福斯特在《狄更斯传》中曾这么评论道：

> 狄更斯尤其喜欢思索生活中的巧合、相似和意外的事件，很少有什么能比这更激发他的想象。他经常会说，这个世界要比我们想象中的小许多；我们不知不觉全都被命运拴在了一起；有些人我们以为是遥遥相隔，却经常要挨着胳膊肘挤到一起；明天是另一个昨天，没有什么能比昨天更似明天了。

福斯特所提到的这种独特感性出现在狄更斯的早年，那时他还不认识柯林斯。由此可见，这种感性是狄更斯和柯林斯二人共有的，这也可能是他们一旦相识，便有惺惺相惜之感的一个原因。狂热地钟情于戏剧巧合正是他们明显相像的地方。说他们之间能互通有无固然不错，但有些特点却是他们实实在在共有的。我们完全有理由相信，这两人之间的关系甚至对后来各自的创作产生了深刻的影响，而福斯特对此只给了几笔粗略的暗示，实在难以遂人心意。我们在《小杜丽》和《双城记》中似乎可以找到柯林斯影响狄更斯的痕迹。柯林斯是虚构不了德勒斯和“小代理”[①]这样的人物的；但是显然，德勒斯和“小代

① 德勒斯和“小代理”是狄更斯生前未完成的一部小说《德鲁德疑案》（*The Mystery of Edwin Drood*）中的人物。“小代理”是一个小男孩的代号，德勒斯雇他来监督自己，如果小男孩过了晚上十点还发现他在外面鬼混，就可用石头将他打回家去。

理”这两个角色所在的小说在结构的工巧方面堪比柯林斯的作品，而狄更斯写于《荒凉山庄》之前的作品却是谈不上所谓bien charpenté[①]的。

尤其能说明柯林斯执着于“生活中的巧合、相似和意外的事件”的，是他的一部次要作品——《冰渊》。其中的故事，在我们读来，感觉像是由柯林斯先前所写的情节剧拼凑起来的；该剧曾在非公开的场合下演过几回，取得巨大成功，狄更斯还在剧中扮演过主角。柯林斯善于写舞台小剧，而狄更斯则更善于将其演绎出来，他在表演理查德·沃多时还可能赋予了这个角色在故事中断然没有的个性。考虑到没读过这部作品的读者，我们不妨在这里多说两句。戏中的故事纯粹基于意外巧合之上：两个本不会相遇的人[②]——一个是真爱得偿，一个是求爱遭拒——竟然相逢了，而且是在北极探险这种极不可能的情况下走在一起的，当时双方却都还不知道对方的身份。

柯林斯所写的《冰渊》是一部纯粹的情节剧。也就是说，《冰渊》除了离奇情节之外别无其他。我们受作者所请去相信一个不可能的事实，无非是因为我们想看到随之而产生的惊险刺激的情形。然而，戏剧和情节剧的分界并不太明显，两者的不同主要是侧重有别的问题；也许可以说，一部戏如果缺少了大量情节剧的因素，就不可能大获成功或长演不衰。《冰渊》与《俄狄浦斯王》的不同之处究竟何在？那是“巧合”与“命运”的区别；《冰渊》中“巧合”的设置多无顾忌或遮掩，而《俄狄浦斯王》中的“命运”则混融到了人物性格中。对于惊

---

① 法文，结构巧妙。

② 指的是《冰渊》（*The Frozen Deep*）中的弗兰克·奥德斯莱和理查德·沃多，两人都爱上了克拉拉·伯纳姆小姐。前者后来与克拉拉订婚，后者为克拉拉所拒。

险戏剧，我们毫无必要将其中的偶然因素去除干净，因为我们没法算明白一部戏中偶然因素的容限是多少。不过在好的剧本中人物尽管不比情节更重要，但总会让人觉得多少与情节融为一体。至少，我们会相信即便由于机缘变化事件的安排不是以“这样这样”的方式收场，人物毕竟还是原来的人物，他的结局的好坏依然不会改变，至少与原来的保持大体相同。有时候情节剧要素——即巧合因素，在柯林斯的手里却转变为戏剧要素——即命运因素。柯林斯有个谈鬼论怪的荒诞短篇，虽然并非他最有名的作品，也远远谈不上是他的佳作，却几乎可说是个“戏剧性的故事”。故事的篇名叫《闹鬼的旅馆》，它的可读性要比那些二流的鬼故事高些，这是因为存在于作品中的命运意识不再只是偶尔拉扯一下人物的“木偶线”。故事的主要人物是一个受自己的命运观困扰不休的“索命”女[①]；她的心理动机具有“情节剧倾向”，也就是说，她必然力图促成内心想象的离奇巧事发生，并且觉得自己是因为迫不得已才这么做。在这个故事中，由于主要人物的内心具有“情节剧倾向”，故事本身就不再仅仅是个情节剧了，而真正带有了戏剧的特点。

柯林斯的一些故事还有一个特点，可以说是专属于情节剧或戏剧中的情节剧部分。它体现于作者对结局的推延；必然发生且可全然预见的结局总被作者再三推后，延搁的时间长到了不可想象的地步。像《新玛格达琳》这样的故事，曾几何时就成了研究舞台悬念的佳例；在这样的作品中，柯林斯总是一而再，再而三地推延故事收场，为此他可谓极尽机巧之能事；作品中的诸多场景不可不谓离奇惊悚，但缺乏更深刻意义上的

① 指的是故事女主人公纳罗娜，她和弟弟里法合谋杀死新婚丈夫蒙特巴利勋爵。

“戏剧性”。它们不像《白衣女人》中的场景，冲突主要在关键人物之间展开；作品中的人物更像是棋盘上的棋子，因为站到敌对的位置上而不得不殊死相争。譬如，《无名无姓》中的雷格上尉和勒孔特太太[①]之间在奥尔德堡的长久较量就属于这种类型。

若是要从柯林斯的作品中选出一部小说，将其推为“情节剧黄金时代”的小说典范，《阿马达尔》无疑是最具代表性的，或者说是较具代表性的作品中写得最好的。这部小说除了情节剧的优点之外别无其他亮点，至于情节剧能有的优点它倒也一应俱全。如果戈惟特小姐没有承担自曝其恶这一过于沉重的角色任务，小说的结构可以说几近完美。像柯林斯的大多小说一般，《阿马达尔》最大的亮点是让人百读不厌，而这一品质在当代小说中越来越鲜见。这本书在很大程度上具备柯林斯所独有的特征，我们姑且将上文所提到的这个特征称为“充满了伪天命的迷云”。书中情节的运转是靠“梦”[②]来推动的。作者为了让读者相信“梦”的真实作了精心的铺垫。他先有意安排了件巧事，让一对堂兄弟[③]受困于失事船只的残骸上，而多年以前就是其中一位的父亲将另一位的父亲关在了这艘船上；接着他又安排一位医生来释梦解惑。医生的解释如此合情合理，读者的反应便是立即转向接受“梦”的真实。然后作者又让做梦人自

① 雷格上尉为《无名无姓》（*No Name*）中女主人公玛格达琳·范斯通的亲戚，而勒孔特太太则为玛格达琳的堂兄诺埃尔的女管家。玛格达琳联合雷格上尉试图从诺埃尔处“骗”回本应归属他们的遗产，真相被勒孔特太太识破。

② “梦”指的是艾伦·阿马达尔在失事船的残骸上做的梦，其中包含了三个主要的幻象。

③ 指的是艾伦·阿马达尔和米德温特（真名也叫艾伦·阿马达尔）。米德温特的父亲老艾伦·阿马达尔因情感纠纷曾在一艘失事船上将艾伦·阿马达尔的父亲英格尔比关在船室里，让其溺死在海水中。

己也似乎直觉地感到“梦”的真实；在写“梦”的各部分内容得到应验时，他对场景的调度极为到位。譬如，在有一场景中，戈惟特小姐刚参加完船上聚会，从上演精彩的“气质喜剧”的轮船走出后，她便踏着夕阳的余晖来到诺福克河湖区的荒凉岸边，对这一场景作者就设置得十分巧妙。作者以“梦”为手段，使我们始终处于紧张的状态，正因为如此，我们才有可能相信人物的心思言行，不然我们会以为他们实在荒谬可笑得很。

最优秀的小说之所以总有人读，必和其内在的某种品质有关；即便有一天小说作为一种文学样式不再有人写了，这些小说至少仍会有一小部分人在读。这里倒不是声称威尔基·柯林斯的小说具有永恒的品质。只有我们乐于“阅读小说”的时候，才会发现他的小说饶有趣味。不过，小说还是有人在写的；当代的小说家无不能从他身上学到点如何激发读者兴趣和兴奋的艺术。只要有人还在写小说，就必然时不时会有人再探创作情节剧的各种潜在方式。当代的“惊险小说”有流于俗套的危险：形象老套的管家发现内容老套的谋杀案，这多是第一章的内容；末章写的多是角色老套的侦探终于查找到案件的真凶，而其实早在他之前读者就已发现杀人凶手。相比之下，威尔基·柯林斯的路数就多得无穷无尽了。

即使我们拒绝认为柯林斯是位严肃的作家，可我们如果意识到查尔斯·里德或狄更斯对他所擅长的艺术并不持鄙夷的态度，我们还是无法不以严肃的态度来对待他。“戏剧”和“情节剧”是难以严格区分的，两者并非互不兼容；优秀的戏剧当中总有一点情节剧的要素，而最好的情节剧也总带有戏剧的优点。《月亮宝石》与《荒凉山庄》颇为相近。宝石的被盗，像

“大法官庭”中的案件一样，毁掉了不少牵涉其中的人的生命：罗莎娜·斯皮尔曼为宝石献出了自己的生命；相似的，弗莱特小姐[1]也为案件赔送了自己的一生。柯林斯的小说所启示的问题，没有一位研究“小说艺术”的学者可以忽略。有可能这位艺术家对自己擅长的“艺术”过于考究了。亨利·詹姆斯的文学批评观或许会造成不益的影响，但他创作的小说不仅“饶有趣味”，而且运用其间的情节剧技巧十分精细高超。我们应始终谨记在心：不管是散文还是诗歌创作，首先要求读起来“饶有趣味”，不过要做到这一点并不容易。

叶丽贤　译

① 弗莱特小姐是《荒凉山庄》中一位脾性古怪的老太太，在遗产诉讼案被拖延数十年的时间内，作为案件的当事人之一，她每天都忠实地到庭听审。

查尔斯·惠布利

一位已故的作家，如果主要以知交的身份留在我们的记忆中，要对他的文学作品作一评判，将是异乎寻常地困难，我平生第一次感受到了这一点。为难之处倒不在于我们出于内敛含蓄和害怕批判性不够觉得对赞美之辞得有所保留，而主要在于我们的评断会不可避免地把我们对作品的印象和对作家本人的印象混合在一起。大凡知道查尔斯·惠布利其人并常有机会聆听其谈话的，都会感受到在谈笑之间他的个性所留给人的强烈印象，而要对这样一位已逝的作家和他存世的作品进行评价，将是何其的困难。

令评价难上加难的一个原因是，仅从他留存下来的作品，后人并不能全然推断出他在历史上的真正地位。还有一个原因是他带着满腔热情，竭尽心力写出来的诸多作品都属于我们所说的“稍纵即逝”的类型，将来也只有在过往历史中探索究竟的学者才会偶尔查阅一下。这样的作品就大体属于所谓的“报刊作品”。这里，我希望你们能容我岔开话题，对“报刊作品”这个词大体指向的写作活动的性质说两句，当然只是抛砖引玉而已。为“报刊作品”与“文学作品”作截然区分是徒劳无用的，但是也有例外，那就是硬要以吉本的《罗马帝国衰亡史》和今晚的晚报为例说明二者的区别何等昭著。不过，这样的区分太过极端，没有任何意义。也就是说，我们以文学价值作度量来区分“报刊”与“文学”是毫无益处的，我们不能认为二者的区别就是上乘之作与上上乘之作的不同：一本二流的小说不属于“报刊作品”，却也绝不能算是“文学作品”。在过去三十年里“报刊作品”这个词的含义已蜕化变质，因此，本文十分有必要在此恢复它相对固定的本义。依我看来，对这个词进行最全面和最精确的定义只有一个途径，即先探清一位作家写出公众认可的报刊佳作所牵涉的心理状态和类型。我对人的一种心理深有同感，那就是只有在急迫的处境所造成的压力下才能执笔写作或写出最佳的作品。这种心理状态，我建议可视为报刊作者的心理状态。这种心理背后的原因可能不尽相同：有的是过于热情地关注当前的时事，有的（比如我）是懒惰懈怠，需要当下某一外因的刺激，有的是因为总要急着赚点“小钱”，逐渐养成了习惯。报刊作者与其他作家的区别，倒不在于处理的材料有何不同，而在于心理动机上。报刊作者的写作动机虽然有别于其他作家，但也十分可敬，甚至有过之而无不及。

我们经常用以贬损报刊作者的说法是：他的作品只能引起人一时的兴趣，意在当场给人留下一种强烈的印象，在这一瞬间的效果出现之后便注定要永远被人遗忘。但是，这样的说法不仅无视使一部作品免于湮没无闻的各种奇妙的偶然因素，而且忽略了这部作品会“稍纵即逝”的真正原因，忽略了我们使用形容词“稍纵即逝”的方式是随意而不严谨的。有些读者受乔纳森·斯威夫特的强大魅力所吸引，欣喜痴迷地将他的《布商书简》读了一遍又一遍；根据前面我大体给出的定义，《布商书简》就可算是报刊作品。现在，《布商书简》已成为英国书信作品中极为重要的一本书信集，对博览英国文学作品的人来说是个不可不读的篇目，正因为如此，我们并没意识到我们现今仍在阅读这本书的偶然性。假如斯威夫特从来没有写过《格列佛游记》，假如他在政治生活中从未扮演过引人注目的戏剧性角色，假如除此之外，这个不寻常的疯子并没有可使自己永垂不朽的其他条件，如极其有趣的私人生活，《布商书简》今天的地位又将是怎样的？能偶尔赞其为佳作的人，大概只能从研究这一时期英格兰和爱尔兰历史的学者中寻找，而这样的学者中具有超群的文学见地的，可谓少之又少。假如笛福不是《鲁滨逊漂流记》和《摩尔·弗兰德斯》的作者，假如塞缪尔·约翰逊并不是鲍斯威尔[①]笔下的传主，他们论时政的文章集子大概也会面临同样的命运。再来看一位与前面几个作家不大相同的英国作家约翰·亨利·纽曼。我们假设这位优秀的作家并不曾担任过英国国教（其缺陷所造成的危害，格莱斯顿先生[②]曾形容为“大灾难”）的领袖，在十九世纪并未曾扮演过他所扮演过的显要角色；假设他记在《为吾生辩护》中的生平思想，如同伍德[③]铸造的、不能在爱尔兰流通的半便士铜币，不曾起过社会作用，那么现在或百年以后，除了几位眼光敏锐的文体鉴赏家之外，谁还会去翻阅他的这本书？纽曼的这本《为吾生辩护》就恰恰属于报刊作品，和斯威夫特、笛福或约翰逊的没有什么

① James Boswell（1740—1795），苏格兰作家，现代传记文学的开创者。他与英国大作家约翰逊过从甚密，后来出版了以翔实著称的《约翰逊传》。

② William Gladstone（1809—1898），自由党领导人，曾四任英国首相，主张改革英国国教。

③ William Wood（1671—1730），英国铸造金属的厂主，1723 年从英王的情妇肯德尔公爵夫人手中花一万英镑购得半便士铜币的铸造权，铸造出来的铜币将由英国政府在爱尔兰强迫发行，他可从中谋取暴利。这会对处在贫困中的爱尔兰民众产生经济冲击，斯威夫特装作一名爱尔兰布商，发表公开信号召爱尔兰人民一致拒绝使用半便士铜币，这些书信集结而成的《布商书简》产生了巨大社会影响力。迫于压力，英国政府不得不收回成命。

区别。

举个相反的例子：马丁·马尔普雷莱特[1]的论战文与斯威夫特、笛福、约翰逊或纽曼写得最好的报刊作品比起来，的确不够精致。它们属于报刊作品写得相对粗糙的年代，不过其中还是有几篇属于佳文妙作，所有的争议都在于文学层次是否够高。现在还有谁会读这些文章？恐怕只有对那一时期的宗教纷争和散文风格感兴趣的一小部分人。这样的作品并不是培养现今说英语的民众所必需的教育内容。我们有时会赋予文学风格某些神奇的功能，认为它是神妙的防腐剂，可保无趣的过时题材永久新鲜。这个说法就与事实天差地别。单靠风格起不了保鲜的作用，只有可引起永久兴趣的内容加以上等的文学风格，才能始终保持新鲜不败。至于其他的情况，如斯威夫特或笛福的报刊作品留存了下来，那则是幸运的偶然事件。诗歌通常关注的主题相对简单，更具永久性，但即便如此，也难逃同样的命运，除了学者、对诗歌具有天生感受力的少数怪才和一些刻意学习如何正确欣赏诗作的人之外，现在还有谁会心情愉悦地将整部《仙后》读完？

查尔斯·惠布利之所以算是报刊作家，在于他的作品主要是“应景”而写，这不管是从他写的关于人物、事件或是新书的月评中，还是从他写的随笔、序言或有时作的演讲中都可以看出来。只有一个明显的例外，那就是他写的精彩传记《约翰·曼纳斯勋爵和他的朋友》。如果惠布利恰好属于我这一代人，来得及赶上可用打字机把诗歌直接打在纸上的时代，我相

① Martin Marprelate，“马尔普雷莱特小册子”（Marprelate tracts）的作者的化名，真实作者不可考。小册子攻击的主要是英国国教的主教制度，在1588到1589年间非法传阅。

信他肯定不会错过这个现今不可或缺的工具。事实上，他用鹅毛笔写作，而且写得很快，只要妙手一挥，笔下的文章即刻可成，很少有需要改动的地方。这里我想再说一下，速度快慢、轻松与否，并不能检验和说明作品的好坏，有些人甚至认为佩特[①]煞费苦心写出的文章还不如纽曼一挥而就的来得好。至于惠布利写作风格的属类问题，我想我们必须一如既往，尽目力之所及，看到他与历史上哪些优秀的英语作家最有相知相惜之感，并从他们的思想中汲取了养分。惠布利的风格赖以为基础的，正是优秀历史作家和政论作家的著作。他的思想并不抽象玄乎，相反，他都是从人物的行为中看到他们所信奉的原则。他有一篇标题为《骑墙派》的文章，写的是哈利法克斯侯爵[②]，从文章的开头一段就可以看出他对政治的兴趣，他看待政治的角度，以及哪些作家具有和他相同的风格：

> 政治是二流的行业，天才误入政道皆出于偶然。自十七世纪以来，真心侍奉英格兰的政治家屈指可数，而以公职自肥的从政者则如恒河沙数。这群凡夫俗子中少有作家出现，并不为奇。说这些从政者应多少会点文学的表达，倒不是过分的要求。语词是在他们的“工艺”中所用的材料，但他们在自己的辩术事业之外就不知如何遣词用句。世人都听说过查尔斯·詹姆斯·福克斯[③]在文学上颇有成

① Walter Pater（1839—1894），英国唯美主义运动的哲学理论家，写文章重反复推敲、不断修改。

② George Halifax（1633—1695），因在当时激烈的政党斗争中采取温和立场，人称“骑墙派”。

③ Charles James Fox（1749—1806），乔治三世时期英国辉格党政治家、演说家，曾任英国外交大臣。

> 就，听他对古典文学作品侃侃而谈，几乎像是看他在法罗牌赌桌上下赌注那般精彩①。后来他就写了本书，可怜名声就如吹破的气泡般没了踪影。哈利法克斯和博林布鲁克子爵②、伯克和迪斯累里——这些人倒不用害怕被遗忘的命运，可你从哪里还可以找到第五个这样的人？

我替惠布利用了限定短语“自十七世纪以来”感到遗憾，原因不过是希望他能提到来头更大的克拉伦登伯爵，在其他地方他倒是论述过这个人。不过，这段话最能说明的是惠布利的文学风格问题和他对政治人物的判断。他对三类人尤其能理解同情，即政治家、绅士和流浪者，而且他具备能引发读者共鸣的独特阐释才能。至于第一类人，我想上面所引的这个段落可以说明，他对政治家的总体看法中有时明显存在一种判断偏见：他可能过高评价了政治家博林布鲁克的美德，而偏于弱化他的缺点，原因大概是受了他明爽有力的文风和强大个人魅力的影响。（另一方面，在我看来，他评判曼纳斯和斯迈思时以才华更出众的迪斯累里作反衬，对前二者的评判倒是十分恰当的。）然而，一位政治家的政治艺术和他的散文风格之间的关系是不可忽略的；我们在麦克唐纳先生③、劳合·乔治先生，尤其温斯顿·丘吉尔先生的著作中可以找到印证的材料。

说到作品的“谈话式风格”，人们时常含糊其辞。不过对这一问题，他们更经常的是直言反对口语和书面语的分化。口

① 福克斯年轻时曾在父亲的“教导”和安排下参与豪赌，并输了一大笔钱。

② Henry St John，1st Viscount Bolingbroke（1678—1751），英国托利党政治家，自然神论哲学家。

③ James Ramsay MacDonald（1866—1937），英国政治家，工党第一任首相。

语和书面语的确可以分化到非常远的地步，最终的结果就是形成一种全新的书面语。但我们忽略了一点：完全合一的口语和书面语基本让人难以卒听或卒读。如果我们所说的与所写的如出一辙，则没有人愿当我们的听众；而如果我们所写的与所说的如出一辙，则没有人愿当我们的读者。口语和书面语既不能太过于接近，也不能离得太远。譬如，亨利·詹姆斯后期的文风就不全然是谈话式风格，而是晚年的他向秘书口述的风格。《尤利西斯》结尾那段有名的独白也绝不是男人或女人内心活动的方式，在那段独白中，语言大师乔伊斯实际上在尝试用一种不一样的媒介，即书面语，来展现人的内心活动这种幻象。然而，口语和书面语之间还是有一层本质的联系，当然，要表现这层联系并不意味着要创造出作品的谈话式风格或话语的掉尾风格。在我所认识的所有优秀作家的作品中，甚至在詹姆斯·乔伊斯的近作中，都能找到口语和书面语的这种不可名状的亲密融合。所以，关于惠布利或其他任何一位作家，我们现在就不能说他文如其言或言如其文了。不过，惠布利的作品倒是有一种品质，使得它与作家本人的言谈的联系要密切于它与任何其他作家的作品的联系。我知道“真挚”这个词听起来语意非常模糊，但是它毕竟呈现了一种诚实的心理，正是这种心理将一位优秀作家言与文的风格融为了一体，不管二者在节奏、句法和语汇的使用上如何不同。对此，我们显然举不出反例来作进一步说明，我只能再次申明：如果我清楚一位作家的为人，并且在我看来他的作品算是优等的散文，读他的纸上作品，总有一种亲耳聆受其谈吐的感觉。

惠布利常用以称赞其他作家的风格的一个短句是（即便他对作品的内容感到兴趣寥寥）：它具有鲜活的力量。至少在谈话中他是经常这么用的。惠布利的散文作品能吸引住别人的注意力，也在于它充满了鲜活的力量，他的作品与英国文学史上古老作品的渊源关系一点也未能影响它自身的吸引力，相反却突显了它的活力。他留给人的印象总是一种“无畏的真挚”，而这要比一向“不出差错”来得更重要。我们总会感觉到，凡别人害怕不敢说的话，随时都能直截了当地从他的口中飞出。因此，读者的心里必然会生出一种惴惴不安的情绪，而这倒有助于吸引他们的注意。事实上，惠布利只要下定决心，就可成为谩骂能手。如今谩骂的文章在不同时候不同国家，因当时当地所流行的习俗和法律的不同而呈现出不同的样式。现在社会时兴的是把谩骂痛斥为败俗的恶习，游戏的规则自然也就相应变了。多年以前迪斯累里曾在致约翰·罗素勋爵[①]的一封信中公开称其为“微末之虫”。我不知道当时两人之间有没有决斗或者官司，不过，有次我在写给一家杂志社的信中用了同样的短语来指一个同代人，这家杂志社竟然退了我的稿，理由是我的文章可能涉嫌诽谤。也罢，这倒也无所谓，不管游戏规则变得再怎么严密，善于辩争的行家总能将自己的行事控制在现行的规则范围内。对他而言，这其实更添了刺激的趣味：一旦行家摸清了现行的规则，他的一句温和之语，就有千钧的力道，能抵得过他在相对宽松的规则里说的一句严厉许多的话。事实上，我想如果我们天天读的都是莱昂·都德[②]（他恰巧是惠布利的朋友）这位法国谩骂大师的炮火文章，日日领教的都是这位不寻常的报刊作者所自许的谩骂自由，倒真会感到疲劳不堪。

---

① Lord John Russell（1792—1878），活跃于十九世纪中斯的英国辉格党及自由党政治家。

② Léon Daudet（1867—1942），法国小说家都德的儿子，记者、政治家、作家。

我们会觉得他只要稍微收敛一点，寓于讥讽之后的主旨便能更好地显示出来。说到都德，我还要再提一人——夏尔·莫拉斯[①]——他的谩骂风格与都德殊异，但却更为严苛，他们与惠布利堪称是他们那一代最优秀的三位谩骂作家。现今这个时代里，谈论“言论自由”的声音甚嚣尘上，却没什么人真正关注说“坦诚话”和“明白话”的问题。“言论自由”已经只限于自由谈论性、性变态、性堕落的范畴，它成了“性改革世界联盟”的成员所独有的特权。在我看来，现在很少有人敢要“骂骗子为骗子，骂傻子为傻子”这种言论自由了。“骗子和傻子，你我同样地憎恶”，德莱顿在他悼念奥尔德姆的著名诗作中说道；可能现今我们对这些已经习以为常，心中的憎恶都给磨平了。

惠布利曾为《布莱克伍德杂志》写过专栏“无序的思绪”，每月供稿一篇，时间长达三十年之久，只有两次因故停写，而其中一次代表着专栏的终结。这个专栏里的文章，是我近来所知的最经久不衰的报刊文学作品。都德的文章有时读起来不免累人，而莫拉斯的有时则显得乏味，两人的作品都常给人重复之感；温德姆·刘易斯先生[②]作为我这一代人中最具才华的报刊作者（写报刊作品不过是其众多才赋之一），却常将他的才智浪费在一些绝不值得他使用“笔枪墨弹”的对象上，而且他的重磅炮弹常常打向那些一推即倒的“纸牌房子”。但是惠布利却富有谋略，他让自己的攻击对象多样化，并根据对象的不同改变自己的攻击方法。他在抗议某届政府的议案的时

① Charles Maurras（1868—1952），法国作家、政治家，激进的民族主义者，与莱昂·都德创办过带有右翼反共和倾向的杂志《法兰西行动》。

② Wyndham Lewis（1882—1957），英国艺术家、作家。

候，或在发表对格莱斯顿的看法的时候，或在反对急于宣传被他视为品质劣等的《不列颠百科全书》的时候，或在谴责建设国家剧院的项目的时候，或在对平内罗先生、琼斯先生、埃德蒙·戈斯先生、“欧玛尔·海亚姆俱乐部”①发表看法时，他一般根据他要摧毁的目标物是“乔木”、“灌木”还是“草地”来调整火炮的猛烈程度。他也不常紧抓住某个话题不放，时不时地会突然转向其他话题，如他喜欢的一本旅游书或法国葡萄酒和烹饪艺术。尤其深得我心的是他转话题的技巧，他的技巧看起来拙朴无奇，似乎是因为关于目前的话题他已无可说之话，所以就相当随意地转到另一个话题。近来几个月我一直在细慢地翻检惠布利所写的“无序的思绪”系列文章，目的是把那些论及文学和艺术的段落编成一本选集。这就好比是在雕刻一只支骨灵活却少了关节的小鸟：你从某月的“无序的思绪”中抽出一个段落，它虽然自成一体，与前后文绝无半点联系，但你会发现这篇文章少了点什么。选集编出来以后，我担心它与“无序的思绪”原文的关系就好比假猎鹰与真猎鹰的关系：前者的飞翔姿态是用材料巧妙地装填出来的，而后者则是活生生地从空中掠过或猛扑下来。正是因为章法的“无序”，“无序的思绪”里的文章才有了鲜活的气韵。惠布利忠实而流畅地跟随自己思绪的走向，他没有像我和其他大多数人那样，得先想好六七个要谈论的话题，然后将它们移来换去，以排出最为适宜的顺序。相反，在他的文中上下话题的过渡全是自动显现的。

① Omar Khayyám（1048—1122），波斯诗人、哲学家、天文学家。英国诗人爱德华·菲茨杰拉德把他的《鲁拜集》译为英文出版，风行欧美。欧玛尔·海亚姆俱乐部成立于十九世纪九十年代，由喜爱海亚姆的诗作和“鲁拜”这种诗体的英国文人组成，爱德华·菲茨杰拉德任荣誉主席。

有时批评家会谈论到现代诗歌中出人意料的过渡和并置手法；从现代诗歌中可以看出，只要条件合适并能取得效果，我们运用章法时是可以不讲章法的。过渡的方式是否可以使人信服，只不过是作者的思维 serré① 抑或 délié② 的问题，是作者是否将自己全部的性情都寓于作品中的问题。毫无疑问，不管惠布利写的是什么，从中总能见到他的完整性情，正是这种性情的统一性赋予了他多样的话题某种不可消解的统一性。

为了取得这种统一，甚至可以说，为了获致一种鲜活的风格，谈话式的写作不管在散文还是诗歌中都具有宝贵的价值。事实上，我相信要写好作品多交谈是有必要的。我这里用“交谈”而不用“说话”，是因为我相信优秀的作家可分为两种：一种是经常与别人交谈的，另一种可能没那么幸运，要经常与自己交谈。思想是与自己的对话，自从提出这个说法以来，两千多年的历史已经过去了，所有的文学创作，不是发自与自己对话的习惯，就是源于与他人对话的习惯。大多数人两方面都做不到，这就是他们的生活如此热闹活泼的原因了。不过，有意从事写作的人则必须二者择其一，因为思维的路径无外乎四种：说与别人听，与别人互说互听，说与自己听，说与上帝听。

惠布利还有一个对文学批评者来说极为重要的品质，与前面所提到的谈话式风格不无关系。文学批评像任何其他文学或艺术活动一样，有一个必不可少的要求，那就是必须富有趣味。而富有趣味的一大前提是懂得只选择自己真正感兴趣的话题，选择能与自己的性情贴合的主题。知识的一般性，作为一

---

① 法文，严谨。
② 法文，散漫。

种空想，要比趣味的一般性更易于企及；不过，比博学多识更重要的是弥散于文本中的作者的个人趣味。惠布利具有真挚之人从事批评的谨慎，所选择的无不是符合自己性情的话题。他有学问，也不缺学术成就。他更像是地道的希腊“本土人”，而非研究希腊文化的“外族人”。他做古典学问的水平，是受诸如罗·亚·尼尔[①]这样的虔敬学者教导的结果，学成之后，他便能从容地用于自己的研究中。他并不像一些自命不凡和自以为是的批评者，所专注的只不过是评论和编辑那些名声已定的作家的作品，或者研究一位被一再评论的作家，在与其有关的文献中又添上一篇肤浅的评论。也就是说，惠布利为英国批评界所添的许多文章的主题多未被前人论述过，即便前人有所涉及，也阐述得不太好。而他对这些主题的论述，将来也难再往里添补内容，他能在批评界占据一个稳固的席位就是这个原因了。

我前面说过惠布利尤其喜欢属于绅士或流浪者身份的文人，也许最受他欣赏和喜爱的是兼具这两种身份特点的作家。托马斯·厄克特爵士[②]是他欣赏的一个人物；这位“先祖亚当的后裔”自称是“长老会信徒的基督徒”，他著有《采珠拾翠集》和《世界语导论》，而且译有拉伯雷的著作，成就非凡；惠布利能欣赏这样的人物，倒是极好地说明了厄克特这位作家的特点。在政治方面，惠布利从人物身上看到了他们的理念；在文学方面，他的表现也是尽了自己的极致，尤其是当他欣赏的作品的作者与他的性情相近的时候，他的评判就显得至为公

① R. A. Neil，英国的印度学学者，曾与爱·拜·克威尔于 1886 年校订出版过佛典《天业譬喻》。

② Sir Thomas Urquhart （1611—1660），苏格兰博学家、作家，因将拉伯雷著作翻译成英文而出名。

正。还有一篇文章可以显示他对作家个性的青睐有时甚至到了臆测的地步。这篇文章写的是佩特罗尼乌斯，除了惠布利之外，谁还会想到去这么评论《萨蒂利孔》的作者：他“是个了不起的绅士”？不过，惠布利在此使用的这个短语，所蕴涵的意义倒也十分恰当。说他因为喜欢佩特罗尼乌斯的个性而常常扭曲了文学价值是不对的，至少他能够由衷地评论道：“佩特罗尼乌斯像莎士比亚那般隐奥难解，像福楼拜那般不动感情。”另一方面，他即便不太喜欢某位作家，也能以欣赏的态度来看待他的作品，比如劳伦斯·斯特恩[①]的例子。他在那篇评论佩特罗尼乌斯的文章中，就像在其他地方一样，充分表达了对他所谓的“底层世界的流浪文人”的普遍喜爱的态度。

> 今天你随时都可能遇到一个恩科尔皮乌斯[②]，但你不会感到惊奇，或者误当他是什么其他人。他的身影常在斯特兰大街的吧台晃悠，或隐藏在灰客栈路[③]的阴惨巷子里。有这么个人（多少人中才有一个！），他在大学里的事业是何其的辉煌，却在大马路上寻见自己真正的家，之后便立即离开学问的丛林，去依傍充满险患的普通篱墙了。伦敦的马场道上、人行道上，到处都有人认识他；骗徒和掮客都是他自选的随伴；时不时地他会出现在他的老伙伴那里，尝一尝特里马尔奇奥[④]的酒宴的味道，同时还抱怨说花在满

---

① Laurence Sterne （1713—1768），英国小说家，他写的《特拉斯特拉姆·尚德》打破传统小说叙述模式，写法奇特，被认为“世界文学中最典型的小说”。

② Encolpius，《萨蒂利孔》中的主人公。

③ 斯特兰大街和灰客栈路都是英国伦敦的街巷。

④ Trimalchio，《萨蒂利孔》中的人物，原是自由民，通过辛勤工作和不懈努力，终于成为有钱有势之人。

足自己胃口的钱倒不如用来养马更值些。虽然很久以前他就已忘了自己的绅士身份，却总能记得自己是位学者，虽然不免会撒酒疯耍流氓，他仍然常常从贺拉斯的著作里寻找寄托，暂时忘记流浪途中所沾染的尘垢和污秽。近来人们还在一处酒窖里发现过他，那时他看起来满脸饥色、衣容不整，塞进啤酒瓶里的一根兽脂蜡烛就是他唯一的光源；但他对这一切都不管不顾，他忘记了自己饿扁的肚子和破烂的大衣而坐于石地板上，忘情地向他的一位同行背诵维吉尔。所以，你尽可以怀疑佩特罗尼乌斯所传达的重要真理，但你不能不看到他的冷酷喜剧每天都在上演……

不过，我并不是要留给你们这么个看法，即惠布利为文人所作的贡献，仅仅在于从历史的深处打捞起一些久被遗忘和过时落伍的疯子和怪人，或以逗乐的幽默笔触来评论一些相对优秀和出名的作家。依我之见，他作为批评者的一大特点，是将自己的个人趣味和好奇心与公正的文学评断这一才能融为一体。如果说他对卢奇安①或赫隆达斯②的评论有别于其他教授，就在于他并不以为他们的作品无法与希腊文学中最伟大的杰作相提并论，在于他的谈论并不仅有风趣幽默而已。他并非书呆子型的批评者，他的风格不同于詹姆斯·拉塞尔·洛威尔③。说到十六、十七世纪的一些次要文学作家和报刊作家，即便他与他们再有同感，再怎么厚爱他们，也不会将他们提高到超过他们应有的地位之上。他甚至会说，人们常常将文学历史简单化，以

① Lucian（约 120—180 后），古希腊修辞学家、讽刺作家。
② Herondas（约前 3 世纪），希腊诗人、摹拟剧作者。
③ James Russell Lowell（1819—1891），美国浪漫派诗人、批评者、编辑、外交家。

为组成文学史的，便是摆在名人堂里的名家的高贵雕像和用来装饰图书馆穹顶的一连串名字。但从事文学评价的真挚之人并不会满足于尊崇一些早已作古的名家的；他所拥有的想象力和心灵必能使他愿意去感受一种鲜活的文学；而且如果我们对次要的文学作品多少了解一些，我们就能更好地触及每一个时代优秀的文学作品的内在生命。

我前面说过，惠布利有一批评才能为其他才能之先，没有它，其他的也就无用了：这就是能把鲜活的风格与僵死的风格区分开来。（我这里顺便说一句，虽然他并无在著述中批评过我这一代的作家，但是我从他的言谈中发现，他甚至能在那些不为他欣赏的作家身上寻找到鲜活的风格。）正是多亏了他的辛勤编辑，还有他的洞见与热情，都铎王朝的译者才得到了应有的认可。在他对这些卑下的文字工匠和优秀的散文作者的评介中，他表达了对鲜活力的肯定，他认为不仅人要有新鲜的活力，文字也须是鲜活的；他在多年以前为亨利·布拉德利[①]的《英语发展小史》所写的短评中，也表达过这样的观点（《布莱克伍德杂志》，一九〇四年八月，第二八〇页）：

> 因此，他是最讲究风格的大师，他从来没有失去与历史的关联，凡是他觉得只能向与自己心灵相通的读者传达的想法，他从来都能表达自如，他所选用的每个词都有自己的来历和生命。他并没有将自己的用词局限于撒克逊语或拉丁语。他深知我们的语言和我们的国君都同样拥有许

---

① Henry Bradley（1845—1923），语言学者和词典编纂者，继詹姆斯·默里成为《牛津英语词典》（OED）的主编。

多殖民地，所以总会带着一种自恃有理的自豪心理充分利用他的语言原料；至少从这一点就可以说，我们是坚定征服这个世界的人。

查尔斯·惠布利能在文学批评界占据并保有一席之地，原因正如我前面所说；而且，他并不渴盼成为文学界的独裁者或教宗，或者获得学术或学术之外的荣誉，他费心去表达的不过是能真正引起他的兴趣，或触发他的爱慕之心或愤怒情绪的主题。他太过于谦虚，欣赏趣味和生活兴趣又过于多样，因此不会在乎能否成为批评界的一位丰碑式的人物；事实上，在看待“丰碑”级和广博型的批评家时，我们应该用细致的评鉴目光，因为我们有时树立起一道丰碑，多是出于对文学或生活的漠不关心。当然，批评只是惠布利的毕生工作的一部分，虽然只不过是一部分，却算是真正意义上的批评。我无意在本文中评价他在社会与政治批评传统中所处的地位；能代表他在其间的地位的，是他与威·厄·亨利[①]的交往联系和他早期在《苏格兰观察者》[②]和后来的《国家观察者》的工作，这只能留待其他文章中来讲了。我之所以提到这些，不过是为了提醒大家注意文学评论在他的工作中占有什么样的地位。

在惠布利的“无序的思绪”中有一段称赞牛津大学已故教授约克·鲍威尔[③]的文字（《布莱克伍德杂志》，一九〇四年六月，第八六〇页），我想我应该可以做些合适的删减和细微的

---

① William Ernest Henley（1849—1903），英国诗人、批评家、编辑。

② 查尔斯·惠布利从剑桥大学毕业后，曾为亨利主编的杂志《苏格兰观察者》工作。几年以后，《苏格兰观察者》的总部由爱丁堡迁往伦敦，并更名为《国家观察者》。

③ Frederick York Powell（1850—1904），英国历史教授和学者。

改动，改写后的文字就能适用于描述它的作者：

> 对过往所发生之事，他无不保持新鲜的兴趣。同时代人对生活、文学和政策的谙熟程度，没有能胜过他的……譬如，他是研究拳击场的历史这方面数一数二（还是有一人与他旗鼓相当）的专家。我们记得有一次有人在他面前提起滑稽哑剧这门艺术，他当场就滔滔不绝地将杜布诺的生平说了一遍，并还描述了一下戈蒂埃[①]和夏尔·诺迪埃[②]为他所写的滑稽哑剧。能说明他知识广博的例子很多，这只不过是信手拈来的一个罢了……他的文学知识超出了国度的界限……不过他主要的兴趣恐怕是最新流派的法国诗歌。他能说法语，理解法语毫不费力，精通程度是英国人中少有的……他与已故的威·厄·亨利有诸多……共通点，就像亨利一样，他坚定热忱地支持那些受压迫的民众，同时他又是顽固的侵略主义者，在他身上可以看到英国的利益所在……大多数人受自利的心理推动，去撰写能让自己永享盛名的著作；与他们不同，他把自己的才能毫无吝惜地用于高谈阔论，可以说，让朋友也一起分享他自己的才赋……在谈话中，他不会排斥任何话题，因为他对所有话题都很熟悉；不过，他因为幽默感过于丰富，从来不能用严肃正经的目光来看待事情……所造成的结果就是，尽管他同时代的人愿意给予他的性情和博闻广记以公正的评价，

① Théophile Gautier（1811—1872），法国诗人、戏剧家、小说家、报刊作家和文学批评家。

② Charles Nodier（1780—1844），法国巴黎文学界领袖之一，1833 年当选法兰西学院院士。

但后代人多不认识他，在他们的心目中，他的分量远低于他实际应有的……但他的这一生并没有白白度过；他将自己的学识慷慨地洒给四处的听众；他将美好的记忆赠与了所有那些认识他的人；他在比他年轻的作家的作品中留下了自己的印记……谁还能说这样的成就，比不上六七卷八开本的著作？

叶丽贤　译

T. S. Eliot
To Criticize the Critic and Other Writings

图书在版编目（CIP）数据
批评批评家 /（英）托·斯·艾略特（T. S. Eliot）著；杨自伍，乔修峰译. -- 上海：上海译文出版社，2025. 8. --（艾略特文集）. -- ISBN 978-7-5327-6757-1
Ⅰ. I06-53
中国国家版本馆 CIP 数据核字第 20253U6S21 号

批评批评家 To Criticize the Critic and Other Writings	T. S. Eliot [英]托·斯·艾略特 著 杨自伍 乔修峰 等译	出版统筹 赵武平 责任编辑 王 源 装帧设计 汐 和

上海译文出版社有限公司出版、发行
网址：www. yiwen. com. cn
201101 上海市闵行区号景路 159 弄 B 座
江阴市机关印刷服务有限公司印刷

开本 787×1092 1/32 印张 9. 75 插页 5 字数 191,000
2025 年 8 月第 1 版 2025 年 8 月第 1 次印刷

ISBN 978-7-5327-6757-1
定价：72. 00 元